AF276030

LA CHICA DEL ASIENTO 2A

Primera edición: marzo de 2026
Título original: *The Girl in Seat 2A*
Publicado originalmente en inglés por Bolwood Books Ltd.

© Diana Wilkinson, 2023
© de la traducción, Isabel Fuentes García, 2026
© de esta edición, Futurbox Project, S. L., 2026
Esta traducción se ha publicado mediante acuerdo con The Agency srl di Vicki Satlow.
Todos los derechos reservados, incluido el derecho de reproducción total o parcial de la obra.
Ninguna parte de este libro se podrá utilizar ni reproducir bajo ninguna circunstancia con el propósito de entrenar tecnologías o sistemas de inteligencia artificial. Esta obra queda excluida de la minería de texto y datos (Artículo 4(3) de la Directiva (UE) 2019/790).

Diseño de cubierta: 12 Orchards Ltd.
Imágenes de cubierta: Shutterstock - Michaelvbg, Eugene Partyzan
Corrección: Teresa Ponce

Publicado por Principal de los Libros
C/ Roger de Flor, n.º 49, escalera B, entresuelo, despacho 10
08013, Barcelona
info@principaldeloslibros.com
www.principaldeloslibros.com

ISBN: 978-84-10424-48-7
THEMA: FHX
Depósito Legal: B 3939-2026
Preimpresión: Taller de los Libros
Impresión y encuadernación: Liberdúplex
Impreso en España — *Printed in Spain*

Cualquier forma de reproducción, distribución, comunicación pública o transformación de esta obra solo puede ser efectuada con la autorización de los titulares, con excepción prevista por la ley. Diríjase a CEDRO (Centro Español de Derechos Reprográficos) si necesita fotocopiar o escanear algún fragmento de esta obra (www.conlicencia.com; 91 702 19 70 / 93 272 04 47).

DIANA WILKINSON

LA CHICA DEL ASIENTO 2A

Su vida es para morirse....

TRADUCCIÓN DE
ISABEL FUENTES

Para Lindsay, mi preciosa sobrina

Vivir como un millonario es mucho
más divertido cuando eres pobre

PRIMERA PARTE

JADE

Capítulo 1

Dios mío. Se acabó. Vamos a morir todos. Mis ojos recorren nerviosos la cabina de pasajeros. ¿Por qué soy la única persona que sabe que se nos ha acabado el tiempo?

Gritos involuntarios y respiraciones profundas son por ahora los signos del pánico. Un jadeo colectivo, británico, contenido, con el labio superior rígido, como mucho. Incluso a punto de la extinción, el fin del mundo, la destrucción total, flota entre el pasaje la preocupación por no quedar en evidencia, como si un espontáneo desnudo hubiera irrumpido en una fiesta de jardín. No entiendo por qué todos están tan relajados.

Mi copa de *prosecco* casi llena, la tercera desde el despegue, que se agita en el endeble vaso de plástico, se me escapa de la mano. La pequeña botella vacía rueda bajo el asiento de delante, y el líquido espumoso me salpica las piernas desnudas. Mi novela, *Cómo vivir como un millonario,* ha golpeado el techo y ha rebotado hacia la parte delantera del avión. Ahora estoy completamente recta, el anestésico soporífero del alcohol ya no teje su magia calmante.

Oh, Dios mío. Ya está. Realmente voy a morir.

«Socorro. Socorro. Socorro». Mi grito se ahoga, incapaz de competir con el caos, el temblor *in crescendo* del tren de aterrizaje, las paliativas máscaras de oxígeno colgando. Una azafata despeinada se ha abrochado el cinturón y está ignorando mis súplicas. Nadie me mira. Si tengo que soplar el silbato del chaleco salvavidas, pocas posibilidades hay de que alguien responda. Terminaré hundiéndome hasta el fondo del océano, como un pequeño pecio. Estoy totalmente sola, pero rodeada de cientos de personas. Todos se aferran a algo. A alguien. Aunque sea a un desconocido en el asiento de al lado. Pero, con el cinturón bien abrochado y dos asientos vacíos a mi lado, el consuelo de otro ser humano no es posible.

Recuerdo el cursillo que hice sobre el miedo a volar. «Observa las caras de la tripulación. Sus expresiones. Entonces te sentirás relajada, confiada y en buenas manos». ¡Y un cuerno!

La señora de uniforme, con el cabello recogido, la piel naranja y las cejas sorprendidas parece demasiado alerta. Ni siquiera habla con sus compañeras.

Ella no está nada relajada. Todo lo contrario.

Incluso ha cerrado los ojos y, aunque no se ha llevado las manos a la cabeza, las tiene entrelazadas en un gesto de oración.

Una mujer al otro lado del pasillo, en el asiento del medio, se quita un antifaz y se incorpora. Sus movimientos bruscos y su actitud nerviosa me ponen peor. Se le están poniendo blancos los nudillos agarrando ambos lados del asiento de delante. ¿Cómo demonios puede estar durmiendo el hombre del extremo? Quizá ya esté muerto. Un infarto. Su miedo a volar le ha hecho el trabajo.

«Vamos a morir. Todos vamos a morir». Mi voz suena como la de un salvacionista intentando granjear apoyo y reclutar nuevos miembros usando el miedo al infierno como eslogan.

«Socorro. Dios mío. Sálvanos».

El resto de los pasajeros parecen haberse despertado, pues se filtran oraciones apagadas en una súplica grupal de misericordia.

De repente, el avión cae en picado y el monótono tono tranquilizador del capitán se corta. Esto es. Esto es. Estoy segura.

Comienzo a murmurar en un cántico monosílabo.

«Connor. Idiota. Te quiero». (Esto es mentira, pero de algún modo se cuela entre las demás elegías.) «Perdón, mamá, papá —aunque ya estéis muertos—, por decepcionaros. Y David, te ayudaré. Estarás bien. Cambié mi testamento. Te quiero mucho, hermano mayor».

Mi vida pasa ante mis ojos mientras intento buscar el móvil para enviar mensajes de despedida. No lo encuentro. Estará en mi bolso, que está debajo del asiento.

Intento levantarme, y como si alguien me estuviera observando, un reproche instantáneo chirría por los altavoces.

Es como si me dijeran que me rinda y acepte mi destino con dignidad.

—Señoras y señores. Por favor, mantengan los cinturones abrochados. No se permite moverse por la cabina.

El mensaje suena automatizado. Quizá el piloto ya haya saltado y no haya copiloto.

Necesito enviar un mensaje a todos. Mi lista de contactos. Pero tengo el corazón muy acelerado. No puedo inclinarme porque estoy atada con demasiada fuerza. Sigo tirando del cinturón, asegurándome de que, si hay una mínima posibilidad de sobrevivir, no me pillarán desprevenida. Seré la última persona succionada por el fuselaje roto cuando las puertas de la cabina salgan volando. Este es mi segundo vuelo a Málaga este mes y solo mi tercer viaje fuera del Reino Unido desde que el dinero llegó a mi cuenta bancaria. Si hubiera elegido Perugia, París, Budapest, cualquier lugar que no fuera Marbella como destino de vacaciones, esto no estaría pasando. Mi lista de lugares por visitar es larga. Muy larga. Podría haber ido a cualquier otro sitio del mundo, pero me siento más cómoda con hábitos bien arraigados. Y Marbella es bastante guay, con Logan esperándome al otro lado. Hemos estado enviándonos mensajes regularmente desde mi primera visita.

El sollozo de un niño se ha convertido en una histeria total. Mis pies tiemblan arriba y abajo con espasmos incontrolables. Quiero agua. Agua.

Nadie me mira. A nadie le importa si muero. Si me deshidrato.

—Agua. Agua.

Muevo el brazo en el aire como una alumna ansiosa, desesperada por llamar la atención del profesor.

La anciana al otro lado del pasillo ahora aprieta a su compañero somnoliento. Tiene ambos brazos envueltos alrededor de su brazo y llora apoyada en su hombro. Me pregunto si, siendo mayor, habiendo vivido una vida, cumplido todos mis sueños, seguiría tan desesperada por no cruzar al otro lado. Pero no tengo a nadie a quien abrazar. Nadie que me consuele en los últimos momentos. Hace unas horas, estaba satisfecha con mi soledad y mi recién descubierta independencia con todas sus posibilidades. Pero la muerte lo cambia todo. Me está volviendo dependiente. Extremadamente dependiente. Ilógica. Mortal.

Debo haberme mordido el interior de la mejilla porque me he manchado de sangre el dorso de la mano al frotarme los labios. Las máscaras de oxígeno siguen colgando pero nadie se las ha puesto. Somos como niños esperando instrucciones.

Entonces, de repente, la cabina se estabiliza. Un movimiento más calmado afianza el avión y hay un sentido colectivo de alivio. La señora al otro lado del pasillo desenrolla con cierta brusquedad sus tentáculos del brazo de su acompañante, se frota las manos sobre sus arrugados pantalones de lino y re-afirma su independencia. Hace la señal de la cruz, recoloca sus auriculares y cierra los ojos. Ha sido valiente. Y, si no, no quiere que nadie lo sepa. Que lo recuerde.

Me relajo poco a poco, sintiéndome ridícula de repente, sonrojándome por mi propia estupidez. Cuando noto la luz verde vacía del baño, desabrocho el cinturón de seguridad y estoy a punto de levantarme cuando una mano bronceada con uñas arregladas se extiende hacia mí, sosteniendo la novela que vi por última vez cuando salió disparada por la turbulencia.

—Hola. Creo que esto es tuyo —dice el chico.

Ostras. Es guapo. Alto. Mandíbula cincelada. Lleva una ca-misa de lino blanca deslumbrante y unas gafas de sol Oakley, con montura negra y cristales de espejo azul oscuro, descansan sobre su cabello ondulado y abundante. Extiende un brazo por encima de los dos asientos vacíos.

—Oh. Gracias. ¿Dónde lo encontraste? —Mi voz suena extraña. Sospecho que la experiencia cercana a la muerte la ha aderezado con un aire de incredulidad y un chillido agudo.

—Me he resbalado pisándolo al salir del baño. Una especie de piel de plátano con forma rara. —Sonríe, una sonrisa am-plia, blanca, soleada, como después de la tormenta—. ¿Hay alguien sentado aquí?

Me da demasiada vergüenza admitir que reservé y pagué el asiento de ventanilla, el 2A, y los dos adyacentes. Son plazas de confort. Así las llama la aerolínea. Se pueden reservar, pagándo-las. Pero puedo permitirme ese lujo. El espacio extra amortigua la claustrofobia y, cuando todo se vuelve demasiado, levanto los reposabrazos y me estiro a lo largo de los tres asientos. Las miradas de desaprobación que recibo de los demás pasajeros son un pequeño precio a pagar por la tranquilidad mental.

—No. Qué suerte he tenido, ¿verdad? Todo este espacio.

No sé qué va a pensar de mí, pero no es momento para confesar fobias, desde luego no un miedo a volar.

—Sí, tienes mucha suerte. El resto del avión está lleno. Están amontonados allí atrás.

Se pasa al asiento del extremo, el 2C, pero no sin antes asegurarse de colocar el libro que me ha devuelto en el asiento de en medio. No soy muy dada a hablar con desconocidos en el mejor de los casos, pero este tipo tiene un imán que me atrae, y ahora no es precisamente momento para hacerse la difícil.

—¿Estás bien?

Su preocupación parece sincera con la ceja levantada.

—Sí. Bien, gracias.

Debo de estar horrible, como un vampiro, pues el miedo me ha drenado la sangre del cuerpo. Cierro los ojos para resistir el vaivén. Cuando los abro, él señala con un dedo hacia mis labios, acercándose mucho, demasiado para una distancia social sana, hasta que me doy cuenta de que indica una mancha roja.

—Te está sangrando el labio. Un poco a la derecha. Un poco a la izquierda. Ahí, justo ahí. Déjame que te consiga algo de beber. Por cierto, yo soy Isaac.

Mientras habla, asoma la cabeza al pasillo y chasquea los dedos para llamar la atención.

—Soy Jade, y sí, una bebida vendría genial.

Me inclino, recojo la botella de *prosecco* que ha quedado junto a mis pies y la meneo un poco frente a él.

—Burbujas. Me uno a ti y celebramos que seguimos vivos —dice.

Cuesta saber si se está riendo de mí, si se está tomando a la ligera mi aparente angustia o si está coqueteando. Sea como sea, agradezco la compañía y necesito desesperadamente otro trago.

Vuelo 2904 a Málaga; 14.30 horas. Me da la impresión de que no voy a olvidar este vuelo. Este tío está como un tren.

Capítulo 2

Me cuesta salir de mi asiento cuando aterrizamos en el aeropuerto de Málaga. Isaac volvió a su sitio cuando se encendieron las señales de cinturón y estoy muy desorientada.

En cuanto abren las puertas del avión, el calor español, peor que una sauna, me golpea en la cara. Tengo que agarrarme al pasamanos para bajar dando tumbos por las endebles escaleras metálicas que parecen moverse.

De repente, pierdo el agarre de mi equipaje de mano. Se lanza entre los pasajeros que tengo delante y hace una voltereta hasta la pista. Qué demonios. Miradas fulminantes y un montón de resoplidos van dirigidos hacia mí. Un tipo con traje azul marino de negocios me empuja, murmurando entre dientes. No consigo ubicar dónde estoy. Así de nublada está mi cabeza, como si estuviera envuelta en niebla.

Los pasajeros me adelantan por el lado en tropel. Se acabó eso de estar en el asiento 2A y llegar al control de pasaportes antes que las multitudes. Hace tanto calor afuera que el suelo parece burbujear. Bueno, parece que burbujea, pero podría ser mi visión. Me agacho para recoger mi bolso, que el señor trajeado ha pateado bajo la frágil escalera.

Lo recojo, pero cuando intento enderezarme de nuevo, me tambaleo de un lado a otro. El suelo definitivamente se mueve, y no puedo mantenerme erguida. Para empeorar las cosas, mi visión se está nublando. Líneas en zigzag chisporrotean por los bordes.

—¿Jade? ¿Estás bien?

Oigo la voz antes de ver a la persona. Es el doble de Brad Pitt del avión. ¿Cómo ha llegado aquí? Pensé que había desembarcado primero. Está flotando sobre mí, a unos buenos quince centímetros. Podrían ser sesenta centímetros, parece tan alto. ¿Cómo dijo que se llamaba? No recuerdo nada más que las máscaras de oxígeno colgando. ¿De verdad casi morimos todos? ¿Caímos al océano?

De repente, mis piernas se doblan, mientras la imagen del guapo aparece y desaparece borrosa.

¿No puedo estar tan borracha, verdad? Es como si estuviera en otro planeta.

—¿Perdona?

Creo que soy yo quien habla, pero no puedo asegurarlo. ¿Cómo se llama este tío, y qué acaba de preguntarme? Todo es un vacío.

—Ven. Déjame ayudarte. Cógete de mi brazo.

Me levanta como si fuera la anciana señora Cunningham de la residencia. Ya no puede alimentarse ni ir al baño sola.

Le sonrío a Isaac. Sí. Isaac. Ese es su nombre. Es de la Biblia, lo recuerdo ahora. Me devolvió mi libro, *Cómo vivir como un millonario,* cuando salió disparado hacia la parte delantera del avión.

Realmente se parece a Brad Pitt. Bueno, a Brad Pitt antes de casarse y divorciarse un par de veces. Rubio, con mandíbula cincelada. Me agarra el brazo con fuerza y me impulsa hacia la terminal.

Cuando llegamos a la cola de pasaportes, me sujeta las manos a una barra metálica y me dice que no me mueva. Mientras intento mantenerme erguida, abre su pasaporte y me pregunta dónde está el mío. Susurro que está en mi bolso, preocupada de parecer una inmigrante ilegal.

—Debo de estar muy borracha. Uy. —Se me escapa una risa, aunque creo que soy la única que la oye. Todos evitan mirarme a los ojos.

—Es posible. —Isaac guiña un ojo, pero me lanza una mirada severa. Una advertencia para que me serene—. Dame tu pasaporte y pasamos juntos.

Meto la mano en el extremo con cremallera de mi bolso y agito mi pasaporte en el aire.

—¿Esto es lo que buscas?

Él me lo quita y dice:

—Vamos, pero intenta no hablar mucho.

Me trata como a una niña, pero en el estado en que estoy, se siente bien que él tome el control.

Al bajarme el brazo que estaba sacudiendo, sus dedos rozan los míos. A pesar del mareo, siento un deseo terrible de agarrarlos.

El funcionario de pasaportes detrás del cristal me mira a mí y luego a Isaac, y vuelve a mirarme. Sonríe a Isaac, le pregunta cómo está. No puedo oír nada, pero supongo que eso es lo que dice, porque su sonrisa es amplia y es mucho más amable con Isaac que con los demás pasajeros. Mis oídos están taponados por la presión de la cabina. Me pellizco la nariz, mantengo la boca cerrada y respiro con fuerza por las fosas nasales hasta que algo hace clic.

Me pregunto por qué tiemblo. Joder, si no tengo cuidado, la policía me va a llevar detenida.

Isaac parece estar hablando en español ahora. Yo sé dar las gracias y poco más. Creo que está intentando explicar que estamos juntos.

—Sí, estamos juntos —anuncio, y me acerco a su lado. Le agarro el brazo antes de entrelazar nuestros dedos.

Isaac sonríe y levanta la mirada al cielo. Tiene los dientes más perfectos que he visto. Incluso en el estado en que estoy, puedo ver que es guapísimo, parece una estrella de cine.

Una vez que llegamos al vestíbulo de llegadas, todo es aún más borroso. ¿Cuánto habré bebido?

Joder. De repente recuerdo las pastillas de diazepam de emergencia. Los sedantes que me dejarían fuera de combate en una emergencia. ¿Tomé un par cuando estuvimos al borde de la muerte? Necesito revisar el blíster y ver cuántas faltan. El alcohol y los tranquilizantes no son nada compatibles. Isaac me lleva a rastras como a un niño malcriado.

—Creo que necesitamos ir a que te tomes un café. O quizá dos o tres —dice.

Consigo liberarme de su agarre y le digo que tengo una maleta en la bodega.

—No tienes que preocuparte por mí. Ya estoy bien. Pero gracias…

—Ya he olvidado su nombre otra vez. ¿Ismael? ¿Isaías? Sé que empieza por I y es algo bíblico. Mierda. Mierda. ¿Por qué no puedo recordarlo?

Lo dejo plantado y me alejo con paso decidido a buscar mi maleta. Antes de darme cuenta de lo que pasa, él ha echado a correr y me ha agarrado por detrás.

—No estás en condiciones de ir a ninguna parte. —Su voz es tan sexi. Dominante—. ¿Quieres desmayarte en la cinta transportadora?

—Isaac. Isaac, ¡eso es! —exclamo, encantada de haberlo recordado.

Percibo un matiz de risa en su voz. Aunque estoy en un estado de delirio, lo imagino arrancándome la ropa y subiéndose encima de mí. Y aunque se esté burlando, definitivamente está coqueteando.

—Te llevo a donde quieras ir. Tengo un chófer afuera. Si te dejo, probablemente acabarás en el hospital. Peor aún, en un calabozo.

Sin duda le gusto. Solo es mi segundo viaje a Marbella, y podría haber conocido a mi hombre ideal. Logan es un amigo excelente, pero este tío está buenísimo de la muerte.

Aquí es cuando me desmayo.

Capítulo 3

Ya es de noche cuando me despierto. Una intriga somnolienta deja paso al pánico.

Mierda. Mierda. Mierda. ¿Dónde estoy? ¿Dónde narices estoy? Me incorporo sobre una cama enorme, que fácilmente podría alojar a seis personas. Mi cabeza pesa tanto que me tienta darme la vuelta y volver a dormir.

No se oye ni un sonido en ninguna parte. La única luz proviene de un par de apliques de pared atenuados. Porcelana blanca. En realidad, todo lo que puedo ver con los ojos secos parece blanco. A través de una puerta al final de la cama, puedo ver lo que debe ser un cuarto de baño. Una bañera independiente con patas doradas en forma de garra está iluminada desde arriba como un decorado teatral.

Me siento como la Bella Durmiente despertando tras cien años. Me froto los ojos. Están tan secos que no puedo enfocar. Hay cojines apilados a ambos lados de mí, supongo que para que no me caiga al suelo. Junto a la cama, sobre una cómoda con encimera de mármol blanco, veo mi teléfono. Lo agarro y, por suerte, aún tiene batería. Se enciende al levantarlo.

Santo cielo. Es medianoche. ¿Cuánto tiempo he estado aquí? Me esfuerzo por recordar exactamente qué pasó. Mi mente está en blanco total. Necesito levantarme, moverme y sacudirme para espabilar.

No sé por qué, pero parece importante no hacer ruido. Llámalo instinto.

Al menos no estoy desnuda. De hecho, estoy prácticamente vestida por completo, salvo por mis nuevas zapatillas con tachuelas plateadas que están muy bien colocadas junto a la cristalera de suelo a techo que ocupa toda la longitud de la habitación.

Aparto la ropa de cama ligera de algodón. Mi falda se ha subido por los muslos, pero al menos llevo bragas. Mi blusa está arrugada, hecha un acordeón como si hubiera estado en la cesta de la ropa sucia, pero los botones siguen abrochados.

Escucho en busca de algún sonido. Ruido. Algo que me dé una pista de dónde estoy y que me asegure que no soy una prisionera.

De repente, recuerdo a Isaac. Isaac. El chico alto y guapo del avión que me ayudó en el control de pasaportes.

¿Qué pasó después? Empiezo a entrar en pánico. Podría ser un pirado. Quizá me haya secuestrado. Al menos no me han violado.

Me deslizo fuera de la cama y dejo escapar un grito cuando mis pies tocan el suelo helado. La habitación debe estar climatizada porque escucho un zumbido, pero sigo empapada en sudor y las manos me tiemblan. Probablemente sea por el alcohol, pero la preocupación no ayuda.

Camino de puntillas hacia la puerta. Está entreabierta y puedo ver el rellano. Todo lo que alcanza la vista es blanco, salvo una barandilla de hierro forjado gris que rompe la monotonía. Salgo con cautela y apoyo la espalda contra la pared.

Se oyen voces apagadas abajo. Bueno, una voz apagada, pero no escucho bien. Lo más probable es que sea Isaac. ¿Quién más podría ser?

Está hablando por teléfono:

—Lo siento. Necesito más tiempo.

Asomo la cabeza por la esquina de la pared y miro entre la barandilla. Isaac pasea de un lado a otro por una habitación enorme. Es como una estancia sacada de *Grand Designs*. La decoración grita lujo. Todo en blanco y dorado. Mármol y cristal, y al fondo una escultura en una fuente lanza agua a borbotones. Al menos no estoy encerrada en un sótano oscuro y húmedo.

—Tengo que irme. Te llamaré mañana. Ya te lo he dicho. Lo solucionaré. —Suena bastante arisco y parece cortar la llamada. Desde luego, no pierde tiempo en despedidas corteses.

Mi pulso se acelera mientras me agacho y vuelvo al dormitorio, pero antes de llegar a la cama, escucho pasos firmes en la escalera de caracol. Un golpecito suave, y la puerta se abre con un chirrido. No me parece un lugar tenebroso, pero ese crujido no ayuda a convencerme.

—Ya estás despierta. —Aparece Isaac, con las manos en los bolsillos, y entra sin prisa—. ¿Cómo te encuentras ahora? ¿Te sientes mejor?

Sonríe de oreja a oreja.

—¿Dónde estoy? —Me siento al borde de la cama, manteniendo una distancia con mi posible captor—. No recuerdo lo que pasó.

—Soy Isaac. Te ahorré un viaje al hospital cuando te desmayaste en el aeropuerto. Tuve que convencer a los médicos de que ya te había pasado otras veces, porque sufres una enfermedad rara.

—¿Qué tipo de enfermedad rara?

El cabrón se está riendo de mí. Quizá sea un secuestrador loco, trastornado, histérico, pero es tan magnético que no me importa un carajo.

Vuelve a mí el recuerdo de caer al suelo junto a la cinta de equipajes. Mi maleta.

¿Dónde está mi maleta?

—Mi maleta. ¿Dónde está mi maleta?

—No te preocupes. Está debajo de la cama.

Isaac se agacha y saca mi maleta. Se ha quitado la ropa del avión, ahora lleva pantalones cortos y una camisa de algodón clara. No puedo apartar la mirada de sus piernas bronceadas y musculosas y sus bíceps entrenados. Seguro que no es un secuestrador.

—¡*Voilà*! —Coloca la maleta rosa en posición vertical. La vista familiar me reconforta, aunque me da un poco de vergüenza con la pegatina adhesiva de White Star Line—. ¿Por qué no te duchas y bajas? Te prepararé algo de beber. Te pondré al día de lo que pasó después.

—De acuerdo.

No me muevo hasta que oigo que sus pasos se alejan y sé con certeza que se ha ido. Entonces cojo el móvil, envío un mensaje a mamá y le digo que he llegado bien.

> Vuelo retrasado. Batería agotada. Pero todo bien. Llegué al hotel sana y salva. xx

Al menos podrán rastrear el mensaje de texto si desaparezco misteriosamente. Para no ser vista nunca más. No le he dicho a mamá que estoy alojada en el hotel de cinco estrellas más caro de Marbella. Ella piensa que debería invertir mis ganancias con cabeza.

Pero quizá sea demasiado tarde para irme a mi hotel esta noche. Parece que me quedaré aquí hasta la mañana.

Capítulo 4

Aunque apenas he pegado ojo, no más de tres horas, me he levantado con las primeras luces. Estoy demasiado emocionada para quedarme en la cama, y hoy es el verdadero comienzo de mis vacaciones. No puedo esperar a llegar a mi hotel, pero primero, voy a darme una buena vuelta por esta villa.

Anoche, cuando me uní a Isaac para tomar unas copas a medianoche, me contó que tiene chófer. Pablo, su conductor, nos llevó de vuelta desde el aeropuerto, pero yo estaba tan ida que no recuerdo nada después de desmayarme. Isaac tuvo que ponerme al corriente.

Estoy viviendo el estilo de vida millonario, porque esta mañana Pablo me llevará en coche a Los Molinos, el hotel de cinco estrellas frente al mar donde me alojaré toda la semana. Es mi segunda visita al hotel desde mi golpe de suerte, y me inquieta que ya me sienta como en casa. Sueño con mudarme allí algún día.

Pablo me llevará cuando esté lista. Al parecer, también hace de jardinero, encargado de la piscina y recadero.

—Pablo puede hacer varias cosas a la vez —contó Isaac entre risas, con los ojos arrugándose en las comisuras.

—Un poco como una mujer —dije, e Isaac se rio aún más fuerte.

Hablamos hasta las tres de la mañana. Isaac no está casado, y no lleva anillo de boda. No estoy segura de con quién hablaba por teléfono, podría haber sido su madre, pero preocuparme por la posibilidad de una pareja sería adelantarme demasiado.

Es increíble. Tiene un ático en Londres, al sur del río. Es originario de Peckham, y trabaja tanto en Londres como en

Marbella. Quizá no debería haberle dicho que vivo en un ático al norte del río, pero desde luego no era el momento de hablarle del piso de un dormitorio plagado de arañas. Tuvo la desfachatez de preguntar cuántos años tengo. Le dije que un caballero nunca debe preguntar la edad a una dama, pero cuando confesó que tenía treinta y ocho años, admití estar ligeramente pasada de los treinta. Qué más da, encaja de sobra en el perfil ideal.

Nos llevamos tan bien que probablemente me habría acostado con él si me lo hubiera pedido. No solo es atractivo, sino que también es divertido, interesante (vale, sus millones ayudan), y conectamos de verdad. Si lo hubiera conocido en mi bar de Crouch End, ya estaría planeando la boda.

Esta mañana, rebusco en mi maleta buscando un conjunto atractivo. Informal pero sexi, y un poco transparente en la parte superior. Estoy hecha un manojo de nervios pensando en volver a ver a Isaac, pero cuando bajo al espacio abierto que combina salón, cocina y piscina interior (sí, de verdad), no hay rastro de él. En su lugar, hay una mujer pequeña, bronceada, con un delantal azul y el pelo rizado y negro azabache, olisqueando los restos en el fondo de una copa. No hace falta ser una conocedora de vinos para saber que estábamos bebiendo champán. Moët & Chandon, nada menos. La botella vacía está boca abajo en un cubo de plata.

—Hola —digo.

Ella asiente, con una leve curva en los labios, antes de desaparecer por otra puerta. Supongo que es la encargada de la casa, o más bien de la villa. Desde luego, no parece emocionada de verme. Quizá se levantó con el pie izquierdo, pero su frialdad es incómoda.

Cinco minutos después, reaparece con un par de cruasanes y una taza de café. Los deja delante de mí con tal fuerza que el café se derrama.

Ignora el desastre y sigue trabajando a mi alrededor en completo silencio. Se mueve con sigilo, evitando el contacto visual. Me pregunto si no le está permitido hablar con los huéspedes. O quizá no habla inglés. De todos modos, me tomo el café que queda y voy a recoger mis cosas.

No tardo mucho, y cuando bajo de nuevo, la asistenta ha desaparecido. Isaac me dijo que Pablo debería estar trabajando en el exterior por algún lado, así que dejo mi maleta y salgo a través de la amplia pared de cristal que da al jardín. Tengo que pasar por un pequeño panel abierto en un extremo, porque no parece haber otra salida.

Guau. Guau. Guau. Desde la ventana de arriba podía ver el mar a lo lejos, entre altos pinos, pero estaba demasiado alta para apreciar los jardines. El patio de mármol tiene aproximadamente el mismo espacio que mi cutre estudio multiplicado por diez. Las baldosas están recién fregadas y resbalo al cruzarlas. Parece que siguen haciendo trabajos de jardinería, porque hay herramientas y baldosas nuevas desplegadas en un lateral.

Toda la propiedad está rodeada por altos muros blancos, y pinchos de hierro decorativos coronan los perímetros laterales. Me dirijo hacia unas escaleras al fondo del patio, y respiro hondo. Una enorme piscina infinita, apenas unos metros más abajo, es tan ancha como el patio. En el silencio, escucho el agua cayendo por el borde.

Miro atrás, pensando que oí un susurro detrás de un grupo de enormes olivos. Un conejo pasa disparado, y recuerdo que Isaac me dijo que el estofado de conejo salvaje es uno de sus platos españoles favoritos.

—Puedes conseguir un conejo entero en el Mercadona —anunció.

—¿Mercadona?

—El equivalente español de Tesco —dijo riendo.

Levanto la vista y veo un rostro en una ventana del piso de arriba. Aunque ya hace un calor sofocante bajo el sol de la mañana, siento un escalofrío. La asistenta está mirando hacia afuera. Podría estar contemplando el mar, pero tengo la incómoda sensación de que me está observando a mí.

En lo alto de la villa hay una gran terraza acristalada. Isaac dijo que debería echar un vistazo, porque las vistas desde allí son aún más impresionantes. Pero, con la mirada oscura de la asistenta clavada en mí, creo que esta vez pasaré.

Recorro tranquilamente el borde de la piscina infinita y atravieso una pequeña zona ajardinada, hasta llegar al límite de la propiedad. No hay muro como tal, solo un enorme precipicio que baja hasta una pequeña playa apartada. Estoy tan alta que los bañistas, acurrucados en filas de tumbonas, bajo sombrillas a rayas amarillas y blancas, parecen hormigas. Si no tuviera prisa por registrarme en el hotel, podría intentar ver si hay alguna forma de bajar destrepando.

Aunque no hay vallas aquí arriba, al pie del acantilado hay unas rejas de acero que no parecen tener salida.

Casi se me sale el corazón cuando alguien se acerca sigilosamente por detrás.

—¡Hola! ¡Hola!

—Joder. Me has dado un susto de muerte.

Un hombre de piel curtida ofrece una mano callosa y gruesa.

—Buenos días —dice en español—. Soy Pablo. Encantado.

—Hola. Soy Jade. —Mi piel blanca desaparece bajo su enorme agarre.

—¿Quieres que te lleve a Los Molinos? —La pregunta deja ver unos dientes muy blancos, con un par astillados en un lado.

—Sí, por favor. Sería genial.

—Ven. Espera junto a las puertas principales, que voy a por el coche.

Lo sigo de vuelta a la villa; la pendiente pronunciada acelera mi corazón. No estoy segura de que las clases de Peloton hayan hecho efecto todavía, pero es pronto. Bajar fue fácil, pero subir es como escalar una montaña.

Pablo desaparece cuando entro para recoger mi maleta. La arrastro hasta la puerta principal, que está compuesta por tres grandes paneles de madera con cristales esmerilados a ambos lados. Intento girar el pomo, pero no cede. Lo muevo un poco, pero sigue sin abrirse. Mierda.

Pablo puede tener el sigilo de un tigre, pero la asistenta es aún peor. Aparece de la nada, como un fantasma flotante, y sin decir palabra, saca un manojo de llaves del bolsillo, las hace sonar y mete una en la cerradura. Luego teclea números en un teclado a la izquierda de la puerta, cubriéndolo con la mano libre mientras lo pulsa, y, *voilà,* se abre.

—Gracias.

—De nada —dice en español, sin una pizca de la sonrisa de Pablo y sin mostrar los dientes. Mira al suelo, en lugar de a mí, mientras paso con mi maleta.

Un gran Mercedes berlina ronronea al llegar al frente de la villa, y cuando Pablo sale para abrir la puerta del pasajero, oigo la llave girar en la cerradura detrás de mí.

Si pensaba que salir de la villa era difícil, salir del recinto parece imposible. Parece Colditz. Pablo usa un mando a distancia para deslizar unas sólidas puertas metálicas verde oscuro que encajan en los imponentes muros encalados. Hay cámaras de seguridad colocadas a lo largo de la parte superior.

Mientras nos alejamos en el coche, me fijo en una placa de cerámica azul en la pared exterior.

«Casa de Astrid».

Capítulo 5

Pablo acelera en cuanto salimos del terreno de la villa. Conduce como un maniaco, y yo contengo la respiración durante todo el camino hasta el hotel.

Respiro con más facilidad cuando el coche reduce la velocidad junto a la entrada delantera. Pablo se detiene, baja y rodea el coche para abrirme la puerta. Cuando intento salir, las piernas me tiemblan bastante. No sé si es por la conducción maniaca de Pablo o por lo raras que han sido las últimas veinticuatro horas. Da igual, es un alivio haber llegado.

Abro la cremallera del bolso para sacar una propina de diez euros, pero soy demasiado lenta. Él descarga aprisa mi maleta, vuelve al coche y en un par de segundos la parte trasera del Mercedes desaparece por las puertas.

En el vestíbulo, arrastro mi maleta de carey rosa. De repente me parece desgastada, aunque fue lo primero que compré después de «La Noche» del sábado, y solo es la tercera vez que la uso. Puede que no sea Gucci ni Christian Dior, pero fue lo más caro que había en TK Maxx. El exterior de policarbonato ABS rosa (busqué resistente y de primera gama) ahora me parece más estridente que lujoso. Desde luego, me queda mucho por aprender para vivir como una verdadera millonaria, pero al menos tengo dinero para gastar.

Delante de mí, un conserje uniformado se encarga de un carrito dorado cargado hasta arriba con un juego de maletas Louis Vuitton de lona y piel, en oro y negro. El tipo sortea cuidadosamente a los huéspedes que deambulan. Bajo el asa retráctil de mi maleta brillante a prueba de bombas y con la mano la hago rodar con suavidad hacia el mostrador de recepción.

Incluso mi conjunto de deportivas plateadas con lentejuelas de Ted Baker, pantalones *capri* amarillo canario de M & S y blusa de Mint Velvet, vaporosa y provocativamente sugerente a través del algodón amarillo translúcido, de repente me parece menos impresionante. A pesar de que la factura total superó lo que gano en un mes en la residencia de ancianos.

—Wiltshire. Jade Wiltshire —digo, anunciando mi llegada. Me tiembla la voz como si pidiera un trabajo para el que no tengo muchas esperanzas. Pequeñas gotas de sudor perlan mi cuello y la línea del cabello, y mis mejillas se sonrojan mientras paso la palma por mi garganta. El estatus de millonaria no llega fácilmente. Los sueños aún no se corresponden con la realidad.

—Buenas tardes, señora. Bienvenida a Los Molinos.

Una chica atractiva con una falda azul marino acampanada, una blusa roja ceñida y con un extraño acento exótico desliza sus largas uñas pintadas de rojo sobre una pantalla. Sus gruesas y oscuras cejas tatuadas tienen una expresión natural de interrogación, y me recuerda a la azafata que ignoró mis súplicas de piedad cuando el avión se estremecía. Sus labios están tan rellenitos que parece tener dificultad para hablar, y una larga lengua rosa los repasa constantemente para mantenerlos húmedos.

—Me encanta la maleta. Una tortuga rosa. —Una risa profunda acompaña sus palabras.

Me lleva un par de segundos darme cuenta de que el extraño detrás de mí me está hablando. Estiro el cuello, sin querer girarme del todo. El hombre tiene la piel muy oscura —no es un bronceado, sino más bien morena por su etnia—. No puedo evitar fijarme en los negros y enroscados vellos que parecen cubrir su cuerpo. Se extienden por sus brazos y suben por su garganta como si lo estuvieran estrangulando. Su amplia sonrisa deslumbra como un anuncio de pasta de dientes.

—Gracias. Al menos no la perderé —digo.

Dirijo la mirada a la recepcionista, deseando que se vaya. No hay suerte.

—Carlos —se presenta—. Creo que eres inglesa, ¿no? ¿O quizá americana?

Se coloca a mi lado en el mostrador, demasiado cerca para ignorarlo con facilidad.

—Inglesa.

No estoy segura de que sea buena idea darle mi nombre a un desconocido vestido con una camisa naranja y azul con estampado de pájaros exóticos que parecen tucanes, pero es difícil ignorarlo.

—¿Estás de vacaciones?

—Señora, ¿puede firmar aquí, por favor?

La chica de los labios hinchados le da la vuelta a un formulario para que quede de cara a mí, solicitando un par de firmas antes de que entregue mi tarjeta de crédito NatWest. La ausencia de una tarjeta platino o dorada se burla de mi saludable saldo bancario. Pero no puedo pensar en eso. Necesito llegar a mi habitación, cerrar la puerta y respirar. Estoy aquí para disfrutar, pero cuesta arrancar la fiesta.

Carlos me da un toque en el hombro y me ofrece una tarjeta de visita.

—Asesor inmobiliario, por si necesitas algo —dice—. Espero que disfrutes tu estancia.

—Gracias.

Cuando por fin recibo la tarjeta de mi habitación, veo a Carlos merodeando cerca de los ascensores. Llamo con un gesto a un botones, le pregunto si puede subir mi maleta a la quinta planta y me dirijo hacia las escaleras.

***

Estoy jadeando cuando llego a mi habitación y deslizo la tarjeta en la ranura. Unos segundos después, entro.

Me cuesta contener la emoción cuando veo la habitación. Había olvidado lo enorme que es la cama, y la vista al Mediterráneo es impresionante, de postal. El balcón, de gusto exquisito, parece burlarse de mi soledad con sus muebles para dos —una mesa con tablero de azulejos y dos sillas, un sofá acogedor para dos, resguardado bajo un toldo a rayas verdes y blancas—, pero no podría estar más feliz. Dos por el precio de uno es mi filosofía medio llena. Es lujo con mayúsculas.

Podría incluso quedarme en la habitación sola toda la semana, así de perfecta es, un palacio. Después de lo que he vivido en las últimas veinticuatro horas, la tentación de no salir es grande.

—¿Sola? —gritó mi madre horrorizada cuando le dije que me marchaba.

—¿Por qué no?

—¿Dónde vas a quedarte? ¿Sola? Dios mío, ¿a dónde va a parar?

Sus protestas repetitivas me empujaron aún más por el camino de las mentiras y la rebeldía.

—Un hotelito un poco metido hacia el interior. Barato y alegre. Cerca del aeropuerto de Málaga. Vuelos económicos.

—Eso espero. Paga la entrada de un piso, asienta tu vida. Usa el dinero con cabeza.

Me pregunto por qué mi madre insiste tanto en que siga sus aburridos pasos. La casita adosada de dos plantas y dos dormitorios, una compra astuta cuando mis padres se casaron, la ha aprisionado en la mediocridad de Milton Keynes desde que papá murió. Yo tenía solo diez años entonces. Ahora creo que mamá busca garantías de que tomó decisiones de vida acertadas y que no ha desperdiciado su vida por completo.

Abro las puertas de cristal del balcón y me dejo envolver por el calor mediterráneo que cubre mi piel como un manto. A lo lejos, el mar brilla, una vasta lámina azul celeste, con destellos de sol que chisporrotean en la superficie vidriosa. Los barcos se mecen a lo lejos, y si me coloco justo en la esquina del balcón, junto a la barandilla, tengo una vista clara de la playa privada del hotel. Sombrillas amarillas, cubos y palas me saludan, invitándome.

Un suave golpe en la puerta me hace saltar. Cruzo la alfombra aprisa y abro a un portero alto y delgado que me entrega mi maleta.

—Un momento.

Entro corriendo al dormitorio y saco un billete de veinte euros. No sé si es suficiente o demasiado, pero sus mejillas se enrojecen. Inclina la cabeza, asiente agradecido y retrocede por el pasillo.

Cierro la puerta de un portazo, lanzo la maleta sobre la cama, me tiro a su lado y pataleo en el aire, gritando como una loca liberada tras treinta años en prisión. Me siento de nuevo, abro la cremallera de un tirón, vuelco el contenido y saco el bikini, arriba y abajo. De lunares amarillos. Eran irresistibles.

Me quito la ropa, me pongo el bikini y me echo por encima una camisola blanca y amarilla a juego. Giro frente al espejo que va del suelo al techo, colocado en el exterior del vestidor. El escote profundo de la camisa, las aberturas laterales y las mangas remangadas se ajustan perfectamente a mi figura, pero me horrorizo al ver la piel blanca al descubierto.

Por último, abro el sombrero de paja, le quito la etiqueta del precio y me lo coloco firme sobre el pelo enmarañado. Como no conozco a nadie y no tengo intención de entablar conversaciones con desconocidos, es fácil ignorar mis rizos rubios indomables. Estoy aquí para disfrutar.

«No salgas nunca sin maquillar. Estate siempre preparada. Nunca sabes cuándo va a aparecer el hombre ideal». Los mantras de mi madre. Pero en este momento en concreto, no me preocupa en absoluto encontrar al hombre ideal. Busco sol, arena y unas cuantas sangrías. Mientras rebusco en la maleta mi libro *Cómo vivir como un millonario,* me doy cuenta de que solo voy por la mitad. Aunque parece ficción, es muy serio. La autora es una aspirante a millonaria que ha investigado a los ricos y famosos. No se menciona al hombre ideal, ni formar un hogar, ni cómo cocinar.

Dinero. De eso trata este libro de una tienda de segunda mano cualquiera, y de la forma más sabia de usarlo. Gastarlo. Y atraer atención. Me queda camino por recorrer, pero mientras saco la tarjeta de su ranura, con el bolso de playa colgado de un hombro, tomo una decisión impulsiva: vivir al límite y bajar en el ascensor al sótano, por donde se llega antes a la playa.

Pronto estoy sudando y en pánico, arrepintiéndome de la decisión en un descenso corto y abrupto. El ascensor recoge a una señora mayor en la segunda planta y, al arrancar de nuevo, el movimiento dentro de la caja metálica plateada y brillante es brusco, vacilante y lento. Durante unos segundos horrorosos, es como si estuviera de nuevo en el avión. Esperando a que se enciendan los cinturones y la turbulencia nos haga caer en picado al océano. Cierro los ojos con fuerza hasta que las puertas se abren con un chirrido. Al salir, consigo por fin una amplia sonrisa para mi compañera de viaje.

Camino con paso firme hacia la playa y, al acercarme a la franja dorada de arena, echo un vistazo rápido al móvil y veo que hay un mensaje nuevo de Logan.

> Espero que hayas llegado bien. ¿Nos vemos en recepción a las ocho? He reservado el restaurante de pescado como prometí. Tengo muchas ganas de verte. L. xx

Empiezo a cantar. ¿Quién necesita Tinder o Hinge? Las posibilidades de novio me llegan desde todos los ángulos. Logan es un chico estupendo. Pero ¿Isaac? El millonario con la villa de ensueño. Está en otro nivel.

Que empiecen las vacaciones.

Capítulo 6

A los millonarios les gusta llegar tarde. De hecho, los millonarios siempre llegan tarde. Es una cuestión de privilegio, según dice mi libro.

> Llega tarde a todas las citas. Los millonarios hacen esperar a la gente y, cuando tienes tanto dinero, la gente espera todo el día. Y toda la noche.

Me quedé dormida en la tumbona y ahora estoy de vuelta en mi habitación, desesperada por refrescarme. Paso las páginas del libro, repasando todos los consejos sobre vivir como si estuviera forrada. Me estiro en la cama y espero a que sean las ocho en punto. El frescor de las sábanas ayuda a calmar el calor de la quemadura, pero dormirme en la playa no estaba para nada en los planes.

Cuando regresé de la playa ya empezaba a parecer un cangrejo. Por suerte, entre el surtido gratuito de artículos de baño —cepillo de dientes, gel de ducha, espuma de baño, gorro de ducha, kit de costura, esponja, peine, jabón—, había una pequeña botella de loción para después del sol. Me la he untado por los hombros, la nariz y los pies, pero escuece un montón. El resto de los productos de la farmacia ya están guardados en el fondo de mi maleta. Para cuando termine la semana, igual necesito una maleta extra. También he guardado las cápsulas gratuitas de Nespresso y las bolsitas de infusiones. No estoy acostumbrada a tanto lujo y asumo que todo es gratis. Incluido en el precio. Los guardé en mi primera visita y esta vez tampoco dejaré nada atrás.

A dos minutos para las ocho, es hora de vestirse. No estoy segura de que llevar pantalones blancos de lino y una camiseta blanca sea la mejor idea, ya que el color no resalta un bronceado saludable, sino que me da el aspecto de un helado de fresa y nata. Hay una pequeña posibilidad de que Logan no me reconozca, porque yo misma tengo problemas para reconocerme.

Son las ocho y diez, y bajo las escaleras con paso despreocupado. Esta semana no necesitaré las clases de Peloton, porque subir y bajar cinco tramos de escaleras debería poner el corazón a funcionar. Desde luego no me vuelvo a arriesgar con el ascensor.

Logan, desde la distancia, me recuerda a mi hermano David. Son similares en altura (uno ochenta y pico), y en su complexión musculosa. Los entrenamientos de la parte superior les han dado volumen arriba, pero los vaqueros demasiado ajustados no pueden disimular las piernas delgadas. Ambos tienen el pelo castaño liso, un flequillo desordenado y unos ojos grises y profundos.

Logan se mueve nervioso, dando golpecitos con el pie en el suelo, y está junto a las puertas de salida como si quisiera una escapada rápida. Su rostro se ilumina cuando aparezco.

—¿Jade? —Se cubre los ojos para protegerse del resplandor de mi quemadura.

—Sí. Soy yo. —Pongo los ojos en blanco—. Me quedé dormida en la tumbona. ¿Qué tal estás?

Suelto un chillido infantil cuando me agarra, y me da un beso largo en la mejilla.

—Mejor que nunca por verte. Estás…, em…

—Venga, dilo. ¿Como un cangrejo?

—Preciosa. —Se sonroja hasta que sus mejillas igualan el color de mi nariz.

Paseamos afuera, donde el frescor del aire acondicionado cede ante temperaturas asfixiantes. Incluso a estas horas, el calor es implacable, y mis axilas chorrean como esponjas empapadas.

A cinco minutos del hotel, llegamos a la playa, y mis zapatillas se llenan de arena crujiente. Más cerca de la orilla, el terreno es más firme, la arena está saturada y caminar es más fácil. Corro un poco, mientras Logan pasea con las manos metidas en sus pantalones cortos caqui.

El chiringuito y restaurante La Plancha se alza sobre un promontorio. Logan me dice que ha reservado la mejor mesa dentro, junto a la ventana, desde donde tenemos una vista impresionante del Mediterráneo.

—Ostras. Se me había olvidado lo impresionante que es —miento. No lo he olvidado en absoluto, y he estado contando los días.

—¿Cazuela de marisco otra vez? —pregunta mientras nos sentamos.

—Cómo no.

He soñado con el pescado fresco y jugoso, con gambas, calamares y pulpo en salsa de vino blanco desde mi primera visita. Logan sugiere que compartamos otra patata asada, y que la mezclemos en la salsa una vez devorado el pescado. El paraíso con mayúsculas.

Ya dentro, y acomodados en nuestra mesa, Logan me pregunta cómo he estado. Estira las piernas hacia un lado y tamborilea con los dedos sobre la mesa.

—No vas a creer lo que pasó ayer —digo.

—¿Qué? ¿Después de que llegaste? —Se sienta más erguido, desliza las piernas de nuevo bajo la mesa.

—En el avión. Fue una pesadilla absoluta.

Me acerco y, entre tragos generosos de una botella ridículamente cara de Marqués de Riscal (Logan había sugerido el Viña Sol, pero soltó un «¿por qué no?» ante la botella más cara cuando dije que esta noche invitaba yo), le cuento lo que pasó. Y lo de Isaac, y que pasé la noche en su villa.

—Oh. ¿Dónde estaba la villa de ese tal Isaac?

Logan se cubre los ojos como si le diera un sol imaginario, igual que hizo con mi quemadura, y retrocede un poco la silla.

—Ni idea. Por la playa, hacia Málaga, creo. Todo aquí parece igual. Pero deberías haber visto la villa. Vaya cosa.

—¿E Isaac? ¿Era un *sugar daddy* con joyas de oro?

Algo me dice que modere la emoción en mi voz, así que miento y freno el entusiasmo.

—Estaba bien. Un poco aburrido, pero me cuidó. No sé qué habría pasado si no hubiera estado…

—Da miedo —dice, colgándose la servilleta de su camisa de colores vivos.

Pienso en los pacientes de la residencia. He metido muchas servilletas en cuellos escuálidos, y me extraño de que Logan se cubra para evitar manchas. Yo no voy a taparme porque el hotel tiene un servicio de lavandería excelente. Cuando llega el guiso, nos zambullimos en él, y la conversación se aleja de Isaac y de mis aventuras. En vez de eso, Logan me recuerda que fue a la universidad en Exeter, trabajó unos años en banca y se está tomando un año sabático tardío (o dos). Le gusta trabajar en Los Molinos, y se ríe cuando me dice que lo han ascendido para dirigir el bar de tapas junto a la piscina.

Cuando llega la cuenta, abro con un gesto teatral mi bolso de Gucci falso con cierre dorado. El bolso es tan auténtico como el original. Simplemente no soy capaz de gastar mil libras en la pieza genuina. Mi biblia de libros para millonarios tiene una nota al pie que admite que las imitaciones pueden servir. Pero también dice:

Fíjate en las tendencias actuales en marcas de diseño. Lleva accesorios con convicción y mantente actualizado.

Logan saca un billete de diez euros para dar propina al camarero, pero le doy un golpe en la mano, le ordeno que lo guarde.

—No. Esto es *mi* invitación.

El camarero se pone firme cuando le lanzo un billete de cincuenta euros, y hace una reverencia. Parece que las reverencias vienen después de buenas propinas. Pero la verdad es que sienta muy bien dar. Casi mejor que gastar en mí misma.

Caminamos de regreso al hotel en silencio. Logan rechaza la sugerencia de tomar una copa antes de dormir, incómodo por beber donde trabaja, y también porque tiene que madrugar. Preparándose para su nuevo papel como rey de las tapas.

—Gracias por una gran noche —dice—. La próxima vez, invito yo.

—Escucha. Yo puedo permitírmelo, así que no te preocupes.

Desde luego estoy muy borracha porque nos hemos bebido dos botellas de vino blanco.

Tengo que recordarme que Logan bebió litros de agua entre medias, pero ese no es mi estilo. No desde que gané. Se acabó controlar el gasto o diluir la diversión.

—Entonces, nos vemos mañana —dice—. Pasa por el bar y te saco unas gambas al ajillo.

—Suena bien.

Se acerca, me da un beso tímido en una mejilla y me aparta un mechón de pelo rebelde detrás de la oreja.

—Hasta mañana, entonces —dice, y se da la vuelta para irse, pero duda, como si acabara de recordar algo—. ¿Vas a ver a ese Isaac otra vez?

Me mira con expresión lánguida.

¿En serio puede estar celoso de un desconocido que vino a rescatarme?

¿Qué le voy a hacer? Me encantaría ver a Isaac otra vez, aunque dudo que tenga tanta suerte.

—No creo —digo, y lo despido con la mano.

Capítulo 7

Cuando llego a mi habitación, abro de un tirón la puerta del minibar. Está lleno de cerveza, refrescos, vino e incluso botellas de cuarto de champán Moët & Chandon. Una no hará daño, seguro.

El hábito me hace mirar los precios, y me quedo boquiabierta al ver que la botella de cuarto de espumoso cuesta veinticinco euros. ¿Seguro que con eso no compraría una botella entera? ¿A quién le importa? Desenrosco la tapa, preguntándome, a ese precio, por qué no tiene un corcho que haga un estallido de celebración.

Me recuesto en la cama y empiezo a rascarme los brazos color langosta. Probablemente sería menos entusiasta con el rascado si estuviera sobria, pero por ahora me sienta tan bien recorrerlos arriba y abajo con mis uñas de gel. Intento encender la tele, pero pronto se me quitan las ganas, pues las imágenes de las instalaciones del hotel se repiten una y otra vez en la pantalla.

La cama es tan cómoda, lujosa, y estoy tan relajada (y borracha) que me acurruco bajo el edredón y empiezo a quedarme dormida. Mi mente vuelve a mi primer viaje a Marbella. Solo hace cuatro semanas. Al menos el viaje en avión fue menos traumático esa vez, pero a medida que los sueños me dominan, vuelve el miedo a volar. Recuerdo el viaje, tras mi victoria, y cómo mi vida comenzó a cambiar para siempre.

El avión viró y se inclinó hacia un lado, alejándose del aeropuerto de Luton. Agarré la botella de Evian, bebí a grandes tragos, agradecida de ser bebedora de vino blanco. Aunque el contenido tenía un matiz amarillento como de orina, en lugar de la frescura cristalina del agua embotellada, a nadie le importó comprobar que bebía otra cosa que no fuera agua. Ya lo habrán visto todo antes, y no vale la pena el lío de enfrentarse a pasajeros que traen su propio alcohol a bordo. Me bajó por la garganta como néctar. No es que no quisiera gastar en vino de avión, es que el carrito simplemente no pasa lo suficientemente pronto para los pasajeros nerviosos.

A través de la ventanilla del Boeing 737, las casas se hicieron más pequeñas, hasta parecer casitas de muñecas. En miniatura. Irreal. Los coches se arrastraban como hormigas por las arterias que se extendían en radios desde la terminal. Incluso después de dos grandes copas de vino antes del despegue, y enormes tragos de mi botella de Evian, mis dientes seguían rechinando.

Mi cuerpo se pone rígido de forma automática cuando aceleramos por la pista, y el avión se eleva lentamente del suelo. Es el ruido lo que más odio. Joder. ¿No pueden bajarlo? Me metí los dedos en los oídos, clavando las puntas para amortiguar los sonidos. Aunque logré silenciar lo peor, siempre está la necesidad de mantenerse alerta. Esa necesidad nunca desaparece, y tengo que tararear constantemente para distraerme.

—¿Por qué vas a España? Odias volar —me había soltado Connor, entre medias de otros tonos más suaves y persuasivos diciéndome que me amaba más que a la vida misma. Curioso, sus declaraciones completas de amor solo llegaron después de aquella noche de sábado, que fue hace poco más de un mes, pero hace una eternidad en cuanto a acontecimientos.

Antes de «La Noche», ya me había mudado del piso que compartía con él a un pequeño estudio cutre en una zona de tercera categoría de Crouch End. Estaba infestado de arañas —y todavía lo está— con moho pegado al techo como manchas de Rorschach de tinta negra. Había pasado el mes anterior a mi golpe de suerte sola en ese espacio reducido, llorando, con grandes sollozos descontrolados, viendo reposiciones de comedias románticas en un ritual masoquista. *Pretty Woman. Love Happens. La vecina de al lado. Mamma Mia!* Debería haberme centrado en *thrillers* de crímenes. Historias oscuras de muerte y desmembramientos espeluznantes. Habría ayudado a aparcar las lágrimas, la decepción, la soledad. Es curioso cómo mi aislamiento me hizo pensar que echaba de menos a Connor.

Lo pintaba con tonos románticos, sacando a primer plano los primeros recuerdos felices y enterrando todas las dudas y el asco bajo las tablas del suelo. Mientras las nubes delgadas, rotas y tenues nos daban la bienvenida a la estratosfera, girando como algodón de azúcar alrededor del avión, me recliné en mi asiento. Apoyé la cabeza contra la ventana del asiento 2A y traté de dejar que el calor del sol contra el cristal tejiera una magia reconfortante. Nunca me desabrocho el cinturón, solo lo aflojo un poco si me siento lo suficientemente valiente. Soy como la mujer que espera a que su marido maltratador vuelva a casa después de una borrachera. Así de alerta estoy. Siempre preparada.

En mi primer viaje, evité el diazepam que guardo escondido en mi bolso. Solo para emergencias. No se mezcla con alcohol, y prefiero el subidón de este último, antes que el estado comatoso que induce aquel. Pero es bueno tener opciones. Por si acaso.

Conozco los ruidos que hace el avión. Estoy aprendiendo. Me hablé a mí misma para sobrellevar las distintas sacudidas y tirones, de los que llevo una lista en el móvil.

Mientras intentaba relajarme, sonreí a un chico ansioso en el asiento número 2D, al otro lado del pasillo. Probablemente no reconocía los ruidos como yo. Era joven, calculo que de finales de la adolescencia, principios de los veinte, y movía el pie izquierdo arriba y abajo, sin duda marcando el ritmo de la música de sus auriculares. Crucé la mirada con él. Sonreí. Intenté transmitirle mi propio alivio al ir bajando de los picos de ansiedad y pánico. Quería compartirlo.

Incluso ahora, en mi estado comatoso, entre el sueño y la vigilia, me río. Recuerdo que el chico se sonrojó y pasó una mano blanca por su cabello fino bajando la mirada al suelo. Yo habría sido para él una mujer mayor, y probablemente le llevaba al menos diez años.

El mundo desapareció lentamente de la vista, junto con alrededor del cincuenta por ciento de la angustia. El cincuenta por ciento restante del espacio mental revivió el tumulto de lo que ocurrió tras ganar la lotería.

El caos, las llamadas suplicantes de extraños y los golpes incesantes en la puerta de personas desconocidas que decían ser amigos. Un tal Matthew Harvey, quien narices fuera, llamó unas seis veces para decir lo mucho que lamentaba no haberme contactado después de nuestra cita. Es el tipo de chico con el que podría haber salido, pero, oye, no tengo demencia. Las noticias corren rápido cuando la gente busca algo, desde luego. Mi golpe de suerte se propagó boca a boca a la velocidad de un incendio forestal. Un montón de personas que nunca había conocido empezaron a enviarme solicitudes de amistad en Facebook y el triple de hombres extraños con batas de médico y uniformes militares comenzaron a seguirme en Instagram. Mensajes con propuestas, e incluso un par de solicitudes de matrimonio. Debería haber sido más astuta en redes sociales y haber borrado mis cuentas, pero eso lo he sabido después.

Capítulo 8

En fin, en el aire, me emocioné con mi primer viaje a Marbella. El patio de recreo de los millonarios. Y mucho más divertido que una *app* de citas. Se acabó el deslizar a la derecha o a la izquierda. Ahora tengo herramientas para negociar. Miré por la ventanilla hasta que me pesaron los párpados. Ja, ja. Casi pico, pero no. Yo no duermo en los aviones.

Me incorporé, comprobé que el asiento estaba en posición vertical y estiré el cuello.

Los auxiliares de vuelo arrastraban un carrito tambaleante por el pasillo. Bueno, un hombre delgado empujaba y una mujer de aspecto feroz tiraba. Nueces, aperitivos, Pringles, queso, galletas, y paninis. Sonrisas sintéticas, blanqueadas, podrían estar ofreciendo caviar y champán, pero lo que ofrecían era un lujo para mí. Soy una adicta a la comida para picar. Peor después de unas copas.

Por primera vez en mi vida, saqué un billete de veinte libras y le dije al joven auxiliar que se quedara con el cambio. Compartir mi buena fortuna sentaba muy bien, atrayendo sonrisas y gracias. Jeff Bezos o Elon Musk deben sentirse genial todo el tiempo. Para mí, la generosidad me hace sentir más atractiva, más deseable, como si mi magnanimidad estuviera de algún modo ligada a la inteligencia y la belleza. Desde que estábamos juntos, como pareja, Connor había ido minando una ya débil creencia natural en mí misma, en mis habilidades, hasta que me quedé como una cáscara vacía.

Pero ahora vuelvo al principio. Vuelvo a antes de Connor, y me valoro con ojos nuevos. Después de un tratamiento facial, un corte de pelo nuevo, uñas de gel y un bronceado corporal completo, me vi en el espejo con ojos renovados.

Connor simplemente se encogió de hombros cuando finalmente me mudé. Incluso se ofreció a ayudarme a hacer las maletas. Gran error por su parte. Supuso que volvería suplicando migajas. Habíamos estado viviendo juntos en un pequeño piso en Wood Green solo unos meses. Las declaraciones tempranas de amor eterno, por lo general ofrecidas justo antes del clímax, pronto se desvanecieron y las conversaciones poscoito consistían en sugerencias desechables sobre cómo pasar las próximas horas.

«¿Te apetece pedir comida para llevar?». «¿Qué tal si bajamos al pub? Nos juntamos con los chicos. Puedo jugar a los dardos». La vida giraba en torno a Connor y a lo que él quería. El compromiso de adulto era algo que realmente no entendía.

Yo había conocido a Connor en el colegio cuando solo teníamos quince años, y pronto los planes de comprar un piso juntos y formalizar un compromiso se esfumaron, y Connor volvió a sus días de soltero de sexo, drogas y rocanrol. No le preocupó demasiado cuando empecé a hacer las maletas, suponiendo que con un chasquido de dedos le bastaría. Vale, quizá sí. Pero nunca lo sabremos.

«La Noche» de aquel sábado llegó poco después. Eran las doce. Había bebido demasiado vino, llorado de más, me había compadecido en exceso y estaba a punto de desplomarme en la cama cuando recordé que había comprado un boleto de rascar. Ni idea de por qué, fue un impulso al descubrir un par de monedas sueltas tintineando en el bolsillo.

Con los ojos entrecerrados, saqué el cupón arrugado del fondo de mi bolso de sisal y empecé a rascar con una uña áspera. Había un montón de casillas con símbolos de libra. Estaba medio dormida, recostada al borde de mi colchón, y solo me incorporé cuando destapé la última casilla. Tenía tres cofres dorados iguales con el importe del primer premio. Mi encorvamiento pronto se transformó en una postura erguida. Un poco como mi rígida pose de miedo a volar.

Lo comprobé varias veces. Estaba tan borracha que me costaba enfocar. Leí las reglas en el reverso de la tarjeta y parpadeaba para aclarar la vista. Debí pasar algo por alto porque no podía haber ganado. Nunca compro lotería ni rascas y, desde luego, no gano nada. Ostras, no entendía nada. Pero qué curioso lo rápido que se me pasó la borrachera. Encendí la luz central en mi estudio, lancé una revista a una araña de cinco centímetros que corría por el zócalo y traté de calmar el corazón. Latía como un tambor. Un rasca. ¿Qué probabilidades había?

Esa misma noche de sábado, hubo tres ganadores del primer premio de la lotería, que compartían un bote acumulado de sesenta millones de libras. ¡Increíble! Todos los ganadores permanecieron en el anonimato. Ese era el consejo, y ciertamente entiendo por qué.

Para cuando le llegaron los rumores a Connor, yo estaba feliz como un cerdo en el barro, deleitándome con la posibilidad de restregárselo por la cara. Nunca admití que solo me había tocado un cupón de rascar; restregarle por la cara un premio de veinte millones de libras era mucho más satisfactorio.

No tardó en venir suplicando. Bastó con un par de días. Desde luego, no se quedó esperando. Con una mirada culpable y una cajita verde con relieve dorado desgastada, estaba claro que lo intentaría con todo. De repente, yo me había vuelto realmente atractiva. ¿Y Connor? Madre mía, qué grima.

—Lo siento mucho, Jade. He sido un idiota.

Para entonces ya estaba arrodillado, con el cuello echado hacia atrás como una tortuga, ofreciendo un anillo de compromiso con un diminuto solitario.

Lo miré fijamente. Qué curioso cómo las percepciones pueden cambiar en un segundo. Nunca me había dado cuenta de lo pálido que era el rostro de mi exnovio, y, mientras su mano extendida temblaba, era como si lo estuviera viendo de verdad por primera vez. De pie frente a él, le vi la zona de calvicie en la coronilla.

—Llegas demasiado tarde.

¿Qué más podía decir?

—Me voy a esforzar más. Lo prometo. Te quiero. Por favor, dame otra oportunidad.

No tengo ni idea de cómo consiguió arrancarse una lágrima. Pero me reí, lo cual probablemente no fue la mejor idea. De todos modos, lanzó la caja contra la pared y salió furioso, murmurando que volvería. La amenaza en su tono era imposible de ignorar.

Mi primer vuelo a Málaga fue tranquilo y bastante suave, a pesar de todo. Cuando se encendió la señal del cinturón, desperté, sin saber cómo había conseguido dormirme.

«Tripulación de cabina. Diez minutos para el aterrizaje».

Me incorporé de un tirón al oír el anuncio del capitán. El mismo que espero cada vez que vuelo. Pronto mis pies tocarían tierra firme. Para mí, volar es como escalar el Everest, requiere un gran esfuerzo.

Miré al mar mientras el avión viraba bruscamente y con estruendo sobre el agua. Me metí los dedos en los oídos para bloquear los pesados golpes. En cuanto escuché el anuncio del capitán, puse el cronómetro en mi móvil. Sabía que en exactamente diez minutos, el avión tocaría la pista y yo habría sobrevivido a mi primer vuelo en más de cinco años.

Nueve minutos. Ocho minutos. Siete minutos. Podría haber estado contando en horas. Pero pronto contaba en segundos. Cinco, cuatro, tres, dos, uno… Las ruedas chocaron contra el asfalto y mi estómago dio un salto cuando el avión se movió de lado a lado, rodando por la pista hasta detenerse.

Exhalé el aire contenido, fruncí los labios y sonreí al otro lado del pasillo. Era una sonrisa de victoria arrogante, pero nadie miraba. El joven ya estaba recogiendo su mochila.

Un logro menor para algunos. Pero una victoria de guerra mundial para mí.

Todavía no le he confesado a nadie que solo gané cincuenta mil libras en un rasca y gana. Connor se lo contó a todos, incluso a mi madre, que había ganado la lotería y que era multimillonaria. Yo no dije nada distinto, y no tengo intención de hacerlo. Probablemente mi madre pronto lo descubrirá, pero sospecho que le gustará estar relacionada con una hija millonaria, y confío en que mantenga el secreto.

Desde luego prefiero la forma en que me tratan cuando creen que tengo veinte millones de libras en el banco. Dudo que fuera tan famosa si supieran que apenas tengo cincuenta mil libras a mi nombre.

Capítulo 9

Me despierto sobresaltada, sin idea de dónde estoy, y pienso que todavía estoy soñando. Hasta que llega el dolor.

¡Ay! Debo haberme dado un golpe contra el cabecero porque el dolor en mi sien es intenso. Abro un ojo y veo la diminuta botella de champán sobre la mesita de noche. Parece una muestra de degustación. La televisión parpadea encendiéndose y apagándose, y la puerta del minibar está completamente abierta.

¿Ladrones? Es mi primer pensamiento mientras empiezo a recuperar la conciencia. Seguro que un hotel de cinco estrellas no sufre robos, con todas las cámaras de seguridad. Al escanear la habitación, no veo señales de allanamiento y la cadena sigue puesta en la puerta del dormitorio. Me incorporo y siento una fuerte tentación de volver a tumbarme y seguir durmiendo. Busco el móvil y, santo cielo, son las diez de la mañana. Las cortinas opacas son tan eficientes que podrían ser las dos de la madrugada.

Hay tres mensajes en WhatsApp, pero los ignoro, desesperada por bajar al desayuno, que termina a las once. No pienso perderme la glotonería del todo incluido. Me precipito al baño, me cepillo los dientes y pienso que estoy alucinando porque no solo estoy roja como un cangrejo, sino que tengo enormes círculos blancos alrededor de los ojos por las gafas de sol obscenamente grandes que llevaba. Los círculos blancos parecen pintados. Adiós a la perfección millonaria.

Saco un par de pantalones cortos azul marino y una camiseta a rayas rojas y blancas, y trato frenéticamente de encontrar las gafas culpables para camuflar las formas blancas. Son casi las diez y media cuando consigo tener un aspecto medio decente.

Al bajar a toda prisa los cinco pisos por las escaleras, recibo miradas extrañas de algunos huéspedes, pero ni en una emergencia me dejo tentar por esa lata de sardinas de ascensor. Aunque he estado antes, la vista del comedor me deja sin aliento. Es como una cantina muy exclusiva, con mesas y sillas ordenadas en filas perfectas, caminos de mesa blancos y almidonados, y reluciente porcelana Villeroy & Boch en cada mesa.

Reservo una mesa para dos dejando mi tarjeta de la habitación encima, y me dirijo directa a la máquina de Nespresso, donde inserto una cápsula con forma de platillo volante. Intenso. Extrafuerte. Volveré al menos cuatro veces antes de estar lista para la acción.

Cuando nadie mira, me meto en el bolsillo un par de bolsitas de té de elegante envoltorio. Siempre llevo mi bolso al desayuno, y aprovecho para meter bolsitas de té, sobres de azúcar y cualquier otra cosa que pueda encontrar cuando nadie está mirando. Mi bolso es extragrande, es el que llevo bajo el asiento del avión, y para cuando salga del restaurante estará rebosante de bocadillos de jamón y queso, fruta y pasteles para picar durante el día.

Si esperaba huéspedes del tipo *Love Island,* definitivamente estoy en el lugar equivocado. Los más maduros tienen una edad parecida a la de los pacientes de la residencia en la que trabajaba, solo que un poco más activos y, supongo, con todas sus facultades intactas —y carteras muy muy abultadas—. De repente, aparecen un par de familias con niños ruidosos, y bajan la media de edad unas cuantas décadas, su actividad violenta chirría contra mi dolor de cabeza. Decido que una tortilla es lo mejor, esperando que toda esa proteína ayude a mitigar la resaca, y me uno a la cola de las opciones saludables. Mientras señalo varios ingredientes a un chico de pelo largo recogido en coleta y gorra blanca en la cabeza, mi estómago da un vuelco repentino. Un tipo alto y guapo, absolutamente impresionante, aparece en la entrada del comedor. Le entrega algo a la camarera que revisa a los huéspedes con sus números de habitación y cruza la sala con paso tranquilo. Me resulta extrañamente familiar, pero fuera de contexto me cuesta un momento hacer clic.

¡La madre que…! Es el dichoso Isaac. Me bajo las gafas de sol de la cabeza y me giro hacia el chef que está rompiendo huevos sobre la plancha caliente. Mierda. Mierda. Mierda. El chef ahora tiene una sonrisa irritante, pero sigue señalando la variedad de ingredientes tentadores: cebollas, pimientos, judías verdes, champiñones, tomates. De todo. La lista es interminable. Está deseando que pruebe todo lo que ofrece. Y ahora que no puede ver mis ojos tras las gafas, se vuelve más insistente con los gestos.

—¿Jade? Es Isaac.

Está justo detrás de mí. Su tono adulador está grabado en mi memoria. Quizá, si no me giro, se irá.

Ni de broma.

—Jade. Sé que eres tú.

No piensa irse.

—¿Isaac? Qué sorpresa.

No me atrevo a quitarme las gafas de sol, pero el cabrón lo hace por mí. Sus dedos bronceados levantan suavemente la montura blanca y me las entregan.

—Dios. ¿Qué te ha pasado en los ojos?

—Me quemé un poco ayer. Eso es todo.

El chef ahora me ofrece la tortilla, cargada con toda la lista de ingredientes posibles. Quiero negar que es mía y pedir un huevo duro en su lugar.

—Mmm. Eso tiene buena pinta. Me siento contigo.

—Su voz está llena de una sonrisa burlona.

Me cuesta sostener el plato. No sé si mis manos tiemblan por la resaca más horrible, o por la conmoción que provoca Isaac al estar tan cerca. ¿Qué demonios hace aquí a esta hora?

Me sigue y —qué descaro— se sienta frente a mí y da la vuelta a una de las tazas de té elegantes.

—¿Quieres un té? ¿Otro café? —Señala con la cabeza mis dos tazas de expreso usadas, que una camarera se lleva de repente. ¿Por qué le sonríe a Isaac si son mis tazas?

—Otro café estaría bien. ¿Te alojas aquí?

—No. Pero conozco a la gerente del restaurante. Está junto a la puerta. ¿La ves allí?

Sí. La veo. Pelo negro, largo y sedoso, falda negra ajustada, pantorrillas torneadas y una blusa blanca que le queda como un guante.

Corto la tortilla en pedacitos minúsculos y los muevo por el plato como si fueran piezas de ajedrez de viaje. Isaac tiene la osadía de pinchar un trozo con el tenedor.

—Bueno. Muy bueno.

Se ríe de mí, y siento un impulso violento de darle una bofetada.

—¿Qué haces aquí? —pregunto.

—He venido a buscarte. No pongas esa cara de sorpresa.

—¿Para qué?

—Pensé que te apetecería dar una vuelta frente a la costa en mi yate.

Quiero decir «¿Por qué yo?». En cambio, asiento y digo:

—Suena divertido.

Suena horrible, pero ¿qué otra opción tengo?

—Genial. ¿Paso a recogerte a eso del mediodía? —Ya está en pie y me pone una mano en el hombro—. Y no olvides traer tu crema solar.

Dos minutos después, se ha ido.

Porras. Requeteporras. Puede que volar me dé miedo, pero es que el agua me da absoluto pavor. Me tomo el tercer expreso de un trago, temiendo que se me revuelva. Pero ahora necesito despejarme, y rápido.

Me atrevo a girar la cabeza un poco hacia la puerta mientras Isaac se va y, al volver la vista, veo a Logan. Está al otro lado del comedor, mirándome.

No parece nada contento.

Capítulo 10

La recepción me llama a la habitación a las 11.50 en punto para decirme que hay un caballero esperándome en el vestíbulo.

Cojo mi bolso, la crema solar y el enorme sombrero de paja, y bajo rápido las escaleras. En lugar de llegar con la elegancia de un millonario con derecho, hago las cinco plantas en tiempo récord. Es la una menos un minuto cuando veo a Isaac junto a la entrada. No podrías no verlo.

Mi corazón late con fuerza por el ejercicio y por la visión de mi cita. Decir que es impresionante no le hace justicia. Es la perfección para una sesión de fotos.

—Hola. ¿Estás lista? —pregunta.

Saca las manos de sus pantalones cortos de lino y me impulsa suavemente hacia la puerta. Me estremezco cuando su mano toca mi espalda baja.

—Más que nunca.

Isaac me conduce hasta el coche, donde Pablo espera al volante, y antes de subir Isaac se inclina y toca el ala de mi enorme sombrero de sol.

—No vas a necesitar esto —me dice, contándome que su potente yate a motor tiene un toldo que cubre toda la zona de asientos—. El sol no será un problema.

Sonríe, mostrando unos deslumbrantes y grandes dientes blancos de lobo. Definitivamente está coqueteando, pero ¿por qué siento que también se está burlando de mí?

—Bueno, eso es una suerte —respondo.

Isaac y yo nos montamos en el asiento trasero, y, cuando Pablo sale despacio de la entrada del hotel, tengo la esperanza de que, con su jefe en el coche, conduzca más suave que antes.

No hay suerte. Acelera por la autopista como si estuviéramos en un coche de huida, conduciendo peor que nunca. Ha perfeccionado el arte de zigzaguear y cambiar de carril como si estuviéramos en un circuito de coches de choque.

Para cuando llegamos a Puerto Banús, mi cabeza da vueltas y el dolor de cabeza es diez veces peor que en el desayuno. Ya estoy deseando tomar otra copa para calmarme.

Cuando Pablo detiene el Mercedes, Isaac baja, me abre la puerta y me coge de la mano. Susurra algo a Pablo, que asiente y se marcha.

Isaac me guía por el puerto y pronto señala un yate a motor muy elegante en un extremo. No es enorme, una cuarta parte del tamaño de los grandes, pero es totalmente impresionante. Al parecer es un Rinker 270 Fiesta Vee. No tengo ni idea de qué es eso, probablemente el Rolls-Royce de los yates a motor, pero es lujo con mayúsculas.

Al subir a bordo, Isaac lee mi mente y sugiere compartir una botella de cava. Vale, es temprano, pero realmente necesito algo, y ya casi es la hora de comer.

—¿Te gustan los barcos? —pregunta.

Quisiera preguntarle si se refiere a los que uso para jugar en la bañera, pero, siendo una millonaria muy rica (él no sabe si lo he heredado), creo que supone que soy experta en navegación.

—¿La verdad? —Solo puedo fingir ser millonaria hasta cierto punto—. Nunca he estado en uno antes.

—¿Nunca has estado en un barco? Abre mucho los ojos antes de posar una mano en mi parte baja de la espalda (otra vez) y empujarme hacia la proa. Es bueno empujando, desde luego, porque sus dedos no invitan a discutir.

—A menos que cuente un ferry a Larne, en Irlanda del Norte, pero nada parecido a esto. Además… —Me tiemblan mucho las piernas—. «No me gustan las aguas picadas».

Casi salto del susto cuando un tipo alto y atlético, vestido completamente de blanco, aparece de repente detrás de una gran rueda de madera. Debía estar sentado cuando subimos, pero respiro un poco más tranquila cuando me doy cuenta de que tenemos compañía.

—Jade. Te presento a Mario, el patrón.

—Hola.

Hago el ridículo gesto de saludar con la mano, y Mario asiente. Cuando no responde, sospecho que no es inglés. Parece el capitán de barco perfecto, con su bronceado saludable y la postura erguida.

Mientras observamos, Mario se pone una gorra roja y amarilla que combina con una pequeña bandera del mismo color en la proa del barco. Intento ignorar el ondear de la bandera, petrificada ante la posibilidad de que ese temblor anuncie aguas turbulentas. Por las pistas, supongo que Mario es español, pero estoy demasiado nerviosa para empezar a hacer preguntas o entablar conversación. Me meto bajo el toldo y me agarro al respaldo de uno de los bancos de cuero.

—¿A qué velocidad va esto? —pregunto, protegiéndome los ojos del brillo.

—¿Velocidad máxima? Treinta nudos —dice Isaac.

—¿En kilómetros por hora?

—Cincuenta y cinco. Como pisarle un poco de más por la ciudad. Ahora siéntate y relájate.

Es una orden.

Mario acelera y, sin decir palabra, partimos. Me recuerda a Pablo, y a Marta, con esa falta de conversación. Debe ser cosa de trabajar para Isaac, porque todos parecen excesivamente serviles. Y callados.

Vaya. Pronto me encanta. El cava ayuda sin duda a aguantar el mareo, e Isaac es divertidísimo. Veinte minutos bordeando la costa, y me hace una visita guiada por el yate, agarrándome fuerte la mano, tal vez por mi inestabilidad, pero me gusta mucho.

La cubierta superior es muy lujosa. Asientos de cuero, zona para comer, lo máximo en comodidad. Solo cuando me lleva unos peldaños abajo, el ritmo de mi corazón se acelera. Hay un apartamento entero bajo cubierta. Podría vivir allí. Dos camas dobles, la hostia. Un baño, ducha, cocina. Isaac está tan cerca que apenas hay espacio para moverse. Cuando choca conmigo, se queda agarrado varios segundos.

Si al llegar parecía un cangrejo, el tono de mis mejillas debe estar ahora fuera de escala.

—Uy. —Me caigo al suelo cuando el barco se encabrita y acelera—. ¿Cincuenta y cinco kilómetros por hora? Será una broma…

—Qué va. Venga, vamos a la cubierta. ¿O quieres ponerte el bañador?

—Ja, ja. Muy gracioso.

Sabe que no llevo ropa de baño, pero me da miedo que lo diga en serio y que tenga un bikini de repuesto por ahí.

—Lo digo en serio.

Isaac saca unas gafas de buceo de un armario junto a la cama y se las pone. Sus ojos se ven extrañamente distorsionados tras el cristal. Es difícil reconocerlo, pero desde donde estoy sigue siendo monísimo.

¿De verdad he logrado enganchar a un millonario?

***

Dos horas después, bajamos del barco dando tumbos. Bueno, yo doy tumbos, Isaac pasea. Él le desliza algo en la mano a Mario. Isaac es bueno para pasar cosas a la gente, pienso, recordando a la camarera del hotel.

Mario me mira, con los labios apretados y los ojos fríos. Quizá sea porque está mirando al sol y por eso no sonríe. Ni siquiera hace el intento de ser amable, pero sin duda ya lo ha visto todo antes. Tal vez esté celoso de tener que capitanear para un tío tan impresionante. Debo decir que yo no me siento nada impresionante, con el pelo hecho un remolino enmarañado, como si me lo hubieran enjuagado con agua salada sin champú. Está empapado porque, a mitad del recorrido, Isaac enrolló el toldo para que pudiéramos disfrutar de toda la fuerza del viento. No estoy segura de que «disfrutar» sea la palabra que yo usaría. El ataque de salpicaduras del mar era como darse una ducha fría con la ropa puesta.

—¿Qué vas a hacer para cenar esta noche? —pregunta Isaac mientras volvemos al coche.

No recuerdo que haya enviado mensajes ni usado el móvil desde que salimos, pero más adelante veo a Pablo apoyado contra el Mercedes, con un cigarrillo colgando de un lado de la boca. Cuando nos ve, saca la colilla y la aplasta con el pie.

—¿Qué tenías en mente?

—Conozco un sitio pequeño de mariscos justo a la vuelta de tu hotel. ¿Qué te parece si paso a recogerte sobre las nueve?

Ostras. Está superbién.

Ahora no es momento de preguntarse por qué lo está pidiendo.

Isaac le da una palmada en la espalda a Pablo, le agradece que esté allí. Me pregunto cuánto tiempo lleva el tipo rondando, o si el paseo en barco siempre dura dos horas exactas. Pero mis recelos de que todo esté demasiado reglamentado son fáciles de ignorar. Estoy viviendo un sueño.

Este tío es tan magnético que no me importaría que lo haya hecho cincuenta veces antes. Este es mi momento, y voy a aprovecharlo al máximo.

—Nueve, entonces —digo.

Y con eso subimos al asiento trasero y, sin decir una palabra, Pablo arranca chirriando hacia la autopista y, con un dedo en el volante, conduce como un loco de regreso a Los Molinos.

Capítulo 11

Después de volver del paseo en barco, me quedo vagueando y, tras una siesta de treinta minutos, despierto mucho más descansada. Me relajo en la bañera, me lavo el pelo y me pinto las uñas de los pies, y finalmente cedo a la tentación, desenroscando la tapa de otro cuarto de botella de Moët del minibar. Sin duda se repone rápido. Parece que hay dos botellas más esta vez. Pero, oye, estoy aquí para disfrutar. Paso un par de horas bailando por mi habitación con mi lista de Spotify a todo volumen. Esto es vida. Ni siquiera he mirado el móvil, y de repente recuerdo los tres mensajes de WhatsApp de antes. He estado en un mundo de fantasía desde que Isaac llegó esta mañana y me olvidé por completo de ellos.

De repente entro en pánico, sin saber dónde está mi teléfono, hasta que lo localizo en el minibar.

> ¿Qué tal España? Espero que lo estés pasando bien, pero no malgastes el dinero. Te adjunto detalles de un bonito piso en Muswell Hill. ¿Qué te parece? Mamá. xx

Mamá no parece darse cuenta de lo lejos que llegan veinte millones de libras, ya que el piso en Muswell Hill ha bajado de precio de 750 000 libras a 695 000. Un chollo si realmente fuera multimillonaria. ¿De verdad cree que voy a derrochar veinte millones de golpe? No sabe que solo me tocaron cincuenta mil libras, nadie lo sabe. Pero, típico de mamá, me preocupa, y su mensaje me recuerda que vigile mi cuenta bancaria. Mamá me lee como un libro, y es más que probable que haya descubierto que no he ganado el premio gordo. El hecho de que ni siquiera le haya comprado un coche nuevo dice mucho. Pero la buena de mamá. Nunca lo dejará entrever.

Mantengo mi respuesta corta y dulce, lo suficiente para tranquilizarla.

> Todo genial. Hotel muy acogedor. Revisaré los detalles del piso cuando vuelva. Te quiero. xx

El siguiente mensaje es de Connor.

> Te echo de menos. Te amo. C. xxxx

Sin duda se le están acabando las formas originales de intentar atraparme de nuevo, y pulso «borrar» al instante. Supongo que ya habrá gastado sus ayudas semanales en alcohol y apuestas.

El último mensaje es de Logan.

> Espero que estés pasando una buena mañana. Anoche fue muy divertido. ¿Estás por aquí esta tarde? Yo en el bar de tapas hasta las 9. Pásate. Logan. x

Mierda. Con toda la emoción con Isaac, me había olvidado de Logan. Me vio en el desayuno hablando con Isaac y no parecía muy contento. Si me doy prisa, puedo bajar al bar de tapas y decirle que tengo otros planes esta noche, pero que quizá nos veamos mañana. Espero que Isaac espere en recepción y no venga a buscarme. Algo me dice que Logan podría ser del tipo celoso. Llámalo intuición.

Pero qué divertido tener a dos hombres detrás de mí.

**

No hay rastro de Logan cuando llego al bar de tapas. Son solo las ocho y media, pero parece que ya se ha ido. Un chico joven, que se parece un poco a Connor cuando nos conocimos (con apenas quince años, piel eruptiva y manos temblorosas) está preparando cócteles y cortando rodajas de lima.

—¿Logan? —pregunto, mirando a mi alrededor.

—Hola —dice en español, como si Logan fuera una palabra extranjera extraña que nunca ha oído antes.

—Nada. Gracias —uso mis palabras comodín en español de Google.

Un toque en mi hombro descubierto y me giro.

—Hola, preciosa.

Es Isaac. Sonriente de oreja a oreja, con cara de *Love Island*.

—Hola.

Si ya estaba muda con el camarero, ahora me cuesta hasta respirar, así que hablar es peor aún. Esperaba encontrar a Isaac en recepción. No tengo ni idea de por qué ha aparecido en el bar de tapas.

—¿Estás lista? —pregunta.

Asiento.

—Sí.

—Entonces, vámonos.

Me coge la mano, entrelazando los dedos y, al salir, veo a la camarera de esta mañana fruncir el ceño desde detrás del mostrador de recepción. Es realmente guapa. Pienso en Penélope Cruz. Toda piel y rasgos exóticos. Mientras aparto mis rizos rebeldes con un gesto y enderezo los hombros, me pregunto, por enésima vez, ¿por qué yo? Este tío podría tener a cualquier mujer que quisiera. Quizá haya oído que soy millonaria, pero ¿y qué? Él también es millonario, ¿qué diferencia hay?

Eso es lo que pasa con el champán: hace que el mundo parezca un lugar más ligero y las cosas menos dramáticas. «Solo se vive una vez» es mi nuevo lema motivador. Antes de salir del hotel, dudo junto a recepción y pongo la excusa de ir al baño de mujeres.

—No tardes —dice él.

—Solo un momento —respondo.

No sé por qué siento la necesidad de enviar un mensaje a Logan lejos de las miradas curiosas de Isaac, pero en cuanto entro al guardarropa, mando un mensaje.

No te he visto en el bar de tapas. Hablamos mañana. Jade.

Más vale mantener mis opciones abiertas, porque, por debajo de todo ese entusiasmo de Isaac, dudo que se quede mucho tiempo. Además, me siento bastante mal por dejar a Logan tan pronto como apareció Isaac.

Isaac extiende la mano cuando vuelvo y me lleva por detrás del hotel, bajando por una pendiente hasta llegar a una pequeña rotonda muy cerca de la autopista AP-7, la que Pablo usa como circuito de carreras.

Me hace girar a la derecha, a la izquierda y otra vez a la derecha, mientras zigzagueamos entre bolardos negros que bordean la acera.

—Date prisa. Pareces una tortuga.

—¿Para qué tanta prisa?

—¿No tienes hambre? Yo me muero de hambre. Y espera a probar la comida.

Cinco minutos después, Isaac reduce la marcha frente a un lugar que parece el Joe's Café en el centro de Crouch End. Un sitio cutre con botes de kétchup. Hay filas y filas de sillas y mesas vacías afuera, pero él me guía por una puerta de madera con paneles de vidrio esmerilado.

Dentro de Casa Celeste, está hasta arriba de gente. De pared a pared. El olor a marisco me remueve el estómago y me pregunto dónde vamos a sentarnos. No debería preocuparme, porque Celeste, otra belleza de piel tersa (están por todas partes), aparece chillando de emoción al ver a Isaac.

—Isaac. Tu mesa está lista. —Señala a la esquina más alejada, me mira brevemente y nos conduce hasta allí.

—Perfecto. —Isaac me sonríe radiante y no puedo evitar fijarme en la vela roja que parpadea dentro de un portavelas en el centro de la mesa. Es la única vela encendida en todo el lugar.

—¿Qué te apetece beber? ¿Tu habitual? —pregunta Celeste.

—Sí, por favor. Una jarra de tinto de la casa. ¿Jade? ¿Te va bien el tinto?

Yo me conformaría con agua del grifo, pero el vino tinto es más que bienvenido.

Isaac no se entretiene con la carta, sino que me sugiere seguir sus recomendaciones.

—La cazuela de merluza es para chuparse los dedos.

Desde donde estoy sentada, Isaac es quien está para chuparse los dedos, pero por ahora necesito preparar el estómago para el esfuerzo. Las cazuelas de marisco parecen ser la especialidad, ya que la descripción que hace Isaac del plato estrella en Casa Celeste me recuerda extrañamente a la comida que compartí con Logan en el restaurante de la playa. Cuando Celeste toma nota de nuestro pedido y desaparece, espero que al menos durante un par de horas, noto a una mujer de mediana edad con sandalias doradas de pedrería y un caftán gris y vaporoso de pie en la puerta. Nos está mirando fijamente. Más bien a Isaac. Su cabello desordenado y castaño ceniza está recogido hacia un lado en una coleta ladeada, y su piel clara muestra manchas de sol que son difíciles de ignorar, incluso desde la distancia.

Isaac se tensa al verla, aparta la mano de la mía y trata de echarse la silla hacia atrás para ponerse de pie. Estamos tan pegados a la esquina que tiene que moverse incómodamente para liberarse.

—Emmeline —dice cuando la aparición se planta junto a nosotros—. ¿Me disculpas un momento, Jade?

No espera respuesta mientras toma la mano de Emmeline, con un apretón bastante firme, y la conduce hacia la entrada. El murmullo constante de la conversación en el restaurante se apaga mientras varias miradas siguen a la pareja que sale. Bajo la vista hacia el mantel a cuadros rojo y blanco hasta que Celeste vuelve con la jarra. Le dejo que llene mi copa. Cuando termina, como los demás comensales, se vuelve y observa a través del cristal opaco.

Incluso desde donde estoy sentada, y a través de la puerta cerrada, no hay duda del sonido. Emmeline está sollozando, llorando como un bebé, y la mano de Isaac descansa suavemente sobre su hombro.

Capítulo 12

Cuando Emmeline finalmente se ha ido, Isaac se queda unos momentos fuera, antes de volver a la mesa.

He de reconocer que Isaac me cuenta todo sobre Emmeline sin que tenga que preguntarle. Lo cual es bueno porque, aunque siento curiosidad, es demasiado pronto para parecer neurótica haciendo preguntas cargadas.

—También la conocí en Los Molinos —dice.

No le recuerdo que en realidad nos conocimos en el Boeing 737 cuando nos desplomábamos hacia una muerte segura, no en el hotel. Pero él está más que feliz de contarme todo sobre Emmeline, y yo más que feliz de escuchar.

—Nos caímos bien, nos gustaban las mismas cosas. Salir a comer, jugar al golf, hacer turismo. Y me cuesta admitirlo, pero ella cocinaba de maravilla. —Pone una falsa expresión culpable, labios fruncidos, ojos en blanco—. Y supongo que sigue siendo una gran cocinera. —Se ríe de esto.

Debo decir que no transmite ni una pizca de culpa o arrepentimiento. Pero supongo que habrá dejado a bastantes mujeres en su día.

—¿La llevaste en el yate? —La pregunta sale casi de repente.

Isaac sostiene su copa de vino con ambas manos rodeando el cáliz. Sus labios ya están ligeramente teñidos por los taninos, pero me contengo de decírselo.

—Sí. La verdad es que sí.

Logra parecer sorprendido, como si fuera una coincidencia interesante. Es bueno con las expresiones, como si hubiera tomado clases de actuación.

—¿Estabais saliendo?

Suena como la típica pregunta que mi madre me hace cada vez que menciono nombres de chicos al azar. Mi madre es lo suficientemente lista como para no preguntar si me he acostado con ellos, pero esa es la intención con la que voy. No sé por qué necesito saberlo, pero Isaac se ve tan atractivo bajo el resplandor de la vela parpadeante que de repente parece una pregunta importante.

—Sí. Se podría decir eso. —Sonríe—. Pero ya terminó, así que no hay de qué preocuparse.

Desliza una mano desde su copa y roza con las yemas de los dedos las mías.

—No estaba preocupada —digo, riendo con desenfreno.

Por supuesto que estoy preocupada. Ya quiero a Isaac solo para mí, sobre todo porque las mariposas del deseo me revolotean por dentro.

—Ella sigue viniendo a la villa y llamándome. Le dije que había terminado, pero no se va sin luchar. —Pone los ojos en blanco.

Es posible que le haga *ghosting.* Como yo a Connor.

—Oh. ¿Dónde se aloja? —No sé de dónde ha salido esa pregunta, pero tengo curiosidad.

—En Los Molinos no, eso sí lo sé. Pregunté en el hotel para ver si estaba allí otra vez. Pero no.

De repente aparece Celeste, acompañada por un camarero de avanzada edad que lleva servilletas blancas colgadas en ambos brazos y sostiene un plato caliente que chisporrotea. Lo coloca frente a mí y, unos segundos después, reaparece con un segundo plato para Isaac.

—Que lo disfrutéis —dice Celeste, señalando con la mano hacia nuestros platos, como si fuéramos a presenciar un espectáculo en el West End.

Isaac inclina la cabeza y huele. No sé por qué, porque el aroma es abrumador. Un olor intenso a mar. Aunque no pudiera ver la comida, sabría que hay algo bueno en oferta. Mi madre solía acusarme de comer con los ojos, no con las papilas gustativas, pero la vista de la salsa blanca burbujeante de vino, las gambas, almejas, calamares y merluza ciertamente está haciendo su trabajo. De repente tengo hambre, y mi apetito se ha despertado definitivamente al saber que Emmeline es historia antigua.

—Calahonda —dice Isaac de repente, como si acabara de recordar algo.

Remuevo el guiso para enfriarlo y me pregunto si Calahonda es un tipo de pescado.

—Emmeline tiene una amiga con un pequeño piso en Calahonda. Creo que es ahí donde probablemente esté. Qué curioso, acabo de recordarlo —dice, pinchando una gamba con el tenedor y ofreciéndomela—. Nada como marisco fresco. Mi favorito absoluto.

Isaac tiene razón. Es el mejor guiso de pescado que he probado, aunque sé bien que no debo admitir que el único otro guiso de pescado que he probado ha sido con Logan.

***

Tras una jarra de vino, guiso de pescado, crema catalana y queso manchego con almendras, me siento a punto de estallar. Nunca he estado en una cita donde haya comido con tantas ganas. Aunque, aparte de Connor y un par de encuentros por Hinge, no he tenido muchas citas. Desde luego, nadie que esté tan bueno.

Paseamos de vuelta, brazo con brazo, y cuando llegamos a la entrada del hotel, Pablo está apoyado contra el Mercedes con otro cigarrillo colgando de la boca. ¿Cómo sabía a qué hora volveríamos? Es como cuando bajamos del yate y él ya estaba esperando. Esta noche, Isaac no ha mirado el móvil ni una sola vez. Supongo que puede haberlo hecho cuando ha ido al baño, pero eso ha sido al salir.

Quizá Pablo ha estado merodeando por aquí desde que dejó a Isaac en el hotel. Pensar eso me asusta, pero me lo he pasado tan bien que no quiero estropear el momento siendo una entrometida. Quizá así es como viven los millonarios, aunque en mi *Cómo vivir como un millonario* no se menciona que el personal esté presente las veinticuatro horas. Me pregunto cuánto costará mantener a Pablo alerta.

Me siento realmente mareada, y la visión de Pablo ha acabado con cualquier idea de compartir el minibar o tomar una copa junto a la piscina. Parece que Isaac planeó de antemano ir directo a casa.

Cuando Isaac ve a Pablo, levanta cinco dedos, dos veces, supongo que para indicarle que estará allí en diez minutos.

Isaac me acompaña al vestíbulo y me hace sentar a su lado en un largo banco marroquí, tallado y laminado de forma exquisita.

Me hace ruido la tripa y empiezo a sentirme bastante mareada.

Se gira para mirarme y su expresión es realmente intensa, de hecho da miedo. Tengo el peor presentimiento de que me va a decir que ha sido divertido, pero que no busca nada serio. Quizá se va del país, o se va de viaje por negocios. Sea lo que sea, me preocupa más que estoy a punto de vomitar.

—¿Cuándo te vas? —pregunta.

—El sábado. ¿Por qué? —El corazón ahora se me oye más que las tripas.

—¿Qué te parece quedarte unos días más y venir a hacerme compañía en la villa?

La Virgen. ¡¿Qué coño?!

Nunca me quedo sin palabras, pero no consigo articular ninguna.

—¿Eso es un sí? —Isaac ahora se ríe de mí.

Por el rabillo del ojo, veo a Logan merodeando cerca de recepción. Me está mirando fijamente y menea la cabeza. O está totalmente cabreado, o me está diciendo que no acepte lo que Isaac está sugiriendo.

—Sí. ¿Por qué no? Espero que tus tarifas no sean tan caras como el hotel.

—Gratis, por ser tú.

—Vuelvo en un momento. Perdona.

Dicho esto, me levanto de un salto y corro hacia el baño de mujeres. En un par de minutos, todo el maravilloso guiso de pescado ha salido por la boca, pero no puedo evitar sonreír de oreja a oreja. Maldita sea. Realmente estoy viviendo el sueño. No debo olvidar cambiar las fechas de mi vuelo de regreso. No me detengo a preocuparme por si los asientos 2A, B y C estarán disponibles.

En fin, esta noche me da igual todo.

Capítulo 13

Paso los días siguientes en la playa, aumentando el bronceado por todo el cuerpo, con una aplicación muy cuidada de crema solar factor 30. No voy a arriesgarme a parecer un cangrejo otra vez, prefiero un dorado tipo Saint-Tropez.

Por alguna razón, Logan parece estar evitándome. No ha respondido a mi mensaje para quedar, pero es probable que ya haya hecho sus cálculos al verme con Isaac.

Es mi última noche en el hotel antes de mudarme a la villa de Isaac, así que bajo temprano al bar de tapas con la esperanza de que Logan esté de servicio y al menos pueda despedirme.

Allí está, charlando con dos chicas guapas apoyadas en la barra. Parecen adolescentes y de repente no me siento tan culpable.

Me siento en una de las mesas de fuera y miro hacia la enorme piscina que da al océano. Incluso desde aquí, siento la calidez de los barcos balanceándose. Más yates de millonarios, seguro.

—Jade. —Logan aparece de repente y, con voz de camarero eficiente, interrumpe mis pensamientos—. ¿Qué te pongo?

Logan lleva la servilleta colgada de un brazo mientras sostiene una bandeja de madera. El otro brazo está doblado, con el dorso de la mano apoyado en la espalda. Madre mía, tiene tal cabreo que está jugando la carta de «no me afecta, soy un profesional». Eso parece, desde luego.

—Logan. Escucha. Siento de verdad no haber estado por aquí mucho…

Él interrumpe rápido.

—No pasa nada. En fin, ¿te lo has pasado bien?

No sé si está realmente enfadado o curioso. De cualquier manera, parece haber aceptado que lo mejor que puede esperar es una amistad de paso.

—Sí. Ha sido divertido.

—Ten cuidado con ese Isaac. No es lo que parece —susurra mientras deja un posavasos, evitando mirarlo—. Muy bien. ¿Qué le apetece beber, señora? —dice erguido levantando la voz.

—Déjate de señoras, por favor. Un *gin-tonic* estaría bien.

—Enseguida.

Se va, y por encima de mi hombro lo veo reír, un poco demasiado alto, mientras charla con las adolescentes. Al menos no parece muy enfadado, lo cual es un alivio. Pero ¿qué quiere decir con que Isaac no es lo que parece? Quizá son solo celos, pero es normal. ¿Qué hombre no estaría celoso de Isaac? Me bebo la copa durante la siguiente media hora, hojeando la última sección de mi libro. Quizá Isaac no sea lo que aparenta, pero ¿qué más da? Desde luego, yo no soy lo que aparento. Revisé mi saldo bancario antes y ya me he gastado veinte mil libras. Así que adiós a los veinte millones. Estaría bien, pero necesito gastar mis últimas treinta mil libras con cabeza. Especialmente si quiero seguir viviendo como una millonaria un poco más.

***

Cuando bajo a desayunar por última vez en el hotel, está a tope y el comedor lleno. No me da tanta vergüenza meter un montón de comida extra en mi gran bolso. Me siento como una ladrona muy hábil, pero me recuerdo que he pagado buen dinero y todo parece delicioso. Para la hora de comer, estaré hambrienta, y parece una buena forma de empezar a ahorrar llenando la despensa con lo que ya he pagado. Isaac me envió un mensaje diciendo que quizá no vuelva hasta la cena, aunque intentará regresar antes, así que mi provisión debería ser más que suficiente para aguantar hasta entonces.

Puedo ver a la camarera *revisatarjetas* junto al mostrador observándome. Sus ojos me siguen como un halcón desde las carnes frías hasta los cereales, los zumos frescos y todo el recorrido hasta la sección de desayuno caliente.

Una tortilla final debería absorber los tres *gin-tonics* de anoche. Esta mañana, le pido al chef que incluya cebolla, tomates, pimientos, beicon y todo lo que tenga para ofrecer. Me regala su sonrisa característica, con los ojos brillando bajo un flequillo cada vez más rebelde.

Voy a echar mucho de menos el hotel, los lujos y el anonimato. Aquí puedo ser cualquiera. Nadie me conoce, y ha sido divertido interpretar mi nuevo papel de millonaria.

Cuando estoy llena, subo a mi habitación corriendo por las escaleras para hacer la maleta. Ya estoy más en forma que cuando llegué. Lo primero que hago es meter a paladas todos los productos gratis del baño en mi maleta, y por un segundo me pregunto si mi bolso seguirá cumpliendo con las restricciones de peso de la aerolínea para el regreso. Dudo que alguna vez use el kit de costura, el peine o el gel de afeitar, pero es difícil dejar atrás cosas gratuitas.

Luego vuelco las bolsitas de té, la media docena de cápsulas de Nespresso, el azúcar y los brics de leche de larga duración en una bolsa de Mercadona, y de alguna manera meto todo en mi maleta. Después de una última mirada prolongada a los jardines y la piscina de abajo, hago una última visita al baño. Me pregunto si volveré. Si he de volver, necesito apretarme el cinturón, eso seguro. En fin, todo a su debido tiempo. Un último repaso a la habitación, y arrastro mi maleta escaleras abajo, preparándome para pagar la cuenta. Tengo que esperar a Pablo afuera, junto a la parada de taxis.

Puede que este sea el final de un capítulo, pero estoy más que emocionada por el siguiente. Una semana entera con Isaac solo para mí. Me siento tan feliz que saco un billete de cincuenta euros y le pido a la recepcionista un sobre. Escribo rápido el nombre de Logan en el frente e incluyo una nota breve.

Espero verte de nuevo. Hasta pronto, y gracias.
Jade.

No tengo ni idea de qué le estoy agradeciendo, pero fue un camarero bastante majo. Y me siento ridículamente magnánima y, curiosamente, aún un poco culpable.

Después de hoy, dejaré de dar propinas. Quién sabe, si las cosas funcionan con Isaac, podría volver a darlas.

Capítulo 14

Isaac no está en la villa cuando llego. Releo su último mensaje.

> Estoy en el trabajo. Ponte cómoda. Nos vemos para cenar sobre las 7. Si necesitas algo mientras tanto, habla con Marta. Isaac. x

Casi me había olvidado de Marta.

Pablo me deja en la puerta principal y, antes de marcharse supongo que a guardar el coche en el garaje, me dice que toque el timbre. Marta me abrirá.

Marta parece tan indispensable como Pablo, pero aún menos comunicativa. Cuando abre la puerta principal, habiendo tardado al menos cinco minutos desde que he tocado el timbre, su expresión tiene la dureza de un *bulldog* gruñón.

—Hola. Soy Jade —digo, extendiendo la mano.

Por supuesto que ya nos hemos visto antes, y debe saber mi nombre, pero cualquier cosa para romper el hielo. No es el tipo de persona a la que le daría dos besos por mi propia voluntad, y parece decidida a no conectar. Mantiene la mirada apartada, como si mi mirada pudiera convertirla en piedra.

—Ven —dice, asintiendo con un tic de cabeza para que la siga.

Sin preámbulos, sube por la escalera central de caracol hacia la habitación en la que me quedé la noche que Isaac me rescató en el aeropuerto de Málaga.

Es difícil no estremecerse al recordar lo que pasó, pero parece que fue hace mucho. Consigo subir mi maleta por la escalera, y respiro más tranquila cuando puedo llevarla en ruedas los últimos metros. Marta abre la puerta de golpe, señala la cama y desaparece bastante rápido.

No sé si deshacer el equipaje o esperar a Isaac. Si me pide compartir su habitación, dudo que me lo piense, pero no debo adelantarme. Siempre está la posibilidad de que sienta lástima por mí y me esté ofreciendo una cama caritativa para la semana. ¿A quién quiero engañar? El sexo probablemente esté mucho más arriba en su lista de prioridades que la caridad. Ese pensamiento me hace sonrojar.

Hace mucho frío en la habitación, el aire acondicionado a tope. No puedo descifrar cómo abrir las puertas de cristal que dan a un balcón, ya que no parece haber pestillo ni arriba ni abajo, y las ventanas individuales en cada extremo están demasiado altas para alcanzarlas, además de que parecen tener cerraduras integradas.

Saco el teléfono y compruebo el tiempo, observando que hay alertas ámbar por todo el sur de España, con temperaturas diurnas que se espera alcancen los cuarenta grados en las próximas cuarenta y ocho horas. Al menos el aire acondicionado funciona, pero no me atrevo a ponerme el bañador hasta que esté fuera. Hace tanto frío que podría estar en la cámara frigorífica de una carnicería.

El baño en *suite* está dispuesto con toallas suaves, blancas y esponjosas y una bata envuelta con zapatillas de rizo dentro, como si fuera un hotel. Incluso hay un surtido de mini productos de aseo: champú, gel de ducha y jabones perfumados. Sin duda sería un destino ideal de Airbnb. Desenrollo la bata, me calzo las zapatillas congeladas y empiezo a sacar lo esencial de la maleta. Enchufo el cepillo de dientes eléctrico y me paso un peine por el pelo. Isaac no tiene previsto volver hasta alrededor de las siete, así que habrá tiempo de sobra para una ducha y una sesión de belleza tras un buen reconocimiento.

Salgo del dormitorio con sigilo y noto un pequeño rastro de suciedad que recorre el pasillo hasta mi habitación. No recuerdo haber pisado arena ni suelo áspero, así que sospecho que debe ser cosa de Marta. O quizá de Pablo. Paso por un lado de puntillas y bajo las escaleras.

Las puertas que dan al exterior también están cerradas, y hace aún más frío que arriba. Tiritando, deambulo buscando una salida. Debe haber alguna puerta que se abra. El silencio es tal que hasta el leve roce de unos pies no pasa desapercibido.

Marta aparece de lo que supongo debe ser la cocina y se planta en el umbral, bloqueándome el paso.

—Hola. ¿Cómo salgo? —pregunto. Aunque no domine el inglés, dudo que Isaac contrate a alguien con quien no pueda comunicarse.

Marta me guía por un pasillo que parece conectar dos alas separadas de la villa. El corredor es largo, todo en cristal y blanco deslumbrante, y pasamos por varias puertas cerradas en el camino. Marta marca un número en un teclado y abre una puerta que da a un pequeño patio, a un lado de la gran terraza de mármol.

—Oh. Gracias. ¿Cuál es el código para no tener que molestarte? —pregunto.

Ella niega con la cabeza.

—No hay problema. Ven a buscarme —dice, ya caminando de vuelta por el pasillo.

A pesar de la apariencia de casa piloto con paredes brillantes, suelo de baldosas elegante y cristales impecables, ¿por qué mi primer pensamiento es un hospital psiquiátrico? El sistema del teclado me está asustando bastante. ¿Cómo puedo mantener la puerta abierta cuando suba a recoger mi ropa de baño, sin tener que molestar a Marta otra vez? La puerta tiene muelle y no parece tener manilla por fuera. Si no consigo mantenerla abierta de alguna manera, no podré volver a entrar. Marta debe saberlo, pero da mucho miedo y ya empieza a parecer una guardiana de prisión.

Coloco uno de mis zapatos entre la puerta y el marco para que se quede abierta mientras subo rápido a por mis cosas. Veo que mi estancia va a requerir cierta planificación.

Cojo el móvil, el bañador, el protector solar y el libro, y bajo deprisa.

Cuando llego al final del pasillo, mi zapato ha desaparecido. ¿Qué coño?

—¿Marta? ¿Marta?

Miro a mi alrededor. Veo mi zapato al otro lado de la puerta. ¿Lo habrá pateado Marta y cerrado la puerta? Quizá quiere mantener la casa fresca para Isaac, que mencionó que no le gustan las olas de calor españolas en pleno verano.

Vuelve el ruido de pasos arrastrados, y pronto Marta vuelve a marcar el número, protegiendo el teclado con la mano libre como si fuera un cajero automático. Tengo que recordar pedirle el código a Isaac más tarde.

—Gracias —digo, pero ella ya se ha ido.

Una vez fuera, el calor es asfixiante. Me cuesta bajar hasta la piscina, pero veo una tumbona al fondo, cubierta por una enorme sombrilla. Al dejar la bolsa, veo una nota manuscrita encima de la tumbona.

Que tengas un gran día. Disfruta de la piscina.
Si necesitas algo, pídeselo a Marta. Si necesitas ir a algún sitio,
pídeselo a Pablo. Nos vemos luego. Isaac. X

Sonrío de oreja a oreja, meto la nota en mi bolsa de playa, me quito la camiseta y empiezo a untarme el protector solar por el cuerpo. Aunque estoy a la sombra, no voy a arriesgarme. Miro el reloj. Aún no son las doce, y tengo horas por delante antes de que Isaac vuelva.

De repente oigo un ruido cortante, acompañado por el chirrido de una sierra. Al otro lado del pequeño huerto de olivos, veo a Pablo. Está trabajando en el jardín, podando, recortando y ordenando. Tiene un ojo puesto en la sierra y el otro en mí.

Capítulo 15

Isaac ha vuelto pronto. Solo son las seis en punto. Mierda. Me quedé dormida en la cama media hora después de nadar treinta largos, y por suerte la puerta del patio estaba entreabierta cuando volví a entrar. Desde entonces he estado remojándome en un baño tibio, leyendo en mi Kindle... un *thriller* psicológico sobre un asesino en serie trastornado. He llegado al punto en que alguien es asesinado en su dormitorio, y eso me ha puesto nerviosa. No ayuda que esté en la única habitación de la villa que no tiene cerradura en la puerta. Cualquiera podría colarse sin llamar.

Antes he dado una vuelta por la planta de arriba, sin rastro de Marta, y he probado todas las puertas a lo largo del pasillo. La única otra puerta que se abre es la que supongo que es la habitación de Isaac. Este sitio parece una casa fantasma, todo está superordenado y no hay señales visibles de ropa, ni apenas posesiones personales en ninguna parte. O Marta es una ama de llaves de primera categoría, o Isaac nunca está aquí. Siempre está la posibilidad de que sea uno de esos solteros obsesionados con la limpieza.

Mi madre me dice que hay dos tipos de solteros. Los que viven en un desastre esperando a que una esposa-madre los ordene, y los otros tan meticulosos que la mayoría de las mujeres salen huyendo.

Por el estado de la habitación de Isaac, él es obviamente de este último tipo. Aunque, todo hay que decirlo, es probable que trabaje mucho fuera. Espero que durante la cena pueda saber más de él.

Me quedo completamente quieta en la bañera cuando oigo un golpecito suave en la puerta del dormitorio.

—¿Jade? ¿Estás ahí? —llama Isaac a través de una rendija que debe haber dejado al entreabrir la puerta.

—Sí. Perdona. Estoy en la bañera. Bajo enseguida —grito, como si le estuviera diciendo a una limpiadora entrometida que vuelva más tarde.

Todo parece bastante formal. Ojalá no tarde mucho en relajarse el ambiente.

—Vale. Hasta ahora.

No oigo que se aleje de inmediato, pero escucho la voz de Marta acercándose. Salgo de la bañera, me envuelvo con la enorme toalla y me escabullo al dormitorio. Los oigo hablar. Suena bastante acalorado. Al menos ahora sé que Marta entiende perfectamente el inglés, porque no tiene problema en dar su versión.

—Lo siento, Isaac. Ahora limpio el desastre —dice en un susurro alto.

¿Por qué creo que es un susurro deliberadamente alto? Quizá porque se me encoge el estómago cuando me doy cuenta de que se refiere a algún tipo de desastre fuera de mi habitación. Cuando subí de la piscina, las marcas de barro en el pasillo seguían ahí, pero no parecían tan graves. Supuse que Marta ya las habría limpiado, pero se ve que no. Por su conversación, debe ser que el rastro de suciedad sigue ahí. Isaac le dice que no tolera el desorden en la casa, y que seguro que ella ya lo sabe.

—No volverá a pasar.

¿Por qué llega la tierra hasta mi habitación? Sé que no la he traído yo, entonces, ¿cómo ha acabado allí?

Me lleva unos veinte minutos secarme el pelo, ponerme un poco de maquillaje (Isaac ha admitido que le gusta el aspecto natural), brillo de labios, un delineador sutil y una buena cantidad de perfume: un capricho comprado a mitad de precio en la tienda *duty free* del aeropuerto de Luton.

Cuando por fin estoy lista, asomo la cabeza desde mi habitación y veo que el rellano está otra vez impecable. Marta ha sido bastante rápida, desde luego. Y terroríficamente silenciosa. Probablemente fue un ratón en otra vida.

Desde la barandilla de hierro en la cima de las escaleras, veo a Isaac sentado afuera, con los paneles de cristal completamente abiertos. Me sonríe radiante mientras bajo deslizándome por la escalera. Sé que llevo puesto el vestido blanco de algodón ligero que ya he usado antes, y que comunica comodidad más que diseño. Pero cuando Isaac lanza un silbido de lobo, sé que ha dado en el clavo.

—Hola —dice—. Qué guapa.

Sus dientes dominan su expresión, y pienso en el lobo de Caperucita Roja. «Pues a ver si me comes» viene a mi mente.

—Hola. Gracias. Tú tampoco estás nada mal —respondo.

O sea, ¿qué se supone que debo decirle a un millonario que lo tiene todo, es increíblemente guapo, soltero y, por alguna extraña razón, parece interesado en mí?

—Me encanta el pelo —comenta. Se pasa la mano por la nuca, indicando que le gusta más la melena alisada, en lugar del estilo asalvajado del moño alto revuelto que vio la última vez.

—¿Qué quieres beber?

—¿Qué hay?

Sé exactamente qué hay, porque escuché el pop del corcho del champán desde arriba. Hay una botella entera de Moët en un cubo de hielo sobre la mesa a su lado.

—¿Esto sirve?

Con mucho cuidado, sin derramar ni una gota, llena una copa de cristal y me la pasa.

Mi mano tiembla tanto que un poco se sale por el borde.

—¿Marta? —grita—. No te preocupes, Marta lo limpiará

Vaya, son solo unas gotas en el patio. Uno pensaría que he derramado una botella entera de vino tinto sobre una alfombra color crema. Pero, todo hay que decirlo, Marta aparece con un trapo y lo seca frenéticamente.

Quizá sea porque no consigo congeniar con ella, pero Marta definitivamente tiene una expresión de suficiencia. Se alegra de que ya haya hecho algo que irrita a mi anfitrión.

Capítulo 16

A pesar de mi desasosiego con Marta, es una cocinera de primera.

Isaac y yo comemos en la terraza. Bueno, en otra terraza, que no sabía que existía. Está más adelante, a la vuelta de por donde salí antes y junto a una cocina exterior que se esconde tras un festón de buganvillas rosas y moradas. Marta va y viene con tapas, seguida de brochetas de pescado a la parrilla, todo tipo de ensaladas y patatas asadas, y rellena regularmente nuestras copas de vino. Estoy en el paraíso.

Cuando un trozo de tomate sale disparado del extremo de mi tenedor, Isaac pone los ojos en blanco, pero Marta está encima como una lapa. Es ridículamente servil, pero parece disfrutar del papel de todoterreno general. Ansiosa por agradar. Está claro que debe de recibir un sueldo holgado por sus esfuerzos laboriosos.

—Bueno, Jade. Cuéntame cosas de ti —dice Isaac, una vez que hemos acabado nuestros postres de helado y fruta.

—¿Qué quieres que te cuente?

—¿Hay un señor Jade?

Es una primera pregunta interesante, pero fácilmente esquivable.

—No. ¿Me atrevo a preguntar si hay una señora Isaac?

Escribí en mi móvil una lista de preguntas para hacerle, y esta, por supuesto, estaba la primera. No estoy segura de hasta dónde llegaré, pero es tan buen punto de partida como cualquier otro.

—Hubo una.

Isaac deja el vaso y se recuesta en la silla. El sudor le cubre la frente, y su habitual apariencia impecable está un poco desaliñada. Su camisa de lino tiene pequeñas manchas de sudor bajo las axilas, y su cabello al estilo Brad Pitt necesitaría un recorte. Hay al menos media docena de mechones rebeldes sobresaliendo en ángulos extraños.

—Oh.

No sé qué decir. ¿Murió? ¿Le abandonó? ¿O fue él quien la dejó? Quizá hubo una infidelidad.

—Ella me dejó —dice.

¿Qué? ¿Por qué alguien dejaría a este tipo?

Me incorporo.

—Lo siento.

No me gusta cotillear, pero averiguar si hay exmujeres es lo primero en mi lista. Necesito hurgar. Si voy a atrapar a mi millonario, necesito saber qué le mueve y conocer su pasado.

—No lo estés. Pasábamos por un bache. Bueno, eso creía yo. —Esboza una sonrisa irónica—. Las cosas debieron afectarla mucho, porque… —Coge una bocanada de aire.

—¿Sí? —Soy toda oídos, deseando que se dé prisa.

—No tenía ni idea de que estuviera en ese estado. Tenía depresión, esa es la cosa. Intenté muchas veces que buscara ayuda. Pero parece que estaba demasiado perdida. —Cierra los ojos—. Se suicidó.

—Ay, no.

Estoy en verdadero *shock*. ¿Por qué su esposa se suicidaría cuando parecía tenerlo todo?

—Lo siento mucho.

Él responde a la siguiente pregunta, que tengo en la punta de la lengua, como si leyera mis pensamientos.

—Se llamaba Astrid.

—Por eso, Casa de Astrid. El nombre de la villa.

—Sí —responde, y levanta una ceja—. Ella vivía aquí antes de que nos casáramos. El plan era renombrar la villa, pero no ocurrió.

—Lo siento.

La repetición del «lo siento» es difícil de romper, ya que no sé qué más decir. Quiero preguntar cómo se suicidó, pero él me gana de nuevo.

—Fue hace menos de tres meses. A Astrid le encantaba la navegación, y las lanchas rápidas. Ella solía navegar o competir por la costa sola. Le apasionaba el agua.

—¿Era una buena marinera?

Tengo visiones de una mujer fuerte, atlética, bronceada y despeinada por el viento y los elementos. Desde luego, no puedo competir con mis imaginaciones. Para mí ya es todo un reto no marearme en el barco, como para llevar yo sola un catamarán…

—Encontraron la lancha rápida que había alquilado abandonada en la costa a unos kilómetros de aquí.

Me sorprende lo tranquilo que está Isaac al contarlo; yo estoy en *shock*. Dios mío. Se lanzó por la borda. Me muerdo el labio.

Con el rabillo del ojo, veo a Marta preparada para el ataque. Ha estado escuchando, quedándose con todo.

Cuando Isaac finalmente cambia de tema, hablando del peligro de la ola de calor que se avecina y la necesidad de mantenerse fresco y en casa, es mi oportunidad para sacar el tema de entrar y salir de la villa.

—Antes no he podido salir. Aunque Marta ha venido a mi rescate —empiezo—. ¿Podrías darme los códigos de la puerta y de la verja? Así no tendré que molestarla.

—Espero que no estés intentando escapar. —Su chispa juguetona vuelve—. No te preocupes. Te escribiré los códigos.

—Genial.

—También te voy a dejar una llave de la puerta principal, porque, después de introducir el código, aún hace falta llave para abrirla.

—Me parece perfecto.

Lo que me parece es Fort Knox, pero quizá esconde una colección cara de relojes Rolex en algún lugar y es paranoico con los ladrones.

De repente, Marta reaparece, habiéndose acercado sigilosamente, y comienza a recoger los platos. Pregunta a Isaac si necesita algo más antes de irse.

—No, gracias, Marta. Nos apañaremos bien. Nos vemos por la mañana.

—Gracias —repito, pero ella me ignora por completo y de algún modo logra despejar la mesa en un solo viaje.

Me da miedo que se le caiga todo. Lleva los platos equilibrados en ambos brazos, y puedo imaginarla practicando con la cabeza. Desde luego está fuerte, tiene buenos músculos en los brazos como si entrenara.

Cuando ya se ha ido, le pregunto a Isaac si Marta lleva mucho tiempo con él.

—Se mudaron más o menos al mismo tiempo que yo. Astrid vivía sola, pero la convencí de que sería bueno tener ayuda en la villa. Es bastante grande. No se equivoca.

—¿Quiénes? —Marta y Pablo. Están casados, ¿sabes?

No lo sabía, y me pregunto por qué no lo había adivinado. Está claro que son muy leales a Isaac. De nuevo, me pregunto de cuánto deben ser sus nóminas —o quizá es que es difícil encontrar trabajo aquí—. Cuando Isaac me dice que tienen alojamiento junto con sus trabajos, todo empieza a encajar.

—Si entras al garaje del sótano, al fondo hay una puerta. Tienen un pequeño anexo totalmente equipado y con su propio jardín.

—Qué bien —digo.

Muy bien. Eso explicaría su dedicación, ya que sé que las propiedades en esta zona son prohibitivas.

Isaac no parece tener una lista de preguntas para mí. Parece saber que soy millonaria, una suposición por defecto. Si no millonaria, al menos una mujer con recursos, pero no indaga. Me siento más tranquila cuando me atrevo a creer que quizá no sea mi dinero lo que lo atrajo. Me pregunta si me gustaría dar un paseo por el terreno y verlo en condiciones antes de acostarnos.

—Me encantaría —le digo.

Extiende ambas manos y me levanta de mi asiento.

—Pero primero —dice— hay algo que me gustaría hacer.

—¿Qué?

Me sonrojo como una colegiala cuando me envuelve con sus brazos. Sus labios se deslizan suavemente sobre los míos, hasta que su lengua se une, y en un instante, el mundo de piscinas, patios de mármol y flores perfumadas se convierte en un paraíso.

¿Quién iba a pensar que un simple rasca y gana iba a traerme al hombre perfecto?

Solo cuando desenredamos nuestros cuerpos veo a Marta sobre mi hombro. Está mirando desde la puerta abierta de la cocina. Sus ojos son rendijas estrechas, su boca está cerrada como un botón. Pablo se acerca por detrás, rodea su cintura, pero ella lo aparta y le gruñe como un cocodrilo.

Mientras Isaac y yo nos alejamos, siento sus ojos siguiéndonos.

¿Qué demonios le pasa?

Capítulo 17

No necesité mucha persuasión, desde luego. Cuando Isaac me siguió escaleras arriba anoche, me preguntó si quería una última copa antes en su habitación. Al principio, pensé que bromeaba cuando dijo que tenía un minibar bien surtido en su habitación. No estaba bromeando en absoluto. Su nevera está más llena de manjares que las del hotel.

Para cuando descorchó una segunda minúscula botella de espumoso, yo ya estaba medio desnuda, e Isaac no llevaba mucho más. Todo ocurrió muy rápido, sin esfuerzo alguno, como si estuviera escrito en las estrellas.

Cuando me despierto esta mañana, siento que la habitación se mueve. Y es cierto. La monstruosa cama en la que dormimos es enorme y circular. Con un mando a distancia se pone a dar vueltas y vueltas…, y todavía está girando. Me pregunto si ha estado moviéndose toda la noche o si Isaac la volvió a encender antes de irse. Desde luego, me ha dejado aturdida y completamente desorientada.

Extiendo la mano hacia el mando, estirándome a lo largo del diámetro completo de la cama, y pulso el *stop*. No hay rastro de Isaac, pero me dijo después de hacer el amor (más de una vez, debo añadir) que tenía que madrugar y no me despertaría. Me vería esta noche. Debí de estar en un sueño muy profundo porque no escuché ni un ruido cuando se fue.

Hoy voy a usar a Pablo como mi chófer personal si me apetece hacer un poco de turismo o ir de compras. Isaac prometió enviarme mensajes con lugares de interés. Cuando miro el teléfono, noto que tengo seis mensajes nuevos de WhatsApp. Uno de mamá, otra vez, y otro de Connor. Al parecer lo han echado de su piso y me está suplicando que le deje venir a compartir mi estudio de forma temporal. Por encima de mi cadáver. Le digo a mamá que todo va genial y borro a Connor de mis contactos. Oficialmente ya es historia. Los otros cuatro mensajes son de Isaac, sugiriendo sitios a los que ir. Marbella para ir de compras, y quizá para almorzar. Mijas, el pueblo encalado en las colinas que es un imán para los británicos. Quizá el pueblo de Ronda en la montaña, si no me asustan las alturas y las curvas cerradas. Es tan atento, y está intentando que esta semana extra sea inolvidable. Decido no contarle que he decidido volver a Puerto Banús, ya que está cerca y nunca tuve oportunidad de explorarlo bien. Habrá tiempo de sobra para visitar los otros sitios antes de irme.

Me quedo un rato más en la ducha de la habitación de Isaac, aprovechando el gel, jabón y champú gratis, que vienen en envases similares a los que robé en Los Molinos. Parece que Isaac y yo no somos tan diferentes, porque hay una cesta llena y ordenada con una variedad de artículos de tocador de hotel de todas partes del mundo. Las toallas son como las del dormitorio de invitados, todas blancas, suaves y esponjosas, como si nunca hubieran sido usadas. Las doblo con cuidado cuando termino y las coloco sobre el toallero calefactado. Es una característica bienvenida en el baño, porque el aire acondicionado está encendido de nuevo y el dormitorio vuelve a estar helado.

Al salir del baño, veo un pósit pegado en el interior de la puerta.

> Buenos días, Jade. Espero que hayas dormido bien.
> Por favor, deja el suelo del baño seco, que se pone muy resbaladizo.
> Gracias. Nos vemos esta noche. xxxx

Meto la nota en el bolsillo de mi albornoz, antes de arrancar unos pañuelos de la caja plateada en la pared y secar las gotas del suelo. Isaac tiene razón. El suelo es como una pista de hielo.

Cuando termino de vestirme, me ruge el estómago. Y aunque no es Los Molinos, no puedo quejarme del desayuno. En la barra de desayuno con encimera de mármol, hay cruasanes, bollos de pan integral y blanco, una selección de quesos, embutidos y una colorida variedad de frutas frescas. Hay otro pósit pegado a la máquina de Nespresso.

*Sírvete. Mejor que en el hotel, espero! Intenta no dejar migas,
Marta es muy exigente con la limpieza.
Hasta luego. xxxx.*

Estoy tan preocupada por no dejar migas del cruasán que opto por un par de panecillos frescos, los relleno de jamón y queso, y los meto en mi bolso. También incluyo una manzana, una naranja y un plátano. Una vez que me aleje de la villa, me los comeré. Por ahora, me limito a un par de expresos fuertes, prescindiendo de los peligros de la leche y el azúcar, y dejo todo tal como lo encontré.

Cuando estoy lista para irme, salgo a buscar a Marta para que me abra, ya que Isaac se olvidó de darme la llave. Tengo los códigos de la puerta en el móvil, pero sin llave, aún no puedo salir.

Mientras merodeo por la planta baja, ella aparece en el vestíbulo como un espectro flotante.

—Buenos días, Marta. ¿Podrías dejarme salir, por favor? ¿Pablo está en la piscina?

—Sí. Está en la piscina —dice, tecleando números y haciendo sonar un manojo de llaves.

—Gracias. Que tengas un buen día —digo.

No tiene sentido que las dos seamos unas auténticas maleducadas. Si es posible, esta mañana parece aún más cabreada que cuando llegué.

De todos modos, es un alivio salir, aunque el sol ya está alto en el cielo, sin una nube a la vista, y el calor es implacable. Revuelvo en mi bolso y me doy cuenta de que he olvidado la crema solar. Pero, la verdad, creo que el *look* de langosta podría ser mejor que enfrentarme de nuevo a Atila, reina de los hunos.

Pablo parece compartir el sexto sentido de su esposa, porque el motor del coche ya está encendido cuando aparezco, y otra vez está aplastando un cigarrillo con el pie. Al verme, recoge la colilla y la mete en el bolsillo. Se agacha y con los dedos aparta motas de ceniza de cigarrillo junto a su pie.

Quizá sea Marta quien tenga un problema con la limpieza, pero ¿por qué me preocupa que Isaac sea el que tenga las tendencias obsesivas?

Capítulo 18

Pablo es como un guardaespaldas personal. Demasiado bajo de estatura para ser una amenaza, a pesar de sus músculos de hierro, pero es muy decidido. Le digo que le enviaré un mensaje cuando necesite que me recoja, pero niega con la cabeza y levanta la palma de la mano.

—Voy contigo. Por si acaso.

—Puede que tarde un rato —digo, preguntándome por qué no tiene nada mejor que hacer.

¿Y qué quiere decir con «por si acaso»? ¿Por si qué? La posibilidad de que Isaac le haya pedido que me espíe parece ridícula, pero pasa por mi mente.

—No hay problema —dice en español con una sonrisa terriblemente cursi. Al menos es mejor que el ceño fruncido y miserable de su esposa—. No es ningún problema. Espera cinco minutos y voy contigo.

Se va a aparcar el coche, pero yo no me quedo esperando. Giro rápido a la izquierda, con la intención de despistarlo. De camino, paso junto al yate de motor de Isaac. El mismo patrón está en la proa del barco charlando con una pareja joven. Les hace un gesto con la gorra, indicándoles que miren alrededor. Me agacho tras un muro y observo lo que ocurre a continuación. Cinco minutos después, el patrón arranca el motor, y la pareja se instala en la cubierta y saca un par de latas de cerveza de una mochila.

No sabía que Isaac alquilaba su yate. Pero, pensándolo bien, quizá no sea suyo y él mismo lo alquila para huéspedes. Huéspedes para impresionar. Huéspedes como yo. Supuse que era su yate, por la forma en que me lo enseñó. Quizá me equivoqué.

La temperatura es ahora tan alta que el calor no me deja pensar, y estoy bastante nerviosa. Saco del bolso el sombrero de paja arrugado y me lo pongo, y también unas gafas de sol Oakley modernas que compré en el *duty free* junto con el perfume. Decidí dejar mis elegantes gafas de montura blanca en la villa, para no parecer otra vez un búho con prismáticos.

Si compro una camiseta barata y me cambio la amarilla canario que llevo, quizá Pablo se dé por vencido. Ojalá no le informe a Isaac de que le he dado esquinazo.

Unos pocos metros más adelante hay un callejón estrecho, y me sumerjo en la sombra. Al fondo hay una pizarra en la acera que muestra la imagen de una pinta de Guinness con espuma. Cuando llego a la entrada, el bar fresco con ventiladores giratorios en el techo me incita a entrar. Está en el lado oscuro, pero eso me viene bien, ya que Pablo tendrá dificultades para encontrarme, aunque busque. Más vale que juegue a su propio juego.

Pido media *lager*, luego saco el móvil para ponerme al día con el Wordle. Justo cuando estoy a punto de beber un sorbo, noto que hay tres mensajes nuevos. Todos de Isaac.

> Jade. Espero que te estés divirtiendo. He oído que Pablo te dejó en el puerto otra vez. ¿Me harías un favor? x

Los detalles del favor llegan en un segundo mensaje.

> ¿Podrías pasarte por el yate de motor que alquilamos el otro día y hablar con Mario, el patrón? Le debo varios pagos de excursiones y me los está reclamando. No puedo acceder a mi cuenta bancaria por alguna razón donde estoy (no hay wifi y la cobertura del móvil va y viene), y me preguntaba si podrías abonarlos por mí. No es mucho, cinco mil libras, más o menos. Te lo reembolso esta noche cuando estés en casa. Te lo agradecería mucho. I. x

¿Qué demonios? ¿En serio? El tercer mensaje no me deja opción.

> Ah, y ya te echo de menos. ¿Qué te parece si salimos a cenar esta noche? Le doy a Marta una noche libre. Conozco una gran parrilla argentina a unos kilómetros hacia el interior. xxx

El sentido común me dice que lo ignore y que salga de aquí cuanto antes. Pero este es Isaac. Hemos dormido juntos. Es atractivo, rico y guapísimo. Y son solo cinco mil libras.

Es ridículo que piense «son solo cinco mil libras». Hace unos meses, con eso habría pagado el alquiler de seis meses. Mientras me bebo la cerveza, con tragos demasiado rápidos, me doy cuenta de que, si pago esta cantidad, mi saldo bancario quedará en veinticinco mil libras. Pero me prometí cuando gané el dinero que iba a disfrutar. Vivir al límite. Sin duda estoy viviendo a tope, pero no soy ningún 007. La precaución está en mis genes, y llevo viviendo al día desde que tengo memoria.

> Vale. Lo haré. Iré a ver a Mario cuando esté en el puerto.

Omito los besos. La respuesta llega al instante. Aparto a un rincón de mi mente el hecho de que dice no tener wifi; pese a sus protestas, su móvil parece funcionar perfectamente.

> ¡Gracias! Te lo agradezco mucho. Mario te dará el saldo exacto, junto con una copia de la factura. No te preocupes, te pagaré esta noche. ¡Con intereses! xxx

Apago el teléfono y ataco la cerveza. Pido otra para ayudarme a relajarme. Pero es muy difícil. Lo máximo que puedo sacar de mi cuenta en una sola vez son cinco mil libras sin cambiar la configuración bancaria, y no tengo ni idea de mis datos de acceso. Si es más de cinco mil libras, estoy en problemas.

Al menos espero haber despistado a Pablo.

Capítulo 19

Estoy un poco achispada, por decirlo suavemente, por la cerveza, el calor y los nervios. Me siento en el puerto media hora, con la gorra bien baja, llevando una camiseta nueva de rayas azules y rojas que he comprado en un puesto de camisetas. Tiré la amarilla canario, porque necesito reducir equipaje para el vuelo de vuelta, y me quedaba demasiado ajustada.

Observo a Mario maniobrando el barco con cuidado para atracarlo y me levanto.

Camino hacia él, y en cuanto me acerco me llama al instante.

—Hola —dice en español—. ¿Jade?

¿Cómo demonios recuerda mi nombre? Isaac no nos presentó cuando salimos en el yate, así que es más que probable que Isaac haya contactado a Mario desde entonces y le haya dicho que voy de camino. No me sorprendería que Pablo apareciera desde debajo de la cubierta y, con el estado en que estoy ahora, no me extrañaría que me tomaran como rehén.

Mario es muy eficaz, he de decir. Hay una impresora junto al microondas, y en cinco minutos me entrega una copia de la última factura de Isaac. Correspondiente a los meses de junio y julio.

5142 libras.

No pregunto por qué no está en euros, ya que Mario no parece estar de humor para cortesías. Me dice que me siente en uno de los bancos de cuero y abre un portátil para que inicie sesión. Lo ha previsto todo. Cuando digo que prefiero pagar con tarjeta, saca una máquina de tarjetas con un ademán florido como si sacara un conejo blanco de la chistera.

No es tan complaciente cuando le digo que mi límite de retirada es de cinco mil libras. Le sugiero que añada las 142 libras extra a la próxima factura de Isaac.

—No habrá próxima factura —gruñe.

Cuando introduce la cantidad exacta de cinco mil libras, yo tecleo mi pin y, por suerte, el pago se realiza sin problemas. Arranca el recibo y lo planta a mi lado con un golpe. Estoy demasiado alterada para preguntarme qué quiere decir con «no habrá próxima factura», y salgo huyendo del yate como una delincuente que acaba de saldar una deuda de drogas.

Hay un murmullo general en el puerto. La gente está ociosa por todas partes. Me pregunto cómo puede haber tanta ostentación junto a tanta inactividad. No puedo creer que todos estén en su hora de comida.

En un extremo del puerto, más allá del callejón con el *pub* irlandés, hay un pequeño restaurante de mariscos. Me ruge el estómago y voy a desmayarme si no como algo. Recuerdo los bocadillos rellenos en mi bolsa, que probablemente acabaré dando a las gaviotas. El olor a pescado y la vista de enormes paelleras hacen su efecto. Miro por la puerta abierta, decidiendo que comeré dentro porque la temperatura sigue subiendo. Debe de haber alcanzado los treinta y tantos grados porque sudo a mares y mi camiseta nueva ya está empapada.

Hay una mujer sentada sola en una mesa junto a la ventana. La gente charla y ríe a su alrededor, pero ella es como *La paciente silenciosa* —un libro que acabo de leer—. Tiene la mirada perdida en el mar. ¿De qué me suena? Me resulta familiar, pero no la ubico. Entonces lo recuerdo. Es Emmeline. La mujer que abordó a Isaac en el restaurante la otra noche. No recuerdo que pareciera tan mayor, pero debe de tener entre cuarenta y muchos y cincuenta y pocos. Tiene el pelo gris, con reflejos desvaídos. Parece derrotada, y lo único en lo que puedo pensar es en el sonido de sus sollozos sobre los hombros de Isaac.

Un camarero se acerca y me pregunta si voy a cenar.

—Sí, por favor. Dame un minuto porque hay alguien con quien necesito hablar primero.

No estoy segura de que el joven camarero atractivo lo entienda, pero me deja pasar y me dirijo a la mesa de Emmeline.

—¿Emmeline? —pregunto.

Pretendo sonar educada, como en una venta telefónica, con una sonrisa de joyería cara.

Parpadea varias veces, como si intentara enfocar mi rostro. Parece atontada, como si estuviera borracha o colocada con hongos mágicos.

—Sí. ¿Quién eres tú? —dice en tono cortante y pone énfasis en la palabra «tú».

—Jade. Jade Wiltshire. Creo que nos vimos la otra noche, ¿no? ¿Te importa si me siento?

Pongo las manos sobre una silla, y ella no se opone cuando me deslizo al otro lado de la mesa.

—¿Dónde nos vimos?

—Estaba con Isaac. En un restaurante.

Su rostro se transforma en una expresión de horror. Sus ojos se abren y se mueven nerviosos de un lado a otro lanzando miradas furtivas. Si tuviera un cuchillo afilado en la mano, sospecho que podría lanzármelo.

—Eres su nueva mujer. Buena suerte con eso —escupe, acentuando la palabra «suerte» esta vez.

—Acabo de conocerlo —digo.

—¿Dónde?

—¿Perdona?

—¿Dónde lo conociste?

—En un vuelo a Málaga —respondo—. ¿Y tú?

—Me alojaba en el hotel Los Molinos. Ahí fue donde conocí al desgraciado.

—Ah. Allí estuve hasta hace unos días.

—¿Ahora te alojas en la villa?

Emmeline suelta una risa extraña, como de hiena. Podría ser su acento, pero definitivamente suena desequilibrada.

Asiento. Mi estómago ya no solo ruge, sino que se revuelve. Temía lo que iba a decir a continuación.

—Buena suerte con eso —dice por segunda vez—. Si fuera tú, saldría de ahí lo más rápido posible, antes de que te encierre.

El camarero reaparece y deja un menú delante de mí. Al mismo tiempo, coloca un plato de gambas a la plancha y calamares rebozados para Emmeline.

—Si no te importa, Jade, me gustaría comer. Sola.

Pincha los calamares, logra enganchar un trozo en el tenedor y lo roe con sus pequeños incisivos.

Entiendo el mensaje y levanto la mano al camarero para indicarle que no me quedaré.

—Una pregunta más. ¿Por qué rompisteis Isaac y tú?

—Me estafó todos mis ahorros y luego me echó de la casa.

Mi corazón empieza a latir con rapidez y me siento mareada. La ansiedad se mezcla con el vacío en el estómago y la cabeza me da vueltas. La vista del mar tras el hombro de Emmeline me hace sentir como si estuviera de nuevo en un barco.

—¿Cuánto dinero? —pregunto.

Es una pregunta cargada y entrometida, y mientras Emmeline mastica los calamares, pienso que podría ignorarla.

—Ciento cincuenta mil euros. Eran mis ahorros de toda la vida. No me queda nada. —Traga un largo vaso de agua y hace un gesto con la mano para decirme que ya ha tenido suficiente—. Ahora, si no te importa, me gustaría estar sola.

—Siento haberte molestado, Emmeline, pero gracias por hablar conmigo.

Salgo tambaleándome al calor y apenas puedo andar. Es como una sauna, y me vuelvo a poner el sombrero, regresando con dificultad por donde vine. Al final del puerto deportivo, veo a Pablo hablando con alguien. Agita una mano en el aire, indicándome que no está lejos. ¿Me habrá visto hablando con Emmeline? ¿O se ha quedado en el mismo extremo del puerto desde que me dejó? Es como si me siguiera un detective privado.

Temiendo desmayarme, me siento en un banco bajo una escasa sombra y rebusco en mi bolso. Al sacar un bocadillo de jamón y queso aplastado, desesperada por alimentarme, cae una tarjeta de visita.

Leo los datos impresos en la tarjeta. «Marbella Inmobiliaria. Carlos Fernández». Recuerdo al agente de ventas pulido del hotel, y al comprobar la dirección en la tarjeta, me doy cuenta de que la inmobiliaria está a menos de cincuenta metros.

No sé por qué, pero de repente me interesa el precio de las propiedades en Marbella.

Capítulo 20

Paso junto a Pablo con un aire desafiante. No me queda otra, no pienso volver a esconderme detrás de las puertas. Después de todo, estas son mis vacaciones, y no sé por qué he acabado merodeando a hurtadillas. Cuando me ve, vuelve a hacer el gesto de aplastar la colilla del cigarrillo. Me siento como la amante de un jefe mafioso, pero sin los ostentosos accesorios de oro y diamantes.

En la acera de Marbella Inmobiliaria, miro las propiedades expuestas en el escaparate. La más barata cuesta la friolera de 750 000 euros. Cuando sé que Pablo está mirando (puedo verle reflejado en el cristal reluciente), deslizo un dedo por los detalles de un ático en el puerto y hago una foto. Más me vale disfrutar si voy a estar con Isaac unos días más. Aunque es difícil estar animada cuando me muero de nervios por el dinero que acabo de entregar a Mario. Eso empaña mi subidón de dopamina.

Tengo que limpiarme la frente constantemente, porque un hilo de agua me resbala por las mejillas.

Decido armarme de valor y entrar. Empujo las gruesas puertas de cristal con tiradores dorados y una maravillosa ráfaga de aire frío me golpea. Me quedo bajo un enorme aire acondicionado de techo, me quito el sombrero y agito la mano frente a la cara para refrescarme.

—Hola, señorita.

Carlos me saluda en español desde detrás de un enorme escritorio, pero se levanta inmediatamente cuando entro. Al acercarse, extiende la mano.

—Señorita Wiltshire, si no me equivoco.

O tiene una memoria increíble, o alguien le ha dicho que tengo veinte millones de libras en el banco y que quizá debería seguirme también. Da un poco de miedo pensar que puedo estar en el radar de la mafia local.

Ignoro la mano peluda extendida y me acerco a un panel de exhibición titulado «Apartamentos». Antes de que pueda parpadear, Carlos está a mi lado, ofreciéndome un vaso de sangría. ¿Por qué no? Tengo la garganta seca y parece néctar.

—Gracias —digo y me bebo de un solo trago el líquido frío color frambuesa.

No estoy segura de que saciar la sed con alcohol sea la mejor idea, pero me recuerdo, una vez más, que estoy de vacaciones.

—¿Le interesa alguna propiedad? ¿Un apartamento, quizá? Hay mucha variedad.

Carlos rezuma la típica baba de agente inmobiliario y ya se está relamiendo los labios gruesos con una lengua bulbosa.

—Sí, me interesa. ¿Alguna ganga?

Recorro el panel de arriba abajo, deteniéndome a mirar un ático a cinco minutos del puerto. Setecientos mil euros. Un chollo.

—El que está mirando acaba de rebajarse. Ahora cuesta solo 680 000 euros.

Podría estar hablándome de una oferta especial en el supermercado para huevos frescos o pollos de corral. Quiero decir, ¿qué son 680 000 euros?

—No está nada mal, ¿verdad? —dice.

Nada mal, desde luego. Me bebo la sangría, y él ya está rellenando mi vaso.

Pablo ha estado yendo de un lado a otro afuera y ahora está mirando por encima del muro que da al mar, con las rodillas dobladas, observando la cubierta de un ostentoso y obsceno superyate. Hace que el yate a motor que Isaac alquiló parezca una barquita de remos.

Carlos se apresura a volver a su enorme escritorio y saca un folleto lustroso de una pila tambaleante.

—Aquí tiene, señorita Wiltshire. ¿Puedo llamarla…?

Busca familiaridad, para atraerme a una amistad que me haga difícil resistirme a su discurso de ventas.

—Jade. Está bien, Carlos.

Mi cabeza ya está un poco mareada, pero me siento mucho más relajada que en todo el día. Perder cinco mil libras quizá no sea el fin del mundo, aunque sé que cuando se me pase la resaca, lo parecerá. De todas formas, necesito darle a Isaac el beneficio de la duda. Sobre todo porque dormí con él.

De repente, mi teléfono suena con un mensaje nuevo. Es Isaac, otra vez.

> Hola. Espero que te estés divirtiendo y que Pablo te esté cuidando. Nos vemos luego. He reservado la parrilla argentina, como prometí. Creo que te va a gustar. Ah, y asegúrate de tener hambre. Isaac. xx

¿Cómo no va a gustarme? No sé si es la sangría o un súbito momento de bienestar, pero ahora pienso que he sido muy dura con Isaac. Principalmente por culpa de Emmeline. Solo tengo la palabra de ella de que él la estafó con tanto dinero. No puedo imaginar cómo sería perder todos tus ahorros. Ya me parece bastante mal haber entregado cinco mil libras. Pero necesito mantener la fe. Al fin y al cabo, es Isaac.

Le respondo enseguida.

> Suena bien. Nos vemos, entonces. Sí, Pablo está muy atento y yo me muero de hambre.

Prefiero pecar de precavida y dejo fuera los besos. Isaac puede parecer realmente entusiasmado, pero siento la necesidad de hacerme un poco la difícil. Mi estómago ruge de emoción, y me permito imaginar de nuevo lo que podría ser. Quizá haya una oportunidad de futuro con Isaac. ¿Quién sabe? Y... anoche fue bastante increíble.

«A caballo regalado no le mires el diente» me viene a la cabeza. Carlos permanece muy quieto, esperando a que termine con el móvil. Ahora está de espaldas a la entrada, y tendría que rodearlo para salir. Pero no lo hago, porque empiezo a disfrutar.

Me siento en uno de los grandes sofás de cuero negro que miran hacia el mar y el brillante sol. Disfruto el calor desde dentro hacia afuera, olvidando por un momento su ataque feroz.

Paso las páginas del folleto que Carlos me ha dado, y pronto se sienta a mi lado en el sofá, demasiado cerca para ser profesional. Pero qué más da.

—Es impresionante —digo.

He llegado a las últimas páginas de mi libro, *Cómo vivir como un millonario*, y ahora uso a Carlos para poner en práctica las sabias sugerencias, y sí, me siento como un millón de euros.

«Abraza la vida de un millonario».

«Ve a las tiendas caras. Mira sin prisa».

«Date el gusto, tan a menudo como puedas, de comer en los restaurantes más caros».

—¿Dices que ha bajado de precio?

Levanto la copa, doy un sorbo y alzo una ceja con una emoción desmedida hacia Carlos. Está mordiendo el anzuelo, el hilo y la caña.

—Sí, en efecto. Ahora son solo 680 000 euros. No se da casi nunca una reducción tan repentina, pero los dueños tienen mucha prisa por vender. Problemas familiares, tengo entendido.

Carlos habla muy buen inglés, todo hay que decirlo. Podría ser de Essex si no fuera por un extraño acento fuera de lo común.

—¿Sabes qué? —digo.

Carlos tiene ahora un tic en la mandíbula, sin duda por la emoción de una posible venta tan apetitosa.

—¿Sí? —Sonríe, mostrando una gran dentadura, y levanta una ceja unida.

—Me encantaría echar un vistazo. Verla en condiciones.

Paso las páginas de un lado a otro. Carlos se levanta rápidamente. Vuelvo la mirada hacia fuera por un segundo y me estremezco al ver que Pablo tiene la nariz pegada al cristal. Mientras me mira, intenta manejar su móvil al mismo tiempo. Si no me equivoco, está haciendo una foto.

—Por supuesto. Ahora mismo contacto con los dueños —dice Carlos.

—No sé exactamente cuándo iré, pero será en los próximos dos o tres días —digo.

Le hago un gesto a Pablo, levanto la copa y le pido a Carlos que me reponga.

Capítulo 21

Estoy bastante mareada cuando vuelvo a salir a la sauna. No estoy segura de si veo doble, pero el pavimento de cemento del puerto parece estar derritiéndose. Cruzo con cautela por un par de zonas fundidas, sintiéndome casi tan desorientada como cuando Isaac me rescató en el aeropuerto de Málaga.

Pablo pronto me sigue de cerca. Quizá sea por el subidón de ánimo de la sangría, pero finalmente reduzco el paso y le dejo que me alcance.

—Pablo. ¿Podemos hacer una parada al volver?

—¿A dónde quieres ir?

Su sonrisa se desvanece, un poco como el cemento bajo nuestros pies. Mete las manos en los bolsillos del pantalón. Supongo que Isaac no le deja salir en pantalones cortos, pero debe estar asándose de calor.

—Los Molinos, si te parece bien. Creo que me dejé unas gafas de sol allí y quiero ver si las tienen.

—Está bien —dice.

Pero parece que no le ha gustado. Mira su teléfono y me pregunto si tendrá que pedir permiso a Isaac para hacer un desvío.

Consigo llegar al coche, pero cada paso bajo los treinta y ocho grados de calor es un esfuerzo. Hay alerta roja para todo el sur de España, y se recomienda a la gente quedarse en casa a menos que sea absolutamente necesario. El termómetro llegará a los cuarenta grados el fin de semana.

Salimos en silencio, yo en la parte de atrás y Pablo con una mano en el volante. Al menos ya no es con un dedo. Cuando llegamos a la AP-7, hace su habitual zigzag a toda velocidad entre el tráfico como si fuera Lewis Hamilton. Desde luego no ayuda a mi mareo. Miro por la ventana, pero siento los ojos de Pablo clavados en mí de vez en cuando a través del espejo retrovisor.

Reduce la velocidad al llegar al hotel, y el Mercedes se acerca a la entrada. Un botones que reconozco, al que di una propina demasiado generosa, sonríe de oreja a oreja cuando bajo. Me saluda como a un primo perdido hace tiempo.

«No tardaré», le digo a Pablo, aunque no tengo ni idea de cuánto tiempo estaré. Depende de si encuentro a Logan o no.

Todavía me siento bastante mal por haberlo dejado plantado en cuanto Isaac apareció. Es demasiado pronto para volver y enfrentarme a Marta, así que espero que él esté de servicio en el bar de tapas y podamos ponernos al día. Además, necesito comer algo serio para aguantar.

Pablo ha dejado el motor en marcha y el botones intenta que se aparte. Con el rabillo del ojo, noto un billete de color brillante pasar de mano en mano. Todo esto empieza a ponerme de los nervios.

No tengo ni idea de por qué me molesta tanto que Isaac malgaste su dinero, pero sospecho que se debe al hecho de que rara vez he tenido suficiente efectivo para comprar un litro de leche. Y la idea de las cinco mil libras que le presté a Isaac me exaspera de lo lindo.

Salgo con paso tranquilo hacia la zona principal de la piscina y tengo suerte. Logan lleva en la mano una bandeja con vasos vacíos y se dirige hacia mí.

—¡Logan! —grito.

No sé por qué grito, pero me parece un rostro amigable en una situación que, por lo demás, es tensa. Además, está bastante guapo con una camisa blanca y unos chinos negros ceñidos a la cadera.

—Jade.Sonríe, pero sin entusiasmo. Vale, entiendo que esté molesto, pero seguro que me dejará compensarlo. Además, quiero sonsacarle información.

—¿Estás ocupado? —pregunto, aunque veo que no lo está.

El lugar está desierto. Ni rastro siquiera de los más acérrimos amantes del sol bajo las sombrillas.

No tengo ni idea de cómo Logan consigue parecer tan fresco, ni una gota de sudor a la vista.

—No demasiado ocupado —dice.

—Bueno, he venido a hacerte compañía.

Él avanza como si intentara darme la espalda.

Al menos el bar de tapas está a la sombra, con un par de ventiladores girando en el techo. Me acomodo justo debajo de uno, dejo mi sombrero sobre la barra y levanto la cara hacia arriba. El cielo.

Logan no para detrás del mostrador, secando vasos, cortando limones y limas, y haciendo todo lo posible por evitar la conversación.

—¿Qué te pongo? —pregunta.

Me tienta pedir un vino blanco, pero como tengo una cita romántica con Isaac más tarde, decido no hacerlo. He bebido suficiente y necesito despejarme en serio.

—Agua con gas, por favor. —Antes de que tenga tiempo de traerme la bebida, añado—: Escucha, Logan, lo siento mucho.

No estoy segura de por qué exactamente, aparte de haberme topado con el aparente millonario de mis sueños, pero sí me siento culpable. Logan parece un buen tipo.

—¿Por qué? —pregunta con tono hosco.

—Por desaparecer cuando apareció Isaac. ¿Lo conoces?

—Más o menos. Es un habitual del hotel. Viene a cenar, a beber.

No me mira, pero pasa un trapo por la barra delante de mí.

—¿Sabes algo de él? ¿Algo que puedas contarme?

Reflexiona sobre la pregunta, se toma un momento para responder.

—Es millonario. Pero supongo que ya lo sabes. —Suelta un bufido sarcástico.

—Me estoy quedando en su villa. Por unos días.

—Suerte con eso.

Esta vez el sarcasmo va acompañado de una risa baja pero clara. Suena como Emmeline antes y eso me inquieta.

—¿Qué quieres decir?

Me trae el agua con gas y coloca con cuidado una rodaja de limón en el borde.

Me arden tanto las mejillas que apoyo el vaso helado en el rostro.

—Así mejor —digo antes de dar un largo trago.

—Parece que le gustan las mujeres, eso es todo lo que puedo decir.

—¿Conocías a Emmeline?

Su demora en responder me pone nerviosa. Puedo notar que sí conocía a Emmeline. Está en la tensión de sus labios apretados.

—Muy poco —responde.

—¿Alguna idea de por qué rompieron?

Mira alrededor de la zona de la piscina. Ha aparecido una pareja que deambula sin rumbo. Mira a derecha e izquierda, y baja la voz a un susurro.

—Ella le acusó de robarle dinero.

—Oh. —Me tambaleo en el taburete, deslizándome hacia un lado antes de lograr enderezarme de nuevo—. ¿Y era verdad?

—Bueno, él dice que ella le dio dinero para ayudar con las facturas cuando vivía en la villa. Que nunca lo robó.

Las mejillas encarnadas de Logan y el temblor en sus manos me dicen que sabe más de lo que cuenta.

—¿Conoces bien a Isaac, entonces?

—Bebe aquí y le gusta charlar. Además, da buenas propinas.

Esboza una sonrisa débil, insinuando nuestros hábitos millonarios similares, los míos y los de Isaac. Me pregunto si Isaac deja propinas tan generosas como las mías. La idea me da ganas de reír, pero lo contengo.

—¿Alguna vez hablaste con Emmeline?

Logan se gira hacia una caja registradora en apariencia muy complicada, teclea números, códigos y todo lo que un camarero con muy pocos clientes tiene que hacer. Imprime mi cuenta y la deja delante de mí.

—Mira. Tengo que irme.

—¿Hablaste alguna vez con Emmeline? —repito.

—Isaac me dijo que no lo hiciera.

Con eso, Logan se aleja hacia una terraza inferior de la piscina, donde unas pocas personas se preparan para desafiar los rayos.

Termino mi bebida, renuncio a pedir una ración de tapas y me dirijo de nuevo a recepción. Al ver a Pablo sentado en el banco marroquí dentro de la puerta principal, me acerco al mostrador. La camarera guapa que vi hablando con Isaac me espera.

—Hola. No sé si me recuerdas. Estuve alojada aquí una semana y creo que me dejé unas gafas de sol. ¿Podrías mirar si están?

No va a mirar. Está clavada en el sitio.

—No, lo siento, señora. No hay gafas de sol en objetos perdidos, dice con una sonrisa cerrada.

¿Cómo podría saberlo si ni siquiera mira? Entonces veo a Pablo detrás de mí, levantándose.

Por supuesto, ya ha preguntado. Es como si hubiera estado comprobando mi verdadera razón para volver a Los Molinos.

Capítulo 22

Respiro con más tranquilidad cuando volvemos a la villa, y al abrirse las puertas correderas Pablo finalmente reduce la velocidad.

Le doy las gracias, recibo un somero cabeceo en respuesta y me dirijo al lateral de la villa para intentar entrar. Cualquier cosa menos tener que avisar a Marta tocando el timbre principal y mirando fijamente a las cámaras de seguridad.

No hay suerte. Está barriendo el patio, que ya está impecable, y al igual que Pablo, apenas reconoce mi presencia. Debe ser un rasgo familiar, o tal vez Isaac les haya advertido a ambos que no se familiaricen con los invitados.

Por suerte, las puertas del patio están abiertas de par en par, y no necesito merodear por la villa buscando una entrada. Al entrar, el aire fresco me golpea como un oasis en el desierto, aunque en menos de diez minutos tengo la piel de gallina en los brazos y tiemblo sin control por el frío helador. Subo a mi habitación, pensando que lo mejor es ducharme y cambiarme allí, sin asumir que vaya a volver a la habitación de Isaac. Parece que ha pasado una o dos semanas desde que giramos en la cama circular, pero fue solo anoche.

Cierro la puerta, deseando que tuviera pestillo, porque parece que todos merodean por la casa. Incluso Isaac pisa con sigilo, y no me gustan las apariciones repentinas sin avisar. Connor solía acercarse por detrás y darme un susto, pensando que era divertidísimo. Cuanto más me asustaba, más seguía haciéndolo.

Marta es la reina del sigilo, y eso me pone los nervios de punta, pero al menos es improbable que salga de repente gritando.

Hay un aroma desconocido en mi habitación y me doy cuenta de que Marta debe haber entrado a limpiar y ordenar. Es como la experiencia de un hotel de cinco estrellas, pero para mí que Marta está husmeando. Alguien me ha sacado la maleta de debajo de la cama y ahora está sobre un soporte para equipaje con correas (que no recuerdo haber visto antes). Tengo que decirle a Isaac que prefiero cuidar mi propio espacio. Me volveré loca si hay chocolates en las almohadas cuando volvamos esta noche.

La ducha, sin embargo, es fabulosa, y los chorros me atacan desde todos los ángulos. Hay pequeños rociadores, que no había notado antes, incrustados en los laterales de las paredes de la ducha. Se activan sin necesidad de girar ningún mando. Me pasa por la cabeza que alguien debe haber reprogramado los ajustes porque definitivamente no funcionaban la última vez.

Mientras me seco, oigo que llega un mensaje a mi teléfono. Vuelvo rápidamente al dormitorio y me siento en la cama con el pelo goteando.

> Nos vemos en media hora. ¡Qué ganas! Besos. xxx

Respondo con un pulgar hacia arriba. Todavía no he llegado a la etapa de escribir xxx, aunque Isaac parece haberlo hecho bastante rápido. No tengo ni idea de por qué siento la necesidad de reservarme algo, cuando me he dejado seducir con facilidad. Pero hablar con Emmeline y luego con Logan ha dejado una sensación inquietante en mi estómago. La única manera de despejarla será descubrir por mí misma qué es lo que realmente mueve a Isaac.

Me lleva un rato secarme el pelo, que parece haber crecido unos centímetros bajo el sol y que definitivamente necesita un buen corte. Tendrá que esperar a que vuelva a Inglaterra, porque no estoy segura de querer pedirle a Isaac recomendaciones de peluquería. El pelo de Marta está tan tirante hacia atrás que no sospecho que sea una asidua del salón.

Ordeno la encimera del lavabo, cuelgo las toallas con cuidado y voy a buscar mi conjunto más sexi. Con el calor, incluso a medianoche, puede que sea demasiado, pero el vestido de noche más escaso que tengo llega justo por debajo de las rodillas. La tela crema se mueve en remolinos y las finas tiras rojas combinan con mis atrevidas sandalias rojas de punta abierta.

El corazón me late con fuerza y el estómago me da vueltas mientras salgo de la habitación y me dirijo hacia la escalera. Veo a Isaac abajo hablando con Marta.

Oh.

Me escondo detrás de la pared, asomo la cabeza por la esquina y lo veo clavarle el dedo en el pecho. Tres veces. No está nada contento con ella. Me pregunto qué habrá hecho mal esta vez.

Suelto una pequeña tos e Isaac da un paso atrás con rapidez. Su sonrisa se ilumina al verme y silba con el pulgar y el índice. No me preocupo del #MeToo con este tío. Puede silbar todo lo que quiera. Esta noche está más guapo que Brad Pitt en su mejor momento, si eso es posible.

La camisa blanca de lino, seña de identidad de Isaac, está planchada a la perfección. Nunca había visto una camisa de lino tan lisa, y sus chinos crema son de un diseño carísimo. No sé cómo sé que son de un diseño caro, pero probablemente porque no tienen arrugas visibles, salvo una raya afilada como un cuchillo que recorre el centro de cada pierna.

¿Cómo puede volver de un día de trabajo tan impecable y sin despeinarse? Ni siquiera ha subido a ducharse, aunque quizá tenga una en el trabajo. Todavía no sé dónde trabaja ni a qué se dedica (algo relacionado con inversiones), pero tal vez me lo cuente esta noche después de unas copas. Me muero por conocerlo mejor. Desde luego, mantiene bien el misterio.

—Jade. Vaya. Estás increíble —dice. Extiende ambas manos, me atrae hacia él y deja sus labios reposando en los míos. Su colonia es sutil, pero se preocupa cuando toso. Se me ha quedado en la garganta.

—¿Estás bien? —Estoy bien. Solo es un cosquilleo.

—Bueno, ¿estás lista? Pablo está esperando.

Puñetero Pablo. Esperaba poder librarme de él esta noche, pero no hubo suerte.

—Sí. Lista para salir.

Isaac no me suelta la mano mientras salimos. Detrás de un muro, veo a Marta. Nos observa y, si no me equivoco (aunque podría ser, pues solo fue un vistazo), está secándose las lágrimas. Debe de haber hecho algo realmente mal para enfadar tanto a Isaac.

En fin, una vez que estamos en el asiento trasero del Mercedes, con el aire acondicionado encendido y una música suave de fondo, me olvido de Marta.

Esta noche voy a disfrutar.

Capítulo 23

El pequeño restaurante apartado está de camino a Mijas. No desprende ostentación de cinco estrellas, con su estructura de madera, ventanas tapiadas y ventiladores eléctricos sobre la mesa, pero Isaac me dice que sirve la mejor comida del sur de España.

No le recuerdo que eso mismo dijo del primer restaurante que visitamos, aquel donde Emmeline irrumpió en la fiesta. No quiero estropear el momento, ya que pronto veo a Isaac relajarse visiblemente.

Nos sentamos en otra mesa muy acogedora en una esquina, e Isaac estira sus largas piernas a un lado de la pequeña y tambaleante mesa. Una vez más, parece tener mucha confianza con el personal demasiado entusiasta.

—He pedido paella. La había encargado ya. Es para morirse —dice, llenándome la copa desde una jarra de vino blanco frío que ha aparecido en la mesa.

Teniendo en cuenta que es una parrilla argentina, me siento decepcionada. He estado soñando con un filete rojo y jugoso, con todos los acompañamientos, durante las últimas horas.

—Me parece bien —digo, totalmente desprevenida ante más paella. He abusado de los mariscos desde que llegué y estoy desesperada por carne roja jugosa. De algún modo, logro dibujar una sonrisa ansiosa que combine con la expresión plena de felicidad de Isaac.

—Sé que sus filetes son legendarios, pero no soy mucho de carne roja —dice Isaac, estirando una mano sobre la mía—. Espero que no te importe que sigamos con la temática del pescado.

Mi expresión, cuando mencionó la paella, no debió disimular lo suficiente mi decepción. Pero tengo tanta hambre que creo que tendré menos problemas de lo habitual para lidiar con las complicadas conchas y aguantar otro plato cargado de marisco salado.

El joven camarero nos dice que tardará unos veinte minutos, e Isaac le asegura que no tenemos prisa. Eso es lo que entiendo por sus gestos y por señalar el reloj. Debo decir que me impresiona el dominio del idioma de Isaac, y desde luego aumenta su atractivo.

—En fin, Jade. Cuéntame cómo fue tu día. He oído que has estado ocupada.

Maldito Pablo. Me pregunto si tiene que hacer informes escritos.

—Sí, me he divertido. He ido al puerto y, por cierto, te he pagado las facturas del alquiler del yate.

—Gracias. Mario se está poniendo bastante borde, exigiendo el pago, como si no fuera un cliente habitual.

Él resopla, pone los ojos en blanco. No le digo que Mario dijo que sería su última factura. En vez de eso, sorbo el vino con calma, preguntándome cuánto tardará Isaac en pedirme los datos bancarios para devolverme las cinco mil libras. Aunque las facturas que pagué eran suyas, me da apuro preguntarle cuándo voy a recuperar mi dinero. En el mundo millonario de Isaac, cinco mil libras deben ser como reembolsar cincuenta peniques. Los pensamientos sobre Emmeline no me ayudan a mantener la perspectiva.

Como si leyera mi mente, dice que me lo devolverá más tarde. Eso tendrá que bastar por ahora, pero no me relajaré hasta recuperar el dinero. Cinco mil libras es una cantidad enorme para mí.

—He oído que pasaste por una inmobiliaria en el puerto.

—Sí. Pensé en ver qué había en el mercado.

Sueno como si solo hubiera ido a mirar, pero Isaac parece muy interesado en saber si voy a adquirir en serio una propiedad.

—¿Estás pensando en comprar en Marbella?

Sus ojos brillan. Quizá le guste la idea de tener una amiga cerca, sin que se mude a su villa. La idea me pone nerviosa.

—Lo estoy considerando. Fue una de las razones por las que vine aquí.

Empiezo a creerme mi propia historia. Es curioso cómo una mentira puede convertirse en toda una vida. Pero ¿qué más da? ¿Dónde está el daño en jugar el juego?

—La vivienda no está barata por aquí —dice, mirándome con toda la intención.

—Y que lo digas.

¿Por qué tengo la sensación de que está deseando preguntar si puedo permitírmelo? Quizá intente venderme una hipoteca. Está metido en las finanzas de alto nivel, aunque no tengo idea de qué significa eso.

—¿Viste algo que te gustara?

—Muchas cosas —digo, tosiendo y con hipo por un sorbo demasiado grande de vino.

—Si quieres que eche un vistazo contigo, yo encantado.

Es extraño, me acostumbré tanto a analizar todo lo que decía Connor, intentando adivinar sus significados, que ya hago lo mismo con Isaac. Hace preguntas bastante inocentes, pero ¿por qué desconfío? De nuevo, me viene a la mente la charla con Emmeline, así como los comentarios que hizo Logan de pasada. Tengo una fuerte sensación de que debo ir con cuidado, pero es demasiado tentador para no seguir adelante.

—He visto un ático que acaba de bajar de precio y parece impresionante. Voy a echar un vistazo antes de volverme.

—Oh. ¿Cuándo te vuelves? Pensaba que estarías aquí una o dos semanas.

Se endereza, como si le hubiera anunciado algo importante.

—Estaré unos días más, y luego tengo que volver. Mi madre no está muy bien, y no me gusta dejarla sola demasiado tiempo. Si compro una propiedad, podrá venir a estar al sol.

¿Por qué miento? Estoy muy metida en el papel de la millonaria, pero me ha salido demasiado fácil la mentira sobre mi madre, que está sana y en forma. Desde luego, no puedo decirle a Isaac que necesito volver a casa y buscar otro trabajo. No puedo regresar a la residencia, me ha dejado exhausta. La pandemia me exprimió del todo, y ahora necesito encontrar una nueva carrera. Aunque no tengo ni idea de lo que de verdad me gustaría hacer.

—Bueno, pues vamos a aprovechar esos días —dice él—. Y echamos ese apartamento a la buchaca.

El joven camarero, Francis, y un hombre mayor que se le parece, tal vez su padre, se acercan empujando un carrito con el plato de paella más enorme que he visto. Pienso en el primer restaurante al que fuimos, el carrito cargado, las sartenes chisporroteando. Isaac parece un hombre de costumbres, eso seguro.

El olor a pescado se intensifica conforme la comida se acerca a nuestra mesa. Ahora tengo tanta hambre que comería cualquier cosa que me pusieran delante.

—Eso tiene una pinta increíble —dice Isaac, mirando de Francis al hombre mayor y luego a mí.

Repite la secuencia, y tengo que contener el pánico al ver que el plato está lleno de mejillones y almejas. Me gusta la paella, pero no soy fan de las molestas conchas. Los mejillones están amontonados. Al menos, si hago un desastre sobre el mantel o tiro las conchas al suelo, Isaac no podrá quejarse. No tendrá que hacer señas a Marta para que limpie.

—Guau —digo, con todo el entusiasmo que puedo reunir.

Necesitaré otra jarra de vino para bloquear el olor y sabor de los mariscos.

—Muchas gracias —dice Isaac en español, y cuando repito sus palabras, se ríe y me guiña un ojo.

***

Cuando terminamos de comer, Pablo aparece de la nada y hace señas a Isaac. Isaac se levanta, me dice que solo será un minuto y sale a hablar con él.

Cuando vuelve, Pablo ya no está, e Isaac sugiere que quizá me gustaría salir a dar un paseo. Para digerir un poco la comida.

No sé si estoy más emocionada por deshacerme de parte de la paella, que se ha hundido en el fondo de mi estómago, o por tener a Isaac para mí sola. La idea de un paseo en el aire cálido de la noche suena perfecta.

Capítulo 24

Nos encontramos con Pablo sobre una hora después. Me siento mucho mejor tras el ejercicio, pero también me alivia ver a nuestro conductor porque ya estoy agotada y lista para volver.

El viaje solo dura unos veinte minutos. El coche ronronea al atravesar las puertas de la villa alrededor de la medianoche, y tanto Isaac como yo estamos en un estado de ánimo relajado y tranquilo.

—¿Te apetece una copa antes de dormir? —pregunta cuando volvemos al impecable entorno del comedor—. Puede que sea mejor quedarnos dentro, que los mosquitos están muy activos alrededor de la piscina.

—Me parece bien.

No estoy segura de que pueda soportar otra copa. Pero Isaac está tan animado y relajado. Es curioso que, al ver cómo está ahora, me doy cuenta de lo tenso que suele estar de normal.

Dentro de la villa reina un silencio absoluto. No hay señales de Marta, y Pablo ya se ha retirado por hoy. Tengo curiosidad por ver su anexo en la parte trasera; está en lo más alto de mi lista de cosas que quiero fisgonear antes de irme a casa.

Me siento en una silla blanca —de un blanco inmaculado— junto a la pequeña piscina interior. He deducido que ese cuadrado poco profundo de agua es solo decorativo, no para usar, aunque resulta muy tentador con su iluminación subacuática romántica y los chorros relajantes en la pared.

—Te preparo uno de mis cócteles especiales —susurra Isaac, antes de pasar a la habitación donde suele estar Marta.

Supongo que es una cocina. En mi lista de cosas para fisgonear está justo por debajo del anexo al fondo del garaje. No pienso irme sin meter ahí la nariz.

De repente, por todas partes, una música suave y relajante se filtra a través de lo que deben ser altavoces ocultos. Dondequiera que haya ido Isaac, debe haber encendido un sistema de música. La melodía suena como olas rompiendo en la orilla, así de soporífera, y entre esos sonidos somnolientos se escuchan pájaros cantando. Me siento como si estuviera en el diván de un terapeuta a punto de ser hipnotizada.

Isaac reaparece con dos copas de cóctel en forma de V. No pregunto qué llevan dentro y decido «por qué no». Una sola copa antes de dormir no puede hacer daño.

Se sienta en la silla junto a la mía, y ambos miramos hacia la piscina. Las luces de la pared se han encendido y complementan el resplandor subacuático con sus haces que brillan sobre la superficie. Calculo que el agua no debe tener más de un metro de profundidad, pero es tan magnética que casi espero que Isaac sugiera un baño a medianoche. Bueno, un chapuzón a medianoche, pero es tan tentador.

Entonces, sin decir nada, deja caer un sobre abultado sobre la mesa de cristal que hay entre nosotros.

—Para ti —dice.

Mi corazón se detiene un instante. ¿Podrían ser entradas para un concierto de alguna estrella? ¿O, tal vez, solo tal vez, vuelos a una isla del Caribe? Ahora estoy tan mareada por la bebida y la emoción que mi mente va a toda velocidad.

—¿Qué es?

—Tu dinero —dice.

Mi decepción por no ser algo más romántico se convierte rápidamente en alivio. He estado intentando no preocuparme por el dinero, pero estoy más que aliviada. No solo porque he recuperado mis cinco mil libras, sino porque Isaac ha cumplido sus promesas.

—Gracias. Ya se me había olvidado. —Me río. Y un cuerno.

Si voy a hacer más viajes de cinco estrellas, los voy a necesitar. Por no mencionar que mi madre me está insistiendo para que encuentre un lugar donde vivir. Puede que no pueda permitirme el piso en Muswell Hill que me está sugiriendo, pero, si quiero salir del estudio, sin duda necesitaré una fianza considerable para algo más grande.

Cojo el sobre sin sellar y echo un vistazo dentro. Es un fajo de lo que parecen billetes de cincuenta euros sin usar. Incluso en mi estado de embriaguez, me pregunto cuántos euros me habrá dado. Sé que 5000 libras son aproximadamente 5500 euros, pero ahora no parece el momento para comprobarlo.

Tampoco parece el momento para preguntar por qué me da todo ese dinero en efectivo. Es más que bienvenido, pero esperaba que me pidiera los datos bancarios para hacer una transferencia.

Los ojos de Isaac me taladran, así que dejo el sobre de nuevo sobre la mesa.

—Gracias —digo, levantando mi cóctel casi vacío.

—¿Qué te parece si subimos?

Los ojos de Isaac brillan. Extiende la mano para coger mi vaso vacío y luego pone recta su silla (sí, de verdad) antes de desaparecer con los vasos vacíos. Unos segundos después vuelve y, cuando ve que he dejado mi silla bien colocada junto a la suya, sonríe.

—Gracias. Me gusta el orden —dice, y desde luego se queda corto.

Una vez que Isaac apaga todas las luces y activa la alarma de abajo, subimos por la escalera de caracol. Es magnífica. Me quedo parada arriba, y él toma mi mano y me guía hacia su habitación.

—Por aquí, señorita.

Estoy un poco inestable de pie, pero me llevo una mano a las mejillas que me arden. Sigo en silencio.

Su habitación parece aún más grande que anoche. Las luces de pared ya están encendidas, tenues en sus apliques. Mientras me siento en la cama, con mariposas en el estómago, Isaac desaparece en el baño. Todo está en absoluto silencio y, tras un par de minutos, cuando ya no se oye ningún ruido del baño, ni grifos ni descargas, me pongo nerviosa.

Algo no va bien. ¿Qué está haciendo, y por qué tarda tanto?

Capítulo 25

Pasan unos segundos y luego Isaac aparece en el marco de la puerta del baño, sosteniendo una toalla de baño mojada en una mano y lo que parece una alfombrilla de baño empapada en la otra.

—¿Jade? —Su voz es baja, casi un gruñido. Incluso a media luz, puedo notar que está furioso.

—¿Sí?

—¿Qué es esto? —Suena como un robot, enfatizando cada palabra con una voz metálica y áspera.

—Desde aquí parecen toallas.

Ostras.

—¿Qué te dije sobre dejar el baño tal y como lo encontraste?

De repente me siento mareada, nerviosa, como una niña preparándose para un regaño total. Quizá una nalgada y castigada un año sin salir.

—Yo he colgado las toallas y he puesto la alfombra en el borde de la bañera. Como estaban.

Lo he hecho, ¿verdad? Sí. Lo he hecho. Recuerdo haber sido meticulosa para asegurar que los bordes de las toallas estuvieran alineados. Dios sabe por qué, pero ya había notado que Isaac es un maniático del orden y le gusta que el barco esté limpio y arreglado.

—Ven aquí, si no te importa.

Me hace señas con un dedo índice moviéndose y se aparta mientras entro en el baño.

Dios mío. Está hecho un desastre. Hay salpicaduras de pasta de dientes por todo el lavabo. Unos pocos pelos sueltos, del mismo color y longitud que los míos, cuelgan por el borde. Las tapas de los envases de gel de ducha y champú están tiradas dentro de la bañera, y hay un cerco de suciedad sólida en las paredes como si alguien se hubiera bañado allí cubierto de barro.

—Vaya. Menudo desastre —digo.

Me cubro la boca con la mano, realmente sorprendida por el desorden.

Isaac me empuja la espalda con un dedo firme hacia el lavabo y, del armario de debajo, saca un trapo y me lo da.

Cree que soy yo quien ha dejado esto así.

—Quizá seas tan amable de limpiar tu desorden.

—No he sido yo —digo, pero puedo notar que no me cree en absoluto.

—Tú has sido la última persona en usar mi ducha, así que…

Abre los ojos con fuerza. Sus labios se sellan con furia. No creo haber visto a nadie tan enfadado. Excepto quizá a Connor cuando le dije que se largara, que habíamos terminado.

—Yo no he dejado este desastre —digo.

Pero Isaac ya ha salido furioso. Escucho sus pasos firmes cruzar el dormitorio, salir por la puerta y cerrarla de golpe tras él.

Ahora estoy hecha un flan; estoy flipando en colores. ¿Cómo se ha puesto el baño así de sucio? Ni siquiera he usado el gel o el champú, y odio los pelos sueltos en cualquier sitio. Me entran náuseas solo de verlos. Yo no he dejado este desastre.

Entonces caigo en la cuenta. Marta. Me ha estado siguiendo. Siempre se asegura de limpiar hasta las migas más pequeñas que dejo a la vista de Isaac. Recuerdo que apareció el cepillo y el recogedor más de una vez.

¿Por qué? ¿Por qué coño quiere Marta que parezca tan descuidada? Sé que no le gusto ni un pelo, que no quiere que esté en la villa, pero ¿qué pretende? ¿Puede que esté celosa? Quizá ella e Isaac tenían algo, y está enfadada por la competencia.

Sea lo que sea, me pongo a limpiar el baño. Una cosa sé: volveré al dormitorio de invitados. Si Isaac piensa que voy a dormir con él ahora, está muy equivocado.

Mientras froto las superficies y vuelvo a doblar las toallas y la alfombrilla, miro en el espejo que ocupa toda una pared. Todo este lujo, este potencial, y a través de las manchas que cubren el cristal, veo lágrimas en mis ojos.

Esto no es lo que estoy buscando.

Capítulo 26

No he pegado ojo. He tenido un oído atento toda la noche, medio esperando que Isaac apareciera. Ya sea para entregarme un cubo y una fregona, o para suplicarme que vuelva a la cama. Aunque estaría loca si pensara que siquiera consideraría lo segundo. Los pensamientos lujuriosos se han esfumado por completo.

Cuando escucho voces apagadas fuera de mi habitación, miro el reloj. Debo haber finalmente cedido a un par de horas de sueño, porque ya son las ocho de la mañana. Salgo de debajo del edredón, y luego lo arreglo con detalle, deseando tener una cinta métrica para asegurarme de que cuelga parejo. La mandíbula me tiembla de rabia, y no estoy segura de poder contener la furia cuando me enfrente a Isaac.

Decido no ducharme para no dejar ni una gota rebelde en el suelo, me pongo un par de pantalones cortos y una camiseta. Pero hace tanto frío arriba que se me pone la piel de gallina, parezco un pollo crudo, y tengo que ponerme una sudadera por encima. Isaac, desde luego, no está ahorrando en la factura de la luz, eso seguro. El aire acondicionado, si es que es posible, mantiene la habitación aún más fría que ayer.

Cuando salgo del dormitorio, no hay nadie. Avanzo despacio por la pared de encima de la escalera y asomo la cabeza para mirar abajo. Al menos las puertas de cristal que dan a la terraza están abiertas, aunque sea un poco, pero no hay rastro de Isaac ni de Marta. El silencio es realmente inquietante, mucho peor que voces susurradas. Si esta es la vida de millonario, entonces yo me largo de aquí.

Mis pies descalzos bajan despacio las escaleras hasta abajo. Es entonces cuando veo un enorme ramo multicolor en un jarrón ostentoso de cristal esmerilado. Aparte de unas cuantas rosas rojas, no consigo identificar las demás flores. Apoyada contra el jarrón hay una nota escrita a mano.

Jade. Siento haber gritado anoche. Estaba muy cansado y soy demasiado obsesivo con mantener el orden.

Me ablandó un poco al empezar a leer. Vale. Lo siente.
Pero con la siguiente parte me dan ganas de coger el jarrón y lanzarlo por la habitación.

No te preocupes por limpiar el desastre. Esta vez se lo he pedido a Marta. Es una experta con el trapo y la fregona. Que disfrutes del día. Pablo está a tu disposición y esperando instrucciones. Me voy a Málaga por negocios, así que hablamos luego. Avísame cuando quieras que vaya a ver el apartamento contigo.
Isaac XXXX

Suelto el teléfono, decidiendo dejar que Isaac siga sufriendo. Prefiero no acercarme a los cruasanes, el jamón y el queso, y dejo intacto el bufet del desayuno, la taza de café y el plato. No voy a ser culpable de que se mueva la fina porcelana hacia la derecha o hacia la izquierda.

A través de las puertas del patio puedo distinguir la silueta de Pablo cerca de los escalones que bajan a la piscina. Sostiene unas tijeras de podar y está recortando la vegetación crecida que se enreda en una pérgola de madera. Probablemente le encargaron preparar el ramo de flores.

Decido curiosear un poco por la villa antes de llamarle para que me lleve de vuelta al puerto. Aunque he visto parte de la planta baja, hay un pasillo que lleva al garaje al que no he ido aún. También hay una escalera que sube a la terraza de la azotea.

Recuerdo que Isaac me dijo que las vistas de la azotea eran impresionantes.

—Hay tumbonas y sombrillas, e incluso una nevera llena de bebidas heladas en la esquina. Siéntete como en casa. Es totalmente privada, así que si te apetece tomar el sol sin camiseta…

Él sonrió, y yo me puse colorada, me entraron los calores. Ahora ese pensamiento me da escalofríos.

En lugar de salir por las puertas del patio, doy media vuelta y me dirijo por el largo pasillo a la izquierda de la escalera. Hay varias puertas cerradas a ambos lados, y de nuevo pienso en un pasillo de hospital o institución mental. Las paredes están desnudas, con pequeñas ventanas cuadradas cada pocos pasos. Están a la altura de la cabeza para personas de metro noventa.

Al final del pasillo hay una pared sólida sin ventanas. A la derecha hay una puerta cortafuegos grande, con una pequeña placa que dice «Garaje». Necesito los dos brazos para abrir la puerta. Rechina por el esfuerzo. Dentro, hay una escalera de hormigón que desciende un par de pisos, como las escaleras de un aparcamiento de varios niveles. Las paredes reverberan, y, a medida que bajo hacia el sótano, el calor sube hasta un nivel sofocante, y cuando llego al fondo estoy sudando de verdad.

El garaje está dividido en plazas para al menos diez coches, es así de grande. Pero aparte del Mercedes con el que Pablo lleva a Isaac, solo hay otro coche. Un Fiat 500, que supongo es de Marta. Las paredes son de un gris oscuro y sombrío, y el techo está tan bajo que parece que me va a aplastar. Desde luego, no me gustaría quedarme atrapada aquí abajo. A la derecha están lo que parecen trasteros, y al fondo una pequeña puerta pintada de rojo. Cuando llego a la puerta, la abro y me deslumbra instantáneamente la luz del sol.

Me meto de nuevo enseguida cuando veo a Marta de pie en el jardín de un pequeño terreno, hablando acaloradamente por el móvil. Está delante de un chalé compacto y de aspecto rústico. Pero lo que realmente me impacta no es la casita de paredes de piedra, sino los enormes y escarpados muros que rodean el pequeño jardín y la construcción. La única salida parece ser volver por el garaje, subir las escaleras y recorrer el pasillo del hospital psiquiátrico.

Me quedo un momento poniendo oído. Lo único que consigo captar entre fragmentos de conversación en español es una palabra: Isaac. Una y otra vez.

***

Vuelvo corriendo por el garaje y subo la escalera de piedra hasta llegar a la puerta cortafuegos. Empujo con el hombro y empiezo a entrar en pánico cuando no se abre. Mierda. Estoy sudando a mares, y lo intento otra vez empujando fuerte con ambos brazos. Cede unos centímetros, luego, con un último esfuerzo, logro meter el pie en la abertura y deslizarme. Mi tobillo grita de dolor.

Joder. Desde luego, mejor no tener prisa para volver allí abajo. ¿Cómo demonios entra y sale Marta? Debe de haber otra forma de bajar al garaje, o puede que Marta sea superfuerte por todo el trabajo duro que hace, por no hablar de la limpieza.

Cuando vuelvo a la barra de mármol, ya me he calmado, aunque solo un poco. El desayuno ya está recogido y la superficie brilla. Marta debe de haber sido muy rápida y haber bajado al anexo antes que yo de algún modo. Siempre cabe la posibilidad de que Pablo haya pasado y recogido las cosas del desayuno, pero no parece probable. Sus zapatos de trabajo no están precisamente limpios.

Estornudo, con las fosas nasales irritadas por el hedor del producto de limpieza que hayan usado. Sin embargo, ha sido efectivo, porque casi puedo ver mi reflejo en el brillo.

Ahora tiemblo de frío y de pánico. Paso junto a la piscina cubierta, con el estómago en un puño por el recuerdo de haber estado aquí sentados anoche Isaac y yo, y de repente los chorros de agua se activan, dándome un buen susto. Deben estar programados con temporizador, pero parece como si mi movimiento los hubiera activado.

Miro atrás con una extraña sensación de que me están observando. Anoche los chorros tenían un efecto alegre y acogedor, pero esta mañana la visión solo aumenta el desasosiego.

Esta vez, camino en dirección contraria, para intentar encontrar la puerta que conduce a la terraza-solárium. Pronto, estoy en una escalera estrecha que parece no tener fin. Cuando llego arriba, el corazón me late con fuerza y me dejo caer contra la pared para recuperar el aliento. Contaré el número de escalones bajando, pero la terraza está tan alta que debe dominar los terrenos y las propiedades vecinas. Al menos la puerta de arriba se abre fácil.¡Y *voilà!*

Guau. La terraza es enorme. Junto a la puerta hay un enorme tope de hierro fundido, así que, para no arriesgarme, la dejo abierta y sujeta para una rápida escapatoria. Ni idea de quién creo que va a venir a por mí, pero me siento más segura así.

El calor es maravilloso, pero aún es temprano. Paseo una y otra vez, preguntándome a qué vistas se referiría Isaac. Las paredes aquí, como las que rodean la finca de Marta y Pablo, son tan altas, y la zona tan aislada, que necesitarías una escalera de quince metros para ver algo. Aunque desde luego es el lugar ideal para tomar el sol en toples. Decido que una de las tumbonas podría estar bien para reposar esta tarde. Pero solo después de haber visto a Carlos y programar la visita al apartamento.

Me siento más positiva respecto a Isaac, ahora que he ideado un plan para descubrir si hay alguna posibilidad de algo más que un romance vacacional entre nosotros. Necesito saber qué le mueve, y si puedo confiar en él. Emmeline, Logan y el incidente del dedo acusador me han dejado bastante inquieta. Pero no estoy lista para rendirme todavía (especialmente porque pasamos la noche juntos, y fue bastante increíble). Los rollos de una noche no son lo mío. Y como dice mamá: «Hay más de una forma de despellejar un gato».

Sé que Isaac me devolvió las cinco mil libras enseguida, pero ¿y si hubiera habido más dinero de por medio? ¿Me lo habría devuelto con tanta prontitud? Aún persiste la duda molesta (bueno, quizá algo más que molesta) de que me busca por mis ficticios millones. Bueno, ahora es el momento de descubrirlo. Última oportunidad. Me pregunto si será igual de confiado para prestarme dinero. La voz de mamá resuena en mi cabeza otra vez: «La confianza tiene que ir en las dos direcciones».

Puede que disfrute mirando apartamentos, fingiendo que quiero comprar y, de paso, engrosando mi papel de millonaria. Pero al mismo tiempo, quizá acabo de encontrar una manera de poner a prueba a Isaac. Darle la oportunidad de demostrar quién es y de qué está hecho.

Bajo las escaleras de la azotea con la decisión tomada de que cuando vuelva del puerto haré unos cuantos largos en la piscina y luego volveré arriba a dormitar en una tumbona apartada. Quizá incluso tenga tiempo para terminar las últimas páginas de mi manual para millonarios.

Más me vale disfrutar estos últimos días.

Capítulo 27

Pablo se apresura cuando aparezco con una bolsa colgada al hombro. Son casi las once, y la temperatura ya se está disparando. Hay advertencias para permanecer dentro de casa entre el mediodía y las cuatro de la tarde. Al menos el Mercedes tiene aire acondicionado, al igual que las oficinas de Carlos. Ya puedo saborear la sangría fría y sospecho que tendré una jarra entera cuando Carlos se entere de que quiero ver el ático. Aunque antes tendré que pasar a por un café y algo de repostería para asentar el estómago.

Pablo tiene un aspecto aún peor que el que yo tenía antes. A pesar de su tez morena y curtida, en el retrovisor veo unas ojeras negras que le asfixian los ojos. Nunca habla mucho, pero hoy su boca está más sellada que de costumbre y ni siquiera me mira. Parece estar a kilómetros de distancia. Sé que debe encontrarse mal porque conduce dentro del límite de velocidad, agarrando el volante con fuerza con ambas manos.

Cuando llegamos al puerto, no pregunta a dónde voy, pero me deja en el mismo sitio de antes y se queda sentado sin apagar el motor. Genial. Parece que no me seguirá, pero no cantaré victoria.

Elijo un pequeño café al final del puerto y acabo animándome después de tres cafés bien cargados. Doy migas de mi napolitana de chocolate a las gaviotas que revolotean. Me río pensando que quizá Marta debería tener una gaviota como mascota para que la ayude a limpiar rápido.

Relajada, satisfecha y recuperada, camino de vuelta hacia la acción.

Carlos está junto a su ventana cuando me acerco y se apresura a abrirme la puerta de par en par.

—Jade. Me alegro de verte de nuevo —exclama con una sonrisa muy falsa. Los agentes inmobiliarios parecen tener una arrogancia innata, pero bueno. Hoy voy a darle incluso más de lo que se espera.

—Me gustaría ver el ático. El que ha rebajado el precio. ¿Cuándo podríamos verlo?

—¿Podríamos? Oh, ¿hay un señor Jade? —pregunta, su sonrisa se vuelve más nerviosa ahora que podría haber una segunda persona a quien halagar.

—Ja, ja. No. Nada de eso. Me gustaría que me acompañara a verlo alguien de confianza.

—¿Otra chica guapa?

—No, un caballero. No es mi marido, es un buen amigo nada más.

—No hay problema —dice en español—. Ningún problema. Es bueno tener una segunda opinión. ¿Cuándo quieren ver la propiedad? Puedo organizarlo ahora.

—Esta tarde estaría bien. Le mandaré un mensaje a mi amigo para ver a qué hora le viene bien.

—¿Y cómo se llama tu amigo? —Carlos levanta una ceja, que pronto baja al oír mi respuesta.

—Isaac. Isaac Marston.

La cara de Carlos es un poema.

Por supuesto que conoce a Isaac. Puerto Banús es un lugar bastante pequeño y sospecho que los millonarios locales tienen su reputación. Por la expresión de Carlos, la de Isaac no es muy buena.

—Ah, entiendo. ¿Compras tú sola o juntos los dos? —pregunta. Su sonrisa ha desaparecido, junto con sus gestos efusivos.

—Sí. De hecho, compro sola. Isaac solo me aconseja.

Estoy de nuevo en el suntuoso sofá de cuero mientras Carlos hace un par de llamadas. A la postre, me sirve una medida bastante rácana de sangría, pero aun así sabe increíble. Cada sorbo es puro néctar. Mi copa está vacía cuando él regresa para confirmar que puede mostrarnos el ático sobre las cuatro o las cinco de la tarde.

—Perfecto —digo agitando mi copa vacía.

—Más sangría en camino —responde.

Sacó el móvil porque es hora de enviar un mensaje a Isaac.

Cita concertada para ver el apartamento. ¿Quedamos en el puerto a las cinco? Podemos ir andando desde la oficina de Carlos. Gracias. Jade.

Dudo si poner besos, pero decido no hacerlo, optando por un tono profesional. Si Isaac responde bien, habrá tiempo de sobra para los besos.

Un par de sorbos más de sangría, y añado un segundo mensaje.

Ah, y gracias por las flores. Preciosas.

Cuando doy una palmada en el cojín acolchado a mi lado, Carlos se sienta. De repente parece sudar a pesar del frescor de su oficina, y casi me echo a reír cuando me doy cuenta de que cree que le estoy insinuando algo. En sus sueños.

Sin embargo, consigo toda su atención cuando empiezo a hablar. Le cuento mis planes y exprimo su evidente antipatía hacia Isaac todo lo que puedo. También le dejo hablar, y Dios mío. Desde luego no mantiene una discreción profesional.

Hay más de una manera de conseguir lo que uno quiere, y Carlos pronto está dispuesto a ayudar. Es increíble lo que pueden comprar mil euros. Especialmente, mil euros en billetes limpios y nítidos, deslizados en el bolsillo trasero de su pantalón. Es mucho dinero, y mi madre se volvería loca.

Pero es mi dinero, así que veamos si me consigue algunas respuestas. Podría estar en juego mi futuro.

Capítulo 28

Estoy bastante borracha cuando salgo de la oficina de Carlos. Entre la sangría, el calor y los nervios, voy dando serios tumbos. En lugar de volver a la villa, paso las siguientes horas dando una vuelta por la costa y me detengo de vez en cuando para buscar un lugar a la sombra. Incluso me quedo dormida en una tumbona muy cómoda, bajo una enorme sombrilla, hasta que un tipo se acerca y me pregunta si soy huésped del hotel. Me quedo horrorizada cuando me dice que estoy en una playa privada y que no puedo sentarme en esas tumbonas rayadas en particular.

Tras unas disculpas murmuradas, recojo mis cosas a toda prisa, antes de mirar el reloj. Vaya. Menos mal que el tipo me abordó, porque en media hora quedo con Isaac.

Regreso por donde vine, renovada tras la siesta, pero las mariposas me golpean el interior con pensamientos sobre lo que estoy a punto de hacer. Quizá no haya sido la mejor idea quedar con Isaac en el Sea Bream Bar, a cinco minutos a pie de la inmobiliaria, pero necesito desesperadamente un par de copas para coger valor. Es la única manera de hacerlo o podría echarme atrás.

Estoy bajo un gran toldo azul y blanco, sujetando un enorme vaso de Viña Sol, cuando veo que llega el Mercedes. Isaac, para variar, está sentado delante. Normalmente le gusta relajarse atrás cuando Pablo lo lleva de un sitio a otro, pero hoy, por alguna razón, no es así.

Un par de chicas, del tipo turistas *atrapamillonarios,* sentadas en la mesa de al lado, miran dos veces con sorpresa cuando Isaac baja. Está guapísimo de la muerte, con una camisa azul claro y pantalones azul marino de tela. A pesar del calor, parece recién refrescado. Las gafas de sol tintadas en azul marino aumentan su apariencia de estrella de cine. Camina tan erguido que podría ser la *crème* de Hollywood. Exhibe un aire seguro, y las chicas ahora se ríen tapándose la boca. No tienen ninguna oportunidad a menos que dispongan de unos cuantos millones en el banco. Quizá es la bebida, pero mi cinismo crece a cada sorbo.

Tal vez debería simplemente divertirme con Isaac antes de lanzarme a mi próxima aventura. Pero no me va el sexo casual. Busco al hombre perfecto, mi príncipe azul, y necesito saber si Isaac encaja. No me entusiasma andar con pies de plomo alrededor de un maniático del orden, uno que agita un dedo acusador, pero es muy atractivo. Y mamá me dice a menudo que las relaciones son cuestión de dar y recibir, y que solo las mujeres fáciles tienen encuentros de una noche.

—Hola. ¿Has estado esperando mucho?

Isaac se inclina, me besa en la mejilla y fulmina con la mirada mi copa de vino medio llena.

—No, acabo de llegar —miento.

A pesar de haber empezado antes con el vino, me siento ridículamente nerviosa. Hay algo peligroso en Isaac que parece amplificado por la bebida, no reducido. Tiene una mirada afilada como un puñal. O desaprueba que beba sola, o desaprueba cuánto bebo. De cualquier forma, no importa. Después de Connor, prometí que ningún hombre volvería a decirme lo que debo o no debo hacer. Quizá el vino y el sol me están volviendo paranoica, porque Isaac pregunta si quiero otra copa.

—¿Antes de ir a ver la casa?

Me encantaría otra, pero sé que es hora de parar.

—No, gracias. ¿Quizá después de la visita?

—Por mí bien. ¿Vamos?

A unos quince metros de donde estoy sentada (Isaac sigue de pie), veo a Carlos fuera de su oficina. Saluda con la mano, agita un juego de llaves en el aire y empieza a caminar hacia nosotros.

—Anda. ¿No será ese sinvergüenza de Carlos Fernández, verdad?

Isaac se ríe, mete las manos en los bolsillos y pone cara de desprecio.

—¿Por qué? ¿Lo conoces?

—¿Quién no conoce a Carlos? Un tiburón inmobiliario. En fin, vamos.

Isaac extiende una mano y me levanta, sujetándome con más fuerza de lo habitual. Emprendemos el camino, pero yo no tengo prisa, con un ataque de pánico amenazando, e Isaac tiene que contener su zancada. Pasamos junto al yate a motor en el que navegamos, y Mario está en cubierta, mirándonos fijamente. Hoy lleva una gorra plana blanca, con ribetes rojos y azules. Ha cambiado los colores de la bandera española, rojo y amarillo, por los de la Union Jack. Quizá alterna colores según la nacionalidad de sus clientes. Aparta la mirada en dirección contraria cuando pasamos.

Cuando Carlos se acerca, Isaac me suelta la mano.

—Isaac. Me alegro de verte —anuncia Carlos, extendiendo una mano peluda y rechoncha que desaparece entre los dedos delgados y cuidados de Isaac.

—Igualmente, Carlos. ¿Qué tal el negocio? ¿Bien?

A Isaac no le interesa en absoluto Carlos, pero al menos hace un esfuerzo.

Los tres caminamos unos pocos metros por donde ha venido Carlos y luego giramos a la derecha hacia un callejón estrecho. La subida es empinada y ninguno habla hasta llegar arriba, donde un pequeño complejo de apartamentos blancos alberga la propiedad del ático.

Carlos introduce un código (¿qué pasa con tantos códigos?) en una puerta exterior, cubriendo el teclado con la mano libre. Al oír un clic fuerte, nos hace señas para entrar, pero enseguida nos llama de vuelta y señala hacia el tercer piso, donde una terraza de cristal rodea una gran propiedad.

—Es ese de ahí arriba —dice, indicando la posición del apartamento con una mano, mientras se protege los ojos del sol con la otra.

—Guau. Vamos a entrar.

Grito como una niña emocionada, mientras las manos de Isaac vuelven a meterse en los bolsillos. Su expresión es impasible, como si ya lo hubiera visto todo. Y es probable que así sea.

Carlos me contó la cantidad de propiedades que Isaac ha visitado en los últimos años. Al principio, Carlos pensó que Isaac podría ser un agente inmobiliario rival, pero cuando siempre venía a las visitas con mujeres atractivas, cambió de opinión, preguntándose cómo ligaba tanto. Claro que no podía ser que todas las novias de Isaac estuvieran buscando casa. Además, las mujeres a las que Carlos les enseñó casas solo miraban una vez y nunca volvían.

De todos modos, ahora no es el momento de preocuparse por las exnovias de Isaac ni por sus tácticas de ligue. Ahora necesito echar un vistazo y ver si esto se parece en algo al ático con el que siempre he soñado.

Y, más importante aún, descubrir por mí misma de qué pasta está hecho Isaac.

Capítulo 29

El ascensor del apartamento es minúsculo —como otra lata de sardinas— y aunque solo son tres pisos, cuando Carlos presiona el botón, yo pido indicaciones para subir por las escaleras.

—No soy fan de los espacios cerrados —digo riendo.

No soy nada fan. Me entra el pánico solo de mirar esa trampa mortal de metal. Si se estropeara, nunca podría soportar quedarme atrapada dentro con Carlos e Isaac. Eso sería peor que estar atrapada sola.

—Las escaleras están por aquí —anuncia Carlos, y toma la delantera.

Tres pisos arriba, introduce una llave en una puerta sin marcar y la abre de par en par.

—*¡Voilà!* —Hace un gesto amplio con el brazo y se aparta para dejarnos pasar.

—Guau, guau, guau —es todo lo que logro decir.

Hay un enorme salón-comedor amueblado con sofás modulares grises y mullidos, con cojines blancos. La cocina viene equipada con electrodomésticos Bosch integrados, la mitad de los cuales no reconozco. Pero sirven. Hay un aseo con ducha en el pasillo que conduce al dormitorio principal, que tiene un enorme baño en *suite,* y dos habitaciones para invitados que comparten baño.

Pero es la terraza lo que realmente convence. Es enorme y rodea toda la propiedad.

—Orientación sur, salvo una pequeña sección lateral sombreada.

Carlos vuelve a hacer ese gesto amplio con el brazo, esta vez señalando el Mediterráneo a lo lejos. No hace falta señalarlo;

compraría el lugar solo por las vistas. Me cuesta tragar y contener varios «guau» más.

Nos asomamos por encima del muro del balcón y, abajo, hay una enorme piscina comunitaria. Al parecer, también hay piscina cubierta y gimnasio. ¿Cómo no me va a gustar?

—Y... hay seguridad las veinticuatro horas —dice Carlos.

Sin duda, está haciendo un discurso de ventas muy competente.

Isaac se pasea solo, con semblante serio. Tiene el ceño ligeramente fruncido, pero apuesto a que le encanta la limpieza y las líneas elegantes. Ni una miga a la vista.

—¿Y bien? ¿Qué te parece, Isaac? —pregunta Carlos.

—¿De verdad? Está bien.

Eso sí es quedarse corto, pero tengo que recordarme que Isaac vive en una propiedad de cinco millones de libras donde no tiene que compartir nada.

Todos estamos bastante callados un rato, vagando, reflexionando y mirando las vistas. Entonces Carlos deja su carpeta de ventas sobre la mesa *beige* de mármol. Se aclara la garganta con una tos ronca.

—Tengo que contaros que esta tarde hemos recibido una oferta: veinte mil euros por debajo del precio de venta ya rebajado.

Contengo una expresión horrorizada y hasta me llevo ambas palmas a las mejillas.

—Oh, no. ¿Quieres decir que ya se ha vendido? —Miro fijamente a Carlos—. ¿Por qué no nos lo has dicho antes de venir a verla? —añado con un tono más áspero.

—¿Cuánto? —pregunta Isaac.

—¿Cuánto? ¿Quieres saber de cuánto fue la oferta o por cuánto está en el mercado?

—Las dos respuestas contestan ambas preguntas.

Isaac se ríe. Tiene esa mirada desdeñosa otra vez. No le gusta nada Carlos, eso está claro, pero su mutua antipatía es una ventaja para mí.

—Está en el mercado al precio ya rebajado de 680 000 euros —responde Carlos con brusquedad.

—¿Han aceptado la oferta? —pregunta Isaac.

—Todavía no. No hemos podido contactar con los vendedores, pero les hemos enviado un correo y mensajes con la oferta.

Isaac me mira. Mis labios están fruncidos, hacia abajo, y mis ojos se nublan de lágrimas. No voy a romper a sollozar, hasta que realmente parezca un no rotundo.

Carlos ahora deambula por el salón, de un lado a otro junto a las puertas de cristal que rodean la estancia. Está empapado en sudor —como en un pantano de manglares— y sus rizos negros, que se le están retirando, se le pegan a la cabeza en mechones húmedos.

—Lo único que podría sugerir es que si la señorita Wiltshire paga una señal hoy, entonces retiraría la propiedad del mercado.

Carlos no me mira, lo cual es bueno, porque me cuesta mucho contenerme.

—¿Cuánto de señal? —pregunta Isaac.

El buen Isaac de siempre. Apuesto a que es duro en los negocios.

—Veinticinco por ciento —responde Carlos con rapidez. Pero Isaac ya está calculando cuánto hace falta para sacar la propiedad del mercado.

—Eso son 165 000 euros. Suponiendo que los propietarios estén dispuestos a aceptar la oferta de 660 000. Supongo que ya sabes que lo harán.

Isaac resopla con desdén sin mirar a Carlos.

En cambio, se acerca a mí y me levanta el mentón con un dedo hasta que estoy mirando a sus ojos azules vidriosos. Carlos sale a la terraza y se queda mirando el mar, de espaldas a nosotros.

—Bueno, Jade. ¿Vas a lanzarte? Es una propiedad estupenda, y el precio es competitivo.

Me desplomo en una silla del comedor, como si mis rodillas se hubieran rendido. El corazón me late con fuerza en la caja torácica y el apartamento es un asadero. No hay aire acondicionado para refrescar a los posibles compradores.

—No es tan fácil. Me encantaría lanzarme, pero…

Me cubro la cara con ambas manos.

—¿Pero? —Isaac se sienta a mi lado—. ¿Cuál es el problema si te gusta? Es una gran inversión y una casa de vacaciones fantástica. Sol todo el año, ¿qué es lo que no te gusta?

Pienso que Isaac podría estar confabulado con Carlos, y que están haciendo una doble estrategia para convencerme de comprar. Pero a pesar de la apariencia turbia y el hábil discurso de Carlos, confío más en él que en Isaac. Llámalo instinto. Además, ya le he dado una buena propina, y estoy segura de que jugará en mi favor. Especialmente porque hay más dinero en juego.

—Lo máximo que puedo retirar, sin avisar con cuarenta y ocho horas de antelación, son veinte mil libras. La mayor parte de mi dinero está bloqueado en bonos y otras inversiones, y necesitaría aún más tiempo para acceder a cantidades importantes.

Para mis propios oídos, sueno ridícula; en mi mundo, las cinco mil libras que presté a Isaac ya eran una cantidad seria.

—Vaya. —Isaac se aparta, sus ojos recorren el salón como buscando pistas. ¿De qué? No lo sé, pero desde luego su mente está trabajando—. ¿Carlos? —llama al agente inmobiliario como si fuera un camarero lento que tiene que espabilar.

—Sí, señor.

Qué mono Carlos. Es bastante rápido en adoptar la actitud profesional.

En un segundo, está a mi lado.

—¿Aceptarías un depósito de veinte mil libras? La señorita Wiltshire podría transferir esa cantidad de inmediato —pregunta Isaac.

—No. Lo siento mucho, pero no trabajamos así. —Carlos ahora habla en un susurro bajo. Un tono como de mafia, de dinero guardado bajo el colchón. Asume que Isaac sabe cómo funcionan los tratos turbios—. Necesitaría que los 165 000 euros se pagaran hoy, o no tendré otra opción que aceptar la otra oferta.

Eso es, ya lo ha dicho. Ahora empiezo a llorar, asombrada de cómo fluyen las lágrimas. Mis mejillas pronto están empapadas, y me paso los dedos por las fosas nasales húmedas.

—¿Cuánto dijiste que te llevaría conseguir el dinero, Jade? —Los ojos de Isaac son intensos y me atraviesan.

—Serían dos días antes de que pudiera tener la cantidad completa. Los 660 000 euros enteros.

Pongo cara de perrito triste. Connor solía odiar eso cuando le suplicaba con la mandíbula caída, pero nunca fallaba. Veamos de qué palo va Isaac.

Es como si el tiempo se detuviera y nadie se moviera. Hasta que Isaac rompe el silencio.

—Escucha. Quizá podría transferir 145 000 euros, la señorita Wiltshire 20 000 euros... —Se vuelve hacia mí—. Y, Jade... —¿Sí? —Tengo miedo de sonreír.

—Puedes devolverme el dinero en cuarenta y ocho horas. ¿Quizá con intereses?

Sonríe, pero no bromea. Pasan unos segundos e Isaac guarda silencio, como si lamentara lo que acaba de decir. Siento que viene un gran pero.

Ahora es cuando debería echarme atrás. Decir que puedo vivir sin esta propiedad, que ya habrá otras, pero tengo a Isaac donde quiero, y puede que no tenga otra oportunidad.

—¿Sabías que Mario vende el yate? —pregunto, sin atreverme a mirar a Isaac. Pero no tarda en captar la indirecta.

Isaac levanta una ceja divertida.

—¿Y?

—Si me prestas el dinero para el depósito hoy, te compraré el yate. Como agradecimiento.

Creo que la risa de Isaac podría escucharse a lo largo de toda la Costa del Sol.

—Trato hecho. Cuenta con ello.

Extiende la mano hacia mí. Todas sus dudas sobre prestarme el dinero se desvanecen al instante. Dudo, por un nanosegundo, antes de sellar el acuerdo con un apretón. Puede que hayamos dormido juntos, pero esto no es un trato de enamorados; con Isaac, esto es negocio.

—Buenas noticias, señorita Wiltshire. E Isaac. ¿Qué les parece si volvemos a mi oficina, redactamos los papeles y cerramos el trato?

Carlos ya está haciendo tintinear las llaves, ansioso por continuar con la siguiente parte de nuestro acuerdo.

Está ganando dinero fácil, pero ¿quién va a rechazar la oportunidad de otro sobre repleto de billetes limpios y nuevos por valor de mil euros?

Pero primero tiene que hacerme un último favor. En cuanto Isaac haya transferido el dinero a la cuenta empresarial de Carlos; ha prometido pasarlo todo a mi cuenta personal.

Carlos sabe que no tengo intención de comprar el apartamento.

Una vez que tenga el dinero, veré de qué está hecho Isaac. Si se muestra tranquilo y confiado respecto a que le devuelva el dinero, entonces podríamos tener un futuro juntos. De cualquier modo, le devolveré cada céntimo tan pronto como pueda contactar con mi banco y explicar la situación (que estoy de vacaciones sin mis datos de acceso). Si Isaac confía lo suficiente para esperar a que lo arregle, entonces podría funcionar lo nuestro. Después podremos reírnos de todo esto.

Por supuesto, si a Isaac le importa de verdad, incluso podría comprar el apartamento por mí cuando se entere de que no tengo dinero.

Dios mío. ¿A quién pretendo engañar? Y en cuanto a la promesa de comprarle a Isaac el yate por ayudarme…, esto podría haber sido un gran error. Probablemente sea por el calor, pero creo que he perdido completamente la cabeza.

Capítulo 30

Al volver de las oficinas de Carlos, Isaac anuncia que esta noche nos quedaremos en casa, y que Marta preparará su *risotto* estrella. Al menos es mejor que la paella, y aparentemente llevará pollo en lugar de marisco.

—Oh, qué bien —digo, mordiéndome la lengua para no soltar comentarios sarcásticos sobre el peligro de que los granos de arroz se esparzan por el patio.

—Su *risotto* está de muerte —dice Isaac mientras marca la combinación en la puerta principal.

Yo conozco la combinación, pero aún no tengo llave. Sin embargo, al entrecerrar los ojos, parece que Isaac introduce un código distinto al que me dio.

Ya dentro, me pide que deje mis zapatillas blancas junto a la puerta.

—No hay problema —digo quitándomelas.

Él hace lo mismo con sus mocasines y se pone un par de lo que parecen náuticos nuevos que saca de un armario. Me entrega un par de chanclas envueltas en celofán, en tonos rosa y morado llamativos. No. No son mis colores, pero con Isaac parece que no hay opción.

La villa parece una morgue. El silencio resuena en las paredes cavernosas y, por ahora, no hay señales de Marta haciendo su típico acecho de gata salvaje.

Isaac sugiere que nos demos un baño para refrescarnos. La idea suena muy bien, y acepto al instante. Los dos estamos agotados por el calor y, aunque son casi las seis, la temperatura no cede. La villa está fresca por dentro, pronto llegando a helada, así que cuando Isaac corre una gran sección de la puerta de cristal, el calor nos golpea de nuevo en la cara.

—Sí, desde luego —digo, antes de preguntarme cómo voy a secarme sin dejar a mi paso una estela de agua dentro. A la porra. Podemos tumbarnos junto a la piscina media hora antes de cambiarnos.

—¿Por qué no te preparas y nos vemos aquí abajo en diez minutos?

—Trato hecho.

Dejo a Isaac allí, de pie, con una mano tapándose los ojos mientras escudriña los alrededores. Sin duda, vigilando a Pablo, o a Marta. O a ambos.

En el dormitorio, saco mi bañador rojo de una pieza, el mejor de Marks & Spencer, me lo pongo y lo combino con un pareo rojo. Me recojo el pelo en un moño desordenado y aplico una pizca de brillo de labios color cereza. Más vale que me vea lo mejor posible. En el baño, cojo una toalla grande y la meto en mi enorme bolsa de lona rosa para la piscina.

Cuando vuelvo abajo, hace tanto frío que siento como si me hubiera metido en un baño de hielo. No estoy segura de que esos extremos de temperatura sean saludables, pero ahora mismo necesito desesperadamente volver al calor.

Tras las puertas de cristal del patio no hay rastro de Isaac. Salgo y me dirijo hacia las escaleras que bajan a la piscina, y allí está. Ya nadando. Y, ostras, lleva gorro de piscina y gafas. Así que nada de tumbarse en flotadores bebiendo cócteles.

—Te he dejado unas gafas y un gorro al lado —me grita mientras señala a un lado de la piscina.

—Gracias. —Le hago un gesto de aprobación con el pulgar.

Cojo el gorro, que, al igual que las chanclas, está envuelto en celofán, y unas gafas tan gruesas que podrían servir para buceo—. Dudo que Isaac organice muchas fiestas en la piscina. Esto no es la mansión Playboy.

De alguna manera, consigo ponerme el gorro, que me queda muy ajustado, metiendo dentro el pelo ya enredado, pero ignoro las gafas. Tendré que mantener la cara fuera del agua.

El agua está divina. Es como un baño templado, fácil de entrar, pero maravillosamente refrescante. Isaac nada hasta mí y me envuelve con sus brazos mojados alrededor de la cintura. Qué extraño: en vez de sentir cosquilleo y deseo, me pongo rígida. Cuando pasa un dedo por mi brillo de labios color cereza, borrándolo, me dan unas ganas terribles de darle una bofetada para apartarlo.

Aunque Isaac puso la señal para el apartamento y debería estar emocionada porque ha dado un salto de fe, la realidad vuelve rápido y me golpea en la cara. Lo observo mientras nada de un extremo a otro de la piscina y me doy cuenta de que todo ha sido una ilusión. Puede que sea guapo como una estrella de cine y rico, pero, a menos que cambie de forma de ser, no podría vivir con un maniático del control así.

Ya no tiene sentido fingir más. Respiro más tranquila cuando tomo la decisión repentina de que es hora de irme a casa. Cualquier pensamiento de un final feliz con el millonario de mis sueños ha quedado completamente aplastado. Que me haya quitado el brillo de labios es la gota que colma el vaso. Y ya estoy histérica pensando en cómo vuelvo arriba sin dejar rastro de desorden.

Cuando esté en mi habitación, reservaré un vuelo a casa para mañana. Podré estar en el aeropuerto antes de que Isaac se dé cuenta de que me he ido. Haré que Pablo me deje en Málaga, le diré que voy de compras y luego cogeré un taxi para el vuelo de la noche. En cuanto esté de vuelta en Inglaterra, contactaré con el banco y le transferiré a Isaac todo su dinero.

Decisión tomada, me siento mucho más tranquila, y esta noche será más fácil aguantar a Isaac. No necesita saber que será nuestra última cena juntos, así que bien puedo disfrutarla.

Pronto me siento hechizada flotando en el agua. Nado arriba y abajo, Isaac siguiéndome cada pocos largos, hasta que finalmente nos detenemos, los dos juntos, en un extremo.

Es la primera vez que noto el gran delfín azul en el fondo de la piscina. Está marcado con azulejos azul claro, varios tonos más claros que el azul profundo del resto del suelo. Las aletas del delfín están resaltadas en un amarillo soleado.

—Un delfín. Qué guay —digo. Me duele mucho la cabeza por el gorro de piscina, y tengo que ir deslizando un dedo bajo el borde para aflojar la presión.

Isaac es un maestro en ignorar lo que no quiere reconocer. No me refiero a la presión del gorro, sino al delfín.

—¿Por qué un delfín? —insisto, pero él ya está haciendo los últimos largos olímpicos.

Salimos al mismo tiempo, e Isaac me entrega una enorme toalla azul.

—Guarda las blancas para el baño —dice—. Las azules son para la piscina.

En un rincón, veo un montón de toallas azules impecables apiladas como en Los Molinos. Definitivamente busca esa sensación de hotel de cinco estrellas, pero ¿para qué?

—Gracias.

Me envuelvo con ella, me quito el horrible gorro y se lo doy a Isaac.

—Ponlo en la cesta de ropa sucia junto a las toallas. Marta limpia los gorros.

Dios mío. Necesito subir y reservar mi vuelo. Ahora. Pero no puedo arriesgarme a que gotee agua por toda la villa, así que cedo a veinte minutos de lujo en una tumbona. Cuando esté seco el bañador y tenga la seguridad de que no voy a dejar rastro de agua, me vuelvo adentro.

Isaac ya ha subido, y al pasar por la villa veo a Marta de pie en una puerta abierta. Me mira, con su rostro pétreo de siempre. No me molesto en saludar —demasiado esfuerzo— y me apresuro hacia mi habitación.

Me desplomo en la cama, pensando que probablemente mi bañador cubierto de cloro también debería haber ido a la cesta de ropa sucia. Qué más da, pronto estaré fuera de aquí.

Capítulo 31

Lo primero que hago antes de dirigirme a la ducha es encender mi portátil y buscar vuelos. El asiento 2A no está disponible para mañana por la noche, así que decido que puedo aguantar un día más. Está libre el sábado, junto con el asiento 2B. Ya es demasiado tarde para conseguir también el 2C, porque ya está reservado, pero sin otra opción, avanzo y hago clic en «comprar ahora».

No sé qué es peor: lidiar con Isaac o tener que sentarme en un sitio diferente en el avión. Más atrás que la fila 2 no es una opción, y de alguna manera tendré que aguantar a otra persona en mi fila. Después de la experiencia cercana a la muerte al venir a España, todavía estoy aterrorizada por tener que hacer el viaje de vuelta, pero por ahora necesito apartar esos pensamientos de mi mente.

Vuelo reservado, decido aprovechar al máximo mi último día mañana —quizá pedirle a Pablo que me lleve a Mijas Pueblo, el pueblo encalado en las colinas, o a Ronda, la ciudad en la cima de la montaña con vistas espectaculares, puentes históricos y tapas que quitan el sentido—. Dos lugares imprescindibles, según mis interminables sesiones de búsqueda previas al viaje. O si no, podría escaparme a la playa con mi Kindle, y ponerme morena con unas pocas sangrías más que me hagan compañía.

Mientras me visto para el espectáculo de *risotto*, oigo ruido abajo. Me lleva un momento darme cuenta de que es música. Entro despacio y distingo claramente sonidos de música clásica. Qué mono Isaac, pero me temo que llega un poco tarde con el romanticismo.

Bajo el tono de mi atuendo, eligiendo unos pantalones de lino acampanados y una blusa abotonada. Así que nada sexi, más bien funcional de secretaria, pero debería transmitir el mensaje correcto: el sexo no está en la agenda.

Al bajar, veo a Isaac hablando por teléfono. Sostiene el auricular cerca de la boca, y el teléfono se proyecta en ángulo recto. La forma en que a Connor le gusta hablar, siempre a voz en grito, sobre algún tema mundano. Fútbol, juegos en línea o sobre su concursante femenina favorita en *Love Island*.

Isaac está teniendo una conversación acalorada y cuando me ve, sale y se aleja paseando hacia los olivos. La mesa está puesta afuera, y me estremezco ante la vista de velas rojas, servilletas rojas y rosas rojas. Parece que Isaac tiene el romanticismo en mente, pero espero que la imagen de mis pantalones acampanados lo calme.

Marta está al acecho junto a la puerta de la cocina, con las manos detrás de la espalda, como esperando instrucciones. De nuevo me pregunto por qué es tan servil, pero el sueldo debe ser realmente bueno. Además, el alojamiento incluido tiene que ser una gran ventaja. Al menos no tendré que aguantar su cara de amargada mucho más tiempo.

—Jade. Toma asiento. —Isaac reaparece, el teléfono no se ve por ningún lado, y aparta una silla.

Me siento más como una posible nueva clienta para algún gran gestor de fondos de inversión. A pesar del tema romántico en rojo, Isaac actúa con mucha formalidad. Quizá no sea bueno en el romance, pero ¿por qué siento que todo tiene que ver con el dinero?

—Qué bonito —digo, asintiendo hacia la vajilla elegante.

—Hmm. Sí. La buena de Marta. Le dije que se esforzara.

Se ríe y me empuja la silla hacia adelante mientras me siento. Chasquea los dedos y, tachán, Pablo aparece con un uniforme de camarero en blanco y negro. Lleva una servilleta blanca colgada sobre un brazo, como hace Logan en el bar de tapas, y sostiene una botella de vino blanco.

—Su Marqués de Riscal, señor —anuncia Pablo, girando la etiqueta hacia su jefe—. ¿Le gustaría probarlo?

—Gracias, Pablo. Sí, por favor. —Isaac huele la muestra, la mueve en la copa y la bebe de un trago—. Perfecto.

Pablo procede a llenar mi copa y luego la de Isaac.

—Salud. Por nosotros —dice Isaac, chocando su copa con la mía.

—Salud. —¿Qué más puedo decir? ¿Que me voy pasado mañana, que es un tipo realmente raro y que no tengo ni pizca de hambre?

Pablo regresa diez minutos después, empujando —con esfuerzo— lo que parece un carrito muy pesado. Así deben de ser las cosas en Marbella. Mi primer pensamiento es: ¿dónde está Marta? Seguro que con sus brazos fuertes podría haber empujado.

Encima del carrito hay una enorme cazuela de *risotto,* que parece más un arroz con leche escolar que una receta italiana de obligada degustación. Trozos de pollo están esparcidos entre guisantes. Me pregunto seriamente si la paella habría sido mejor, porque la vista del arroz grumoso me revuelve el estómago.

—Vaya. Esto tiene una pinta increíble como siempre, Pablo. Felicita al cocinero. ¿Dónde está Marta, por cierto?

—Está luchando contra una migraña, así que yo seré el que sirva esta noche.

—Pues vamos a ello. —Los ojos de Isaac se iluminan como un niño con su primera Big Mac. Casi puedo ver la saliva caer.

—Un plato pequeño para mí —digo, mirando con ojos suplicantes a Pablo.

Él guiña un ojo y me dan ganas de abrazarlo. Estamos en la misma sintonía. Solo espero que el *risotto* no esté envenenado con arsénico.

***

Al menos el vino es maravilloso. Ahora será mi vino blanco favorito de todos los tiempos. Incluso mejor que mi hasta ahora favorito *sauvignon blanc* de Marlborough.

Ataco el risotto y, con la ayuda del vino, baja sin demasiados problemas. Marta desde luego no es mala cocinera, aunque, como Isaac, me pregunto por qué no está sirviendo ella. La excusa de la migraña fue demasiado aleatoria y demasiado repentina.

Me limpio la comisura de los labios con el borde de una servilleta almidonada y bien planchada, con pliegues tan afilados como los de la camisa y los pantalones de Isaac. La doblo cuando termino. Sin duda acabará junto a los gorros de piscina, en el cesto de la ropa sucia.

—Estaba pensando que este fin de semana podríamos hacer un viaje a algún sitio —dice Isaac—. ¿Quizá a Gibraltar? ¿Has estado alguna vez allí?

Trasteo con la servilleta antes de enderezar el tenedor sobre un plato casi vacío. Luego inspiro hondo.

—No, no he estado nunca, pero quizá en otra ocasión. Tengo que volver pasado mañana, porque mi madre no se encuentra muy bien. Esperaba poder quedarme más tiempo; no te preocupes: volveré.

Isaac se queda inquietantemente callado y hace un gesto a Pablo, que aparece al instante —como el genio de la lámpara de Aladín— con una segunda botella de vino.

Mientras Pablo sirve, me invade una sensación de inquietud. Decirle a Isaac que me vuelvo a Reino Unido tan pronto no le ha sentado nada bien. ¿De verdad pensaba que querría quedarme aquí?

—Ah, y no te preocupes, te devolveré el dinero que me prestaste antes de irme. No hay problema. Mañana bajaré al puerto para ver mi nueva propiedad y encontrarme con Carlos.

Me muerdo el interior de la mejilla y espero. Siento que decirle que transferiré el dinero cuando esté de vuelta en el Reino Unido no le gustará. Espero haberme ido mucho antes de que se dé cuenta.

Isaac parece relajarse visiblemente. Al fin y al cabo, todo podría ser cuestión de dinero. No puede estar sin un duro, o no podría permitirse esta villa, y me prestó 145 000 euros sin pestañear demasiado. Quizá sí parpadeó, pero la mención de un yate como pago de intereses pareció disipar cualquier duda que pudiera tener.

—Siento que te vayas. Pensaba que entre nosotros había algo especial —dice.

—Yo también.

Eso creí al principio, antes del incidente del dedo acusador, sin mencionar el gorro y las gafas. Ha pasado de ser atractivo a inquietante muy rápido. Además, por mucho que lo intente, no puedo olvidar las historias de engaños y desgracias de Emmeline, ni las advertencias de pasada de Logan.

—Aprecio que me devuelvas el dinero tan pronto —dice. Al menos no menciona el yate, lo que suma un pequeño punto a su favor—. De todas formas, tendrás que volver pronto para la firma del apartamento. Si necesitas un buen abogado aquí en España, puedo darte contactos.

La noche cae y mantenemos una conversación trivial. España frente a Inglaterra como lugar para vivir. Como lugar para trabajar. Equipos de fútbol ingleses frente a españoles. Durante un rato, todo parece bastante normal, y tengo algunos momentos serios de duda. Quizá Isaac no sea tan malo después de todo, y solo esté paranoica.

Pero es al volver a subir las escaleras cuando todo se desata, y temo que Isaac me arroje por la barandilla hacia una muerte segura.

Capítulo 32

Lo veo antes que Isaac, aunque la iluminación de toda la villa ha sido atenuada por control remoto.

Mi primer pensamiento es que Marta va a estar en verdaderos problemas. Hay una línea polvorienta y distinta de marcas de zapatos en el centro de cada peldaño. El rastro no cesa.

Detrás de mí, escucho a Isaac frenar. Sí, lo oigo detenerse en seco, como si hubiera patinado.

—¿Qué diablos? —gruñe, encendiendo la linterna de su móvil.

Miro a mi alrededor y sigo sus ojos que recorren arriba y abajo la escalera.

Sigo caminando, despacio, conteniendo la respiración, con miedo de hacer ruido. Con miedo de que Marta aparezca y sea reprendida a gritos, o peor. De repente caigo en la cuenta de que Marta vive en una parte completamente distinta del edificio, por detrás, bajo las escaleras y a un lado del garaje subterráneo. ¿Por qué dejaría rastros de suciedad por la escalera principal? Seguramente ya habrá terminado su jornada. O estará durmiendo para recuperarse de la supuesta migraña.

Joder. El rastro de polvo conduce al dormitorio de invitados. Al menos no puede haber sido yo, ya que mis zapatos están junto a la puerta principal. Vi con mis propios ojos a Isaac guardarlos en el armario, y sigo llevando las chanclas rosas y moradas, nada sexis, de antes. Si los pantalones acampanados no han logrado rebajar el atractivo, las chanclas sí.

Isaac se abre paso junto a mí y empuja la puerta de mi dormitorio de invitados. Incluso a media luz veo latir una vena en su cuello. Avanza y se agacha dentro de la habitación. Trago la bilis, sabiendo que algo no va bien.

Levanta mis zapatillas blancas, que ya no son blancas, sino que tienen una capa suelta de polvo color arcilla cubriendo la parte superior y presumiblemente también las suelas.

—¿Son tuyas? —Isaac entrecierra los ojos, su voz baja a un nivel peligrosamente bajo. Como un dóberman mostrando los dientes afilados.

—Parecen mis zapatillas, pero…

Isaac las lanza al otro lado de la habitación antes de que pueda terminar la frase.

—Me las he quitado en la entrada. ¿Te acuerdas?

Estoy furiosa porque dé por sentado que he sido yo quien ha dejado el desastre, pero me tiembla tanto el cuerpo que sé que debo controlar mis reacciones.

—Bueno, obviamente te las has vuelto a poner y has arrastrado esa porquería escaleras arriba.

Lo miro fijamente. Este es el tipo que acaba de invitarme a cenar, me prestó una cantidad obscena de dinero para comprar una propiedad y hace quince minutos me hizo pensar que quizá debería quedarme un poco más.

Ni muerta.

—Yo no he sido. Debe haber sido Marta.

—¿Por qué demonios iba Marta a ponerse tus zapatos y llevar suciedad escaleras arriba? Después tendría que limpiarlo. Bueno, esta vez te toca a ti.

Él irrumpe en el baño y saca el cepillo y el recogedor (otra vez), junto con toallitas desinfectantes para el suelo. Me los lanza, rozándome la cabeza.

Me siento como una mujer maltratada, a pesar de que solo conozco a este tipo desde hace poco más de una semana. Ni siquiera estamos en una relación. No tengo idea de quién es, pero estoy aterrada. Está todo en su expresión. No puedo ver bien sus ojos, pero sé que probablemente están enrojecidos.

Me quedo completamente inmóvil durante lo que deben ser al menos diez minutos y escucho a Isaac bajar de nuevo y cerrar de un portazo alguna puerta. Luego saco mi maleta, la lanzo sobre la cama y empiezo a hacer la maleta. Mañana me largo de aquí, cueste lo que cueste. Dormiré en la playa si hace falta.

El único problema es que no tengo mis datos de acceso al banco y sé que necesito devolverle el dinero a Isaac inmediatamente. Al menos Carlos me ha enviado un mensaje confirmando que ha transferido el dinero que Isaac pagó a mi cuenta bancaria. Todo debe girar en torno al dinero. Sobre mi dinero. Isaac nunca tuvo ilusiones románticas, y esta es la primera vez que me doy cuenta con certeza de que lo único que quiere son mis ficticios millones.

¿Quién demonios le dijo que yo era millonaria? Van a meterse en un buen lío cuando Isaac se entere de que ahora solo me quedan unas veinte mil libras en la cuenta bancaria... Bueno, veinte mil libras después de devolverle sus 145 000 euros.

Si quiero salir de aquí con vida, tendré que encontrar la manera de pagarle.

Capítulo 33

No duermo, nada. La villa está mortalmente silenciosa, y apenas son las siete de la mañana cuando oigo pasos arrastrados fuera de mi habitación. Las pisadas se van apagando poco a poco, mientras quien sea baja las escaleras.

Renuncio a la idea de ducharme por si una sola gota de agua salpica al suelo. Aunque ya he empaquetado todas mis cosas, dejo la maleta debajo de la cama. Si Isaac asoma la cabeza, arrepentido o disculpándose, no quiero volver a enfadarlo.

Esta vez no hay manera de perdonarle. Yo me piro de aquí. Estoy tan asustada que la villa parece el Motel Bates.

Cuando me atrevo a bajar a la barra del desayuno, solo hay un cruasán y un vaso de agua. Ni rastro de café, jamón o quesos. Parece un desayuno de preso. La idea me revuelve las entrañas. Me meto el cruasán en el bolsillo de los pantalones cortos y salgo afuera.

Qué demonios. Todo está cerrado.

—¿Marta? ¿Marta? —repito su nombre una y otra vez recorriendo la villa.

El pánico me eleva la voz cuando no encuentro una salida. Miro a través de las puertas de cristal, que ya están ardiendo al tocarlas, y me doy cuenta de que el aire acondicionado no está a tope como de costumbre. El sudor me corre por la cara, y el pánico creciente no ayuda en nada.

Camino por el largo pasillo, pasando las puertas cerradas, hasta llegar al final. Sí. Sí. Sí. Hay una rendija como antes, y tengo que contonear las caderas, junto con cada parte de mí, para pasar.

Aunque aún es temprano, es como salir a una sauna de brasas al rojo vivo. Me dirijo hacia la piscina, que se ve realmente tentadora, y podría ser la única opción para las actividades de hoy. A menos que encuentre a Pablo y consiga que me saque de aquí.

Pablo no está a la vista en ningún lugar obvio. Normalmente está pendiente de mí y suele estar trabajando alrededor de la piscina. Cuando aparezco viene enseguida a ofrecerme sus servicios de chófer para el día. Pero, aunque recorro todo el terreno, atravesando el olivar, bajando las escaleras hasta el límite de la propiedad, no hay señal de nadie.

Saco el móvil y me siento en un pequeño parapeto cerca del precipicio que cae hacia la carretera. No creo que me diera cuenta hasta ahora de lo empinado que es. Cualquier intento de bajar sin romperse el cuello sería imposible. Incluso para el más experimentado en rápel.

Reviso los mensajes. Hay uno nuevo de mamá y dos de un número que no reconozco. Leo los dos últimos primero, pero los borro inmediatamente cuando me doy cuenta de que son de Connor desde un número aleatorio. Aunque lo he eliminado de mis contactos y he bloqueado su número, parece que no va a rendirse tan fácil.

También hay uno de Logan. Esperando que me haya perdonado por frustrar sus esperanzas de algo entre nosotros, lo leo a continuación.

Jade. Espero que todo esté bien. Confírmame que todo está en orden. Logan.

Sus palabras me ponen aún más nerviosa. Si me hubiera pedido quedar para tomar algo, un café o incluso dar un paseo por la playa, no me sentiría tan inquieta. ¿Por qué quiere saber si todo está bien? ¿Por qué no iba a estarlo?

Mamá sigue con el tema de la vivienda.

¿Has revisado los detalles de la propiedad que te envié? Mira los enlaces. He ido a ver los números 1 y 2. Increíble. ¿Todo bien en España? Mamá. xxxx

Mamá siempre pregunta si todo está bien, pero parece que está confabulada con Logan. Mamá sabe cuándo me retraigo y cuándo hay un problema sin necesidad de que se lo diga. «Así son las madres», me dice con frecuencia.

En lugar de responder, envío un simple pulgar arriba. Al menos sabrá que sigo viva.

Mientras le envío el pulgar hacia arriba a mamá, otro mensaje suena. Es Connor. Otra vez.

Mierda, dice que viene el fin de semana a hablar conmigo. Ja, ja. Probablemente nos crucemos en el aire. Se lo merece.

Noto que la batería del móvil está casi agotada, pero antes de entrar a cargarlo, me lanzo al cruasán. Aunque necesito comer, sabe a serrín y debe tener varios días porque es imposible de tragar. Las migas secas y endurecidas me rascan cada vez que llegan al fondo de la garganta. Me lleva al menos diez minutos terminarlo.

Un leve movimiento a través del cenador me hace levantar la vista. Es Pablo, con la cabeza baja, caminando de puntillas. Maldita sea. ¿Por qué? Está claro que no quiere que lo vea, pero ¿por qué tanto secreto? Me levanto de un salto, corro por la zona rocosa del jardín, pero para cuando llego al cenador, no queda rastro de él.

Mientras regreso a la villa, escucho el ronroneo de un motor de coche.

Corro por el patio hasta la entrada donde Pablo suele esperarme, pero llego demasiado tarde porque el Mercedes ya está saliendo por las puertas eléctricas. Las altas puertas tipo Colditz con pinchos en la parte superior. Agito los brazos frenéticamente, pero, si me ve, no tiene intención de detenerse. Antes de llegar al final de la entrada, las puertas se cierran, y un último clic me confirma que estoy oficialmente encerrada.

Capítulo 34

Dentro de la villa el calor aumenta. Busco el mando del aire acondicionado, pero no está en su lugar habitual. El pequeño soporte negro que se posa sobre la mesa de cristal junto a la piscina interior (que hoy luce visiblemente turbia) no aparece por ninguna parte.

La única opción será nadar para refrescarme. Mi bañador ya está preparado, pues había planeado un viaje a Mijas o Fuengirola para visitar el castillo Sohail. Hoy iba a ser la última oportunidad para tachar otro lugar «imprescindible» de mi lista. Ahora no hay manera. Podría buscar por internet empresas de taxi locales después de nadar y alejarme lo más posible de este infierno, pero ¿cómo saldría del recinto de la villa? No sé el código de la puerta exterior. A menos que encuentre a Marta, estoy atrapada.

De vuelta en mi habitación, intento enchufar el móvil para cargarlo, pero noto que el adaptador que he estado usando también ha desaparecido. El cable de carga está en la mesilla, pero no puedo conectarlo sin el adaptador. Isaac me lo dio cuando llegué, divertido porque yo no tenía uno propio. Le dije que Logan, el chico de Los Molinos, me había prestado uno, pero se me olvidó traerlo.

¿Por qué ha quitado el enchufe? ¿O por qué lo ha quitado Marta? Mi batería ya está en la última barra, a punto de morir en cualquier momento. Enciendo mi portátil, y es lo mismo. La batería está casi agotada.

Me desplomo al borde de la cama. Mi corazón empieza a acelerarse y me siento casi tan ansiosa como cuando estaba en el avión y pensé que íbamos a estrellarnos. No tengo ni idea de qué hacer, a quién llamar ni cómo salir de aquí. Isaac no se ha puesto en contacto.

Podría usar mi último aliento de batería para intentar comunicarme con él, pero algo me dice que estoy más segura cuando no está cerca. De repente, parece el villano. El único problema: si lo que quiere es el dinero, asegurarse de que le pague antes de dejarme ir, no puedo contactar con el banco. Estaría más que feliz de pagarle todo lo que queda en mi cuenta bancaria si eso me sacara de aquí. Pero sin teléfono ni portátil, ¿cómo demonios voy a intentar contactar con mi banco?

Me pongo el bañador, me echo un pareo ligero encima y, cogiendo mi propia toalla (Dios me libre de mojar una de Isaac), me dirijo hacia la piscina. Todavía no hay señales de Marta, aunque debe estar por aquí porque el plato donde estaba el cruasán ha desaparecido, y también el vaso de agua.

Los jardines y la zona de la piscina siguen siendo paradisíacos, pero no me emociona estar sola en el Jardín del Edén. Me embadurno con factor 30 y de repente recuerdo que no se debe usar crema solar en la piscina. Mierda. Mierda. Mierda. Me quedo bajo la ducha junto a las escaleras, al menos diez minutos, frotándome hasta que la piel me duele. Me siento mucho más fresca cuando apago los chorros, pero sin jabón, es casi imposible quitar la fina capa aceitosa. Al menos he recordado el gorro de piscina, que apareció de nuevo en el baño de invitados después de haber pasado por la lavandería.

Me dirijo al extremo lejano de la piscina, cuento hasta diez y me zambullo. Fluyo bajo el agua, rozando el delfín marcado con azulejos azul claro en el fondo. Es la primera vez que noto que la punta de su cola está pintada de rojo. Podré decirle a mamá que he estado nadando con delfines. Me río, y por un momento, todo no parece tan mal. Cuando Isaac vuelva a casa, cargaré mi teléfono, le diré que he decidido no comprar la propiedad y llamaré al banco para organizar el pago inmediato. Que le den al yate.

Diez largos después, y al girar, veo a Marta de reojo. Creo que es Marta, pero desaparece tan rápido que no puedo estar segura. Pero ¿quién más podría ser? Necesito localizarla, encontrar una salida del recinto. Si pudiera, me iría directa a Málaga y pasaría la noche allí antes del vuelo de mañana. Podría encontrar una pequeña pensión en alguna calle secundaria.

De repente, me sienta bien tener un plan. Isaac nunca podrá localizarme. Dudo que Marta sepa que me voy. A menos que… Pablo haya escuchado anoche cuando le contaba a Isaac mis planes y se lo haya contado a Marta.

Después de secarme con la toalla, me tumbo al sol media hora y trato en vano de relajarme. Casi salto del susto cuando los chorros de agua brotan con fuerza desde el fondo de la piscina. Es como con la piscina cubierta y la ducha del baño. Siento que alguien me observa y enciende a propósito grifos ocultos.

Me empieza a dar vueltas la cabeza cuando intento levantarme, recordándome otra vez que necesito alimento. Marta. Ella es mi única esperanza.

***

Con el pareo sobre mi traje de baño ya seco, doy la vuelta bajo la escalera central de la villa y recorro el pasillo que lleva al garaje subterráneo. Empujo con el cuerpo la puerta cortafuegos para abrirla y una vez más me deslizo por la rendija.

El garaje está aún más caliente que la casa, y las paredes grises y apagadas no ayudan. Las rejas metálicas del garaje, que Pablo tiene que abrir para subir el Mercedes por la rampa al nivel de la calle, están cerradas, y el Mercedes aún no ha vuelto.

Por primera vez, veo una pequeña puerta que sale de la rampa. Flipo. Se abre, y la luz del sol me ciega los ojos. Camino hasta estar junto a las puertas de salida. Pero sin el código, ni el mando que Pablo guarda en el Mercedes, no avanzo nada.

Vuelvo al garaje, revisando el techo y las esquinas de las paredes buscando cámaras de seguridad, pero no hay nada. Me deslizo hasta el final, sintiéndome como un ladrón tramando algo.

Paso por la puerta que lleva al coqueto chalé de Marta y Pablo. Parece aún más pequeño de lo que recordaba. De una planta, probablemente con no más de tres habitaciones.

Puede que tenga suerte, dependiendo de cómo se mire, porque las ventanas están todas abiertas de par en par. Marta probablemente esté por ahí. Aunque, quizá no, ya que Pablo y

Marta tienen poco motivo para mantener las ventanas o puertas cerradas: nadie intentaría entrar porque un ladrón necesitaría una escalera de cuerda muy larga para bajar desde lo alto de los muros perimetrales.

Asomo la cabeza por una de las ventanas, pero no hay señales de vida. Llamo a la puerta principal, asomo la cabeza y grito.

—¿Marta? ¿Marta? ¿Estás ahí?

El silencio es peor que en la villa. Inquietante. Hay signos de vida por todas partes: ropa tendida en una cuerda a un lado de la propiedad y un par de zapatos de mujer junto a la puerta.

¿Dónde leches está Marta?

La puerta cruje cuando la empujo con cuidado, y me atrevo a entrar. El suelo de piedra está helado, y, aunque llevo las chanclas puestas, se me congelan los pies. Me paseo por el salón, con su gran sofá de cuero sintético y un par de sillas de ratán muy gastadas, y me detengo ante una serie de fotografías sobre una mesa de caballetes de madera.

Hay un enorme retrato de Marta y Pablo, de cabeza y hombros, sonriendo y juntos. Sus expresiones absortas distan mucho de sus habituales gestos adustos, lo que hace que no los reconozca al instante. Pero son ellos sin duda. Pablo tiene un brazo alrededor de Marta. También hay una foto de ellos en los terrenos de Los Molinos si no me equivoco. Quizá fueran huéspedes, pero lo más probable es que trabajaran allí. Dejo la foto y empiezo a gritar otra vez.

—¿Marta? ¿Marta?Nada aún.

No me siento cómoda quedándome aquí. Si Marta no hubiera sido tan arpía dejando un rastro de desastre con mi nombre, quizá esperaría un poco más. Pero algo me dice que vuelva a la villa. Marta podría estar aún más desquiciada que Isaac, quién sabe. Desde luego da un miedo fuera de lo común.

Parece que tengo mucho tiempo que matar. Necesito olvidar mi orgullo y la rabia hacia Isaac, y usar la última batería para contactarlo.

Y preguntarle qué diablos está pasando.

Capítulo 35

Subo rápido las escaleras y agarro el móvil. La batería está en rojo, con probablemente carga suficiente para una llamada rápida o un par de mensajes.

Para asegurarme, escribo.

> Isaac. No puedo salir de la villa, y no hay rastro de Marta. Ni de Pablo. ¿Cuándo volverás a casa?

Un segundo después de pulsar «enviar», una respuesta me llega de inmediato. Sin besos, sin preocupación, ni respuestas. Solo una amenaza velada sobre el dinero.

> No volveré hasta mañana, alrededor del mediodía. Marta te cuidará hasta entonces. No olvides transferir el dinero por la mañana. Cuarenta y ocho horas dijiste, ¿no? Isaac.

Como si fuera una señal, justo después de leer su mensaje, la batería se agota. Ahora estoy oficialmente atrapada. Siento cómo se me acelera el corazón y estoy desesperada por una bolsa de papel para contener un ataque de pánico total. Estoy empapada en sudor y el calor sigue subiendo. Todavía no hay indicios del aire acondicionado, y a menos que pase el resto del día bajo una ducha fría o en la piscina, no sé cómo mantenerme fresca. No tengo nada de hambre, pero sin alimento probablemente me desmaye.

Dejo el teléfono a un lado y salgo al rellano. Me asomo por la barandilla gris y veo que han vuelto a poner comida abajo. Marta debe estar cerca. Ese pensamiento debería calmarme, pero no lo consigue. ¿Dónde se estará escondiendo? ¿Por qué me ignora? Sin duda está siguiendo órdenes de su jefe, porque nadie podría ser tan insensible.

Mi cabeza está hecha un desastre y empiezo a cuestionar las motivaciones de Marta. ¿Por qué dejar todo ese desorden a su alrededor, a menos que realmente quiera deshacerse de mí? La única razón que se me ocurre es que quiere a Isaac para ella sola. Quizá comparten pasado. Esa idea me asusta aún más, porque no tengo ni idea de hasta dónde podría llegar. Probablemente Pablo tampoco lo sabe.

La comida es espartana, no mucho mejor que el desayuno. Una loncha de jamón, un panecillo y una manzana: todo parece incluso menos apetecible que el cruasán duro, pero tengo que comer. Puede que sea todo lo que reciba hasta mañana. Al menos hay otro vaso lleno de agua.

Llevo el plato afuera al patio, encuentro un pequeño espacio a la sombra y llevo una silla. El panecillo está tan duro que cada bocado es casi imposible de tragar, pero con largos sorbos de agua, logro terminarlo. El jamón huele fatal, como los pies de Connor en un mal día, pero mezclando pequeños trozos con bocados de manzana, pronto desaparece.

Es cuando me entra hipo cuando me pongo a llorar.

Esto no era como debía ser. Al cuerno con el estilo de vida de millonaria. En lugar de sol, mar, sexo y sangría, me siento como una prisionera en el corredor de la muerte. ¿Cómo voy a sobrevivir las próximas veinticuatro horas sola? Incluso estar con Connor sería mejor que esto.

***

Hago unos cuantos largos más en la piscina y luego me traslado a la tumbona, donde saco mi Kindle. Me decanto por una comedia romántica ligera, habiendo perdido por completo el apetito por los *thrillers* psicológicos. Desde luego, no estoy para finales inquietantes y espeluznantes.

Aunque la tarde pasa rápido, y mañana a esta hora debería estar en el aeropuerto de Málaga preparando el despegue, no consigo calmar la ansiedad. Una cosa está clara: nunca volveré aquí.

Subo las escaleras, me quito el bañador, que al menos ya está completamente seco, y lo meto de nuevo en la maleta. No me atrevo a ducharme, pero me siento bastante limpia después de tanto tiempo en el agua, y decido ponerme la ropa que llevaré para viajar.

De repente, oigo voces y una conversación apagada. El hecho de no estar sola ya debería alegrarme, pero en cambio empiezo a hiperventilar. Siento que me estoy asfixiando y no sé si me está dando una arritmia o una taquicardia o las dos cosas. Me aterra enfrentarme cara a cara con Isaac, ahora que me lo he imaginado como un psicópata total. Y Marta no sale mucho mejor parada.

Abro la puerta de mi habitación un poco, y apoyo el oído en la rendija.

Escucho a Marta hablando con alguien en español y, unos segundos después, reconozco la voz ronca de Pablo. De repente, se oye un fuerte estruendo, como si algo hubiera caído desde mucha altura. Proviene de cerca de las escaleras que llevan a la terraza de la azotea.

Luego, un silencio absoluto, antes de que Marta comience a gritar a todo pulmón. Podría estar enfadada o en estado de *shock*. No tengo ni idea de lo que está pasando. ¿Qué le ha ocurrido a Pablo? No responde. ¿Ha atacado Marta a Pablo? Me da la impresión de que es capaz de algo así.

Me siento en la cama, abrazo las rodillas contra el pecho y me balanceo de un lado a otro. Debería ir a averiguar qué sucede, qué ha pasado, pero tengo demasiado miedo de lo que pueda encontrar.

Cinco minutos después, respiro más tranquila al oír la voz de Pablo de nuevo. Es débil, temblorosa, pero al menos está vivo.

Se oyen más movimientos, como si estuvieran reorganizando cosas en la villa. Si Isaac ha llegado temprano y está involucrado, está siendo demasiado silencioso. Estoy temblando tanto que me quedo inmóvil otra media hora antes de reunir el valor para salir del dormitorio.

Espiando desde el balcón (mi lugar habitual para enterarme de lo que sucede), veo lo que sospecho es mi cena. Un vaso escaso de lo que parece vino blanco, una ensalada verde y muy triste, con otro panecillo duro. Pero, de nuevo, me siento enferma más que hambrienta. Me siento como una prisionera tentada con lujo de cinco estrellas, pero con trato de búnker subterráneo.

Cuando coma, empezaré a contar los minutos hasta mañana. Hasta que pueda escapar de este infierno.

Capítulo 36

Son alrededor de las diez de la noche y aún no me he acostado. Antes, me aseguro de que no he olvidado nada y que todo está en el equipaje: pasaporte, cartera, tarjetas de crédito y mi libro, *Cómo vivir como un millonario.* Tengo ganas de tirarlo, pero, como en la villa no hay papeleras de ningún tipo, lo meto en el fondo de la maleta junto con toda clase de basura variada: pañuelos de papel, bolas de algodón e incluso hilo dental usado, junto con un par de botellas vacías de champú del hotel. No quiero arriesgarme a que Isaac me eche una bronca por dejar rastros de normalidad por ahí.

Toda la natación y la energía nerviosa me llevan a un sueño intranquilo, y consigo dormir unas cinco horas seguidas, antes de empezar a dar vueltas en la cama. Me despierto poco después de las tres de la mañana, pero no puedo volver a dormir. Intento leer, pero tengo la concentración de un mosquito.

Alrededor de las seis, me levanto, me echo agua en la cara, evito usar jabón y cepillo de pelo, y me visto. Si pudiera salir hacia Málaga de inmediato, ya me habría ido. Dudo si bajar mi maleta ya preparada y dejarla junto a la puerta principal, dejándole claro a Isaac cuando regrese que me estoy yendo. Él podrá volver a vivir libre de gérmenes como si estuviera en una unidad de cuidados intensivos esterilizada. Estoy furiosa y desesperada por desahogarme, decirle exactamente lo que pienso de él, pero tengo demasiado miedo. Como si me estuviera esperando para entrar al despacho del director, petrificada por lo que está a punto de suceder.

Opto por dejar mi maleta en mi habitación, bajo la cama. En cuanto tenga luz verde, bajaré mis cosas.

Marta no me ve ni sabe que la estoy observando desde el rellano. Está fregando el suelo, con el pelo recogido bajo un gorro blanco de carnicero, y lleva un mono que me recuerda a la pandemia. Lo único que falta es la mascarilla. Me sorprende que Isaac la deje respirar dentro de la casa.

—Marta —digo en voz alta mientras bajo las escaleras.

La fregona sale volando de su mano y parece haber visto un fantasma. En un segundo, desaparece y vuelve con otro cruasán rancio. Creo que puedo ver un leve moho azul alrededor de los bordes del bollo. Como mi estómago ruge seriamente, no tengo más remedio que tragármelo. Otra vez. Cuando veo que lleva un café con leche en la otra mano, pienso que es posible que las cosas hayan mejorado.

¿Y si todo ha sido un gran malentendido? Igual es que no le está permitido hablar con los huéspedes de la casa. No tengo ni idea de por qué no quiere hablar conmigo, pero tampoco sé nada de Marta ni de su relación con Isaac.

—Gracias —digo cuando deja la taza.

Me sonríe levemente y se queda dudando, como si fuera a hablarme, pero parece cambiar de opinión.

Llevo el café a la boca, desesperada por el reconfortante sabor del líquido caliente, pero, cuando unas gotas caen sobre la superficie de mármol, Marta no se ofrece a limpiarlas. En cambio, se escabulle. Saco un par de pañuelos del bolsillo y limpio frenéticamente el desastre. Los pañuelos empapados tendrán que unirse al resto de la basura en el fondo de mi maleta.

Desde luego estoy empezando a entender lo que debe ser estar en una celda de aislamiento, pero al menos hoy saldré en libertad condicional. El lugar vuelve a quedar en total silencio. El consuelo momentáneo, aunque ilusorio, de tener a Marta cerca se ha disipado rápidamente.

Como lo más rápido que puedo y salgo, atravesando una bienvenida rendija en las puertas del patio, con mi Kindle. La comedia romántica puede ser ligera, una lectura fácil, pero podría tratarse de un asesino en serie, de lo poco que me ayuda.

A las once y diez, escucho la voz de Isaac. Me quedo paralizada. Dijo mediodía, pero ha vuelto antes. Mierda. Mierda. Mierda.

Me levanto de la tumbona y vuelvo corriendo por la terraza hacia la rendija de la puerta. Puedo oírlo cerca de la escalera mientras me deslizo por el largo pasillo.

—¿Jade? ¿Jade? ¿Dónde estás?

Su voz retumba hacia mí. Suena enfadado, sus palabras son cortantes. ¿Qué le pasa ahora?

Cuando giro la esquina hacia la zona de la barra del desayuno, está allí, mirando la superficie de mármol. Marta no ha retirado el plato y la taza como de costumbre, y ¿qué demonios? Hay una nueva capa húmeda de líquido lechoso que gotea de la encimera al suelo. Migas de cruasán por todas partes, esparcidas al azar por la estancia.

La arpía ha vuelto a liarla.

—Ven aquí. ¿Qué es esto?

Me mira como si hubiera cometido un crimen atroz.

Vale, sé que no le gusta el desorden, pero me mira como si yo lo hubiera hecho a propósito otra vez.

—No tengo ni idea. Marta debe haberlo dejado así —digo.

Mis palabras salen en un susurro muy ronco, y mis piernas tiemblan tanto que temo que me fallen.

—¿Marta? ¿Estás de broma? —grita, se lanza hacia mí y me agarra de las muñecas—. Vas a limpiar esto ahora, me vas a pagar mi dinero y te vas a largar de aquí. Eres una puñetera cerda —escupe las palabras en mi cara.

Mis piernas inestables ceden ante la rabia contenida, y cuando le cruzo la cara de una bofetada fuerte, él me empuja con ambas manos con tanta violencia que caigo hacia atrás contra la mesa y me golpeo la cabeza. Me mira, y si las miradas mataran, yo estaría muerta hace tiempo. Está más que enfadado.

Me froto la cabeza y siento que se forma un pequeño bulto en el lado que recibió el impacto. Pero ahora no es momento de preocuparme por una conmoción o coágulos de sangre. Joder. Necesito salir de aquí. Pero ¿cómo?

Me esfuerzo por levantarme y me agarro al borde de la mesa hasta que el mareo pasa.

—No tienes que preocuparte por tu maldito dinero. Si no hubieras cogido el adaptador, podría haber cargado el móvil y te habría enviado el dinero.

Esto es, por supuesto, una mentira, una mentira peligrosa, ya que no tengo ni idea de mis datos de acceso ni de la banca telefónica, y hablar con alguien un sábado no sería fácil. Además, sin identificación, si lograra contactar con el banco, es poco probable que permitan que una voz desconocida al otro lado del teléfono transfiera 145 000 euros a una cuenta bancaria extraña.

Isaac mete la mano en el bolsillo y lanza un adaptador hacia mí, que por poco me da en la cara.

—Tienes media hora, como mucho, luego se acabó. Revisaré mi cuenta bancaria antes de dejarte ir. Y más te vale no olvidarte del dinero del yate. ¿Por qué crees que te presté el dinero si no?

Me escupe en la cara otra vez, como una víbora venenosa, y está totalmente fuera de control. No tengo ni idea de cómo voy a devolverle todo. Incluso cuando llegue a Inglaterra, no habrá manera de que pueda pagarle el dinero del yate. Devolveré lo que me prestó, y con suerte, cuando tenga eso, estará dispuesto a renunciar al resto. ¿Cómo podría obligarme a pagar lo extra? Solo fue un acuerdo verbal. ¿Cómo demonios se me ocurrió decir eso?

¿Y por qué dije lo del depósito? Debía estar muy borracha cuando se me ocurrió esa estratagema para poner a prueba la confianza. Ver si Isaac me prestaría dinero tan a la ligera como yo había hecho cuando le pagué a Mario el alquiler del yate. Cuesta creer que quisiera ver si teníamos un futuro juntos. Debía estar loca. Pobre Emmeline. Decía la verdad, el desgraciado la desplumó de buena manera.

Nunca he tenido la intención de quedarme con el dinero, pero me gustaba ir de millonaria. Jugar a sus juegos.

Actúa como si tuvieras dinero. Como si te quemara el dinero. Haz gestos ostentosos. Que vean que encajas.

Desde luego que voy a tirar a la basura *Cómo vivir como un millonario*, eso seguro. ¿Cómo demonios he podido tragarme el cuento?

Capítulo 37

Nunca he estado tan asustada en mi vida. Cuando Connor me pegó una vez, tuve miedo, pero esto es otro nivel. Tontear con millonarios es muy diferente a tontear con chicos de las viviendas sociales del norte de Londres. Mafia siciliana contra matones del instituto.

Pongo a cargar el teléfono y me quedo mirando la pantalla mientras se va encendiendo, despacio. Tengo media hora para idear un plan, una excusa, cualquier cosa para convencer a Isaac de que me deje ir. No tengo los datos de mi cuenta bancaria y no podré transferir dinero hasta hablar con alguien al otro lado. Incluso entonces, sin identificación, dudo que pueda acceder a mi cuenta. Pero tengo que intentarlo. Hiperventilo solo de pensarlo, y al final me quedo sin aire.

Hay un silencio mortal en toda la villa. No se oye nada. Ni pasos suaves ni susurros. Nada.

Hasta que de repente... todo se desata.

—¿Qué coño es esto?

Es Isaac, gritando de nuevo. Su grito retumba por todo el edificio, rebotando en las paredes. No tengo ni idea de dónde está, pero es tan fuerte que parece que podría estar fuera del dormitorio. Luego su voz se vuelve un poco más baja, como si se hubiera alejado.

—¿Jade? ¿Dónde estás? Sal ahora mismo.

Quiero arrastrarme bajo la cama o, mejor aún, meterme en un agujero y enterrarme viva. El corazón se me va a salir por la boca cuando escucho sus pasos firmes.

Entonces la voz de Marta, calmada y firme, irrumpe. Isaac debe haberle preguntado algo.

—Jade. El rastro de suciedad es de sus zapatos, señor. Puede ver adónde ha ido —dice.

Joder. ¿Cómo se le ocurre? ¿No se da cuenta de que estoy en grave peligro si Isaac sospecha que he dejado algo sucio en la casa? Ha debido notar que esto no es una rabieta leve. Piensa matarme. Lo oigo en su voz.

Entonces caigo en la cuenta. Este ha sido el plan de Marta desde el principio. Ella es la que me quiere muerta, y parece que su deseo está a punto de cumplirse. Cuenta con que Isaac acabe conmigo. Dios mío. O quizá ella misma planea hacerlo. De cualquier manera, estoy completamente sola.

Oigo pasos, golpes, y luego un silencio inquietante. ¿Qué coño está pasando? No tengo ni idea, salvo que estoy en peligro.

De alguna manera logro moverme y sé que ya no hay otra opción que enfrentar lo que venga. Sea lo que sea. No será bueno, pero esconderme no va a ayudar.

Antes de salir de la habitación, mi teléfono tiene suficiente carga para dejar un último mensaje. Mamá deja el móvil apagado en el trabajo, pero luego revisará el buzón de voz. Tiemblo tanto que me cuesta sonar animada.

—Mamá. Estoy bien. Llegaré a casa mañana por la noche. Te quiero y te echo de menos.

Es como un mensaje desde el lecho de muerte, pero, si algo malo sucede, hay una posibilidad de que puedan rastrear la llamada hasta la villa. Realmente echo de menos a mamá, y me prometo a mí misma, en este segundo, que se lo compensaré. En mi próximo viaje vendré con ella. Si hay un próximo viaje.

Salgo de mi habitación, arrastro la maleta por el pasillo y la bajo por las escaleras. La dejo abajo y luego sigo en dirección a los ruidos. La voz de Marta es apenas audible, y entonces veo cuál es el problema. Hay un rastro de huellas mojadas y embarradas que suben por las escaleras hacia la terraza de la azotea.

La mala pécora ha hecho esto a propósito. Pero ¿por qué?

Rápidamente doy media vuelta, meto la maleta bajo la escalera y me dirijo al pequeño aseo de abajo. Cierro la puerta, me dejo caer contra la pared y rezo.

Mis sentidos están tan alerta que podría oír caer un alfiler. No me atrevo a moverme. Pienso en *Esperando a Godot,* donde no pasa nada y los segundos son como horas. Parece que transcurre una eternidad. Se oyen ruidos lejanos, una puerta que se cierra de golpe y luego un correteo de pasos que se dirige hacia mí, deteniéndose justo fuera del guardarropa.

Capítulo 38

—Jade. ¿Estás ahí? —Las palabras cortantes de Marta me hacen saltar.

Está justo fuera del guardarropa. Incluso en mi estado petrificado, me doy cuenta de que habla en un inglés muy claro.

Me quedo paralizada cuando sacude el picaporte y empuja la puerta. Por poco me golpea la cara, y no sé cómo, pero consigo no hacer ruido. Siento que ya estoy muerta, porque no logro respirar.

Por suerte, no se queda mucho. Deja la puerta abierta y pronto se aleja, exigiendo con una voz alta y persistente que salga. O si no…

—¿Dónde estás? Sal, sal de donde estés.

Es como una película de terror donde el malo persigue implacable a su víctima.

Su voz se va apagando a medida que se aleja. Bueno, creo que se aleja, pero podría estar escondida cerca. Quizá haya bajado la voz a propósito para engañarme y hacer que aparezca. Podría estar al acecho bajo la escalera. Mierda. He dejado la maleta ahí. Si la ve, sabrá con certeza que estoy abajo. Entonces recuerdo que mi bolso sigue arriba, en el dormitorio. Mierda. Mierda. Mierda. Tiene todo lo importante dentro. Teléfono, pasaporte y cartera. Tengo que ir a buscarlo y salir de aquí… ahora. No tengo ni idea de cómo. Isaac cambió los códigos de la puerta hace poco, y no hubo forma de que me los dijera después de prestarme el dinero. Pero no importa, porque aún no tengo llave.

Asomo la cabeza por la puerta, y mi cuerpo tiembla tanto que los huesos me traquetean. Mientras me deslizo por la pared hacia las escaleras, no hay señal de Marta. Hay un silencio inquietante por todas partes, y parece que Isaac ha desaparecido del mapa. Probablemente ha salido a buscarme, para matarme.

Es como si me hubiera enfrentado a la muerte por segunda vez en poco más de una semana. La experiencia cercana a la muerte en el avión fue una cosa, pero esto da aún más miedo. Isaac, si de verdad es de la mafia de Marbella, seguro que tiene un arma. O dos.

Él y Marta posiblemente estén confabulados y me estén haciendo la pinza para acabar conmigo. Pero ¿por qué? Isaac quiere mi dinero, pero no está claro cuál es el motivo de Marta. Lo único en lo que puedo pensar es que quiere a Isaac para ella sola. Deben tener una historia, porque no se me ocurre otra explicación. Es muy raro, pero no tengo tiempo para averiguarlo.

Solo se me ocurre un lugar al que podría ir para ganar algo de tiempo. Pero primero tengo que recoger mi bolso.

Es difícil subir deprisa y con sigilo por una escalera de mármol, mientras mis pies intentan seguir el ritmo de mi corazón desbocado.

Me meto en el dormitorio y compruebo enseguida el bolso. El cargador del móvil y el adaptador siguen enchufados a la pared, así que los arranco y los tiro dentro.

Entonces veo mis deportivas junto a la ventana. En la urgencia por hacer la maleta, debo haberlas olvidado. Así que me quito las sandalias de un tirón, las meto a presión en el bolso junto con el móvil y los documentos, y me calzo las deportivas con cordones. Lo que más me importa es moverme rápido.

Mis oídos están atentos al más mínimo ruido cuando salgo de nuevo al rellano. No hay moros en la costa.

Pero justo cuando empiezo a bajar, Marta aparece de repente al pie de las escaleras. Ha estado esperando. Debe haberme oído subir.

Dios mío. Una de sus manos agarra el pasamanos, y la otra está detrás de su espalda. Puede que sea mi imaginación, pero creo que está sujetando algo. Ocultándolo de mi vista. ¿Será un cuchillo? ¿Una pistola?

—Jade, ven conmigo. —Su voz es un peligroso susurro.

Levanta la mano del pasamanos y sube despacio las escaleras hacia mí, con los dedos extendidos. Parece trastornada, los ojos muy abiertos y el pelo, sin ningún recogido, está alborotado y encrespado, como si le hubiera dado una descarga eléctrica.

El sudor me chorrea por la cara y me entra en los ojos. La vista se me nubla y la cabeza me da vueltas. Marta va a matarme.

Capítulo 39

Marta de repente mira atrás, como si hubiera oído un ruido. Si aparece Isaac, se acabó todo.

Esta podría ser mi única oportunidad. Es ahora o nunca. Al girar la cabeza, bajo corriendo las escaleras y, cuando estamos a la par, le pego con el bolso en la cabeza y le hago perder el equilibrio.

Estamos a medio camino entre el rellano y la planta baja. Como en las películas, todo parece suceder en cámara lenta. Marta cae hacia atrás, desplomándose como un peso muerto hasta el fondo. Su grito se convierte en silencio, y por un momento terrible pienso que está muerta.

Me apresuro a buscar su pulso y palpo con dos dedos la base de su cuello. Pero de repente una mano se levanta y me agarra la muñeca. Qué demonios. No necesito preocuparme por Marta. Hace falta más que una caída por las escaleras para acabar con ella. Está muy viva.

Sin mirar atrás, me lanzo por el largo pasillo hacia la puerta cortafuegos que conduce al garaje. No puedo llevar conmigo la maleta, así que la abandono bajo las escaleras. Mi única preocupación ahora es salir de la villa con vida, y hay una pequeña posibilidad de que si llego al garaje pueda escapar.

La pequeña puerta que encontré antes, que sube por la rampa y da al jardín, es hacia donde me dirijo. Suponiendo que siga sin llave, debería poder salir de la villa y ver si hay algún hueco en el perímetro de la propiedad para poder llamar la atención de algún transeúnte. Es un plan bastante débil, pero no se me ocurre nada más. Tengo que intentarlo.

De algún modo bajo por la escalera de piedra, pero me detengo en seco cerca del final. Apoyo la palma de la mano contra la pared al escuchar un zumbido, un ronroneo, que viene del garaje. Debe ser el Mercedes. Por favor, Dios, que no sea Isaac.

Es la primera vez en mi vida que casi me rindo. A punto de desplomarme en el suelo y ofrecer mis muñecas en señal de rendición, me doy cuenta de que esto podría ser realmente el final.

Más adelante, veo el coche en marcha, y me quedo paralizada al notar que la puerta delantera del pasajero está abierta. Quizá Isaac me va a llevar lejos de la villa para acabar conmigo. Ya es demasiado tarde para darme la vuelta y desandar mis pasos. ¿Y de qué serviría?

Lentamente, avanzo a tientas, y veo unos ojos mirándome a través del retrovisor del conductor. Por la ventana abierta, aparece un brazo, la mano agitando un gesto para que me dé prisa. Tardo un segundo en darme cuenta de que no es la mano de Isaac. La mano es áspera, callosa, con gruesos pelos negros en el dorso.

—¿Pablo? —Mi voz es un susurro ronco.

—Entra. Rápido. No hay tiempo.

¿Qué opción tengo? Me arrastro a su lado y, al cerrar la puerta, escucho el clic de los seguros.

Pablo se baja unas gruesas gafas de sol negras desde la parte superior de la cabeza, pero no antes de que vea los moretones en el pómulo derecho. También tiene un pequeño golpe en un lado de la cabeza. Las gafas son un pobre intento de camuflaje. Recuerdo los ruidos, los golpes, los gritos. Marta ha debido cargar contra Pablo.

—El cinturón —dice señalando, antes de accionar el mando para abrir las rejas.

Subimos lentamente por la rampa, con los ojos de Pablo fijos al frente. Un destello de esperanza se enciende. Si Pablo me estuviera secuestrando, seguro que no le importaría demasiado que me pusiera el cinturón.

—¿A dónde vamos?

—Ya lo verás.

Me da miedo preguntar más. No quiero saber si me dirijo a un final espantoso. Sin embargo, mi sexto sentido me dice que Pablo está tan asustado como yo. Parece que ha recibido una paliza y está tan desesperado como yo por escapar. ¿Cómo supo que saldría por el garaje? Quizá no me estaba esperando. Quizá intentaba huir de Marta o Isaac, y yo simplemente aparecí cuando él preparaba su fuga. Sea como sea, por alguna razón, me siento más segura junto a Pablo que en las últimas veinticuatro horas.

Al acercarnos a la entrada principal, las puertas de la villa se deslizan para abrirse. En el espejo retrovisor del pasajero veo cómo las rejas de acero del garaje se cierran tras nosotros. Mi corazón late con fuerza, esperando que Marta o Isaac aparezcan en cualquier momento, y medio espero que una ráfaga de balas impacte contra la ventanilla trasera.

Cuando estamos a salvo fuera, Pablo acelera y se dirige a la autopista. Si antes pensaba que conducía de forma temeraria, esta vez el peligro era totalmente desproporcionado. El corazón se me sube a la garganta, y, a pesar de todo, nunca he disfrutado tanto de la velocidad. El estómago me da vueltas y sacudidas como en una montaña rusa.

Es como si hubiéramos planeado un atraco a un banco y estuviéramos huyendo del enemigo. Un movimiento en falso, un giro equivocado, y los dos estaremos muertos. Por la expresión pétrea de Pablo, sospecho que estamos huyendo por nuestras vidas.

Diez minutos después, adivino a dónde nos dirigimos y un alivio me invade.

—¿Vamos al aeropuerto?

—Sí. El aeropuerto —dice en español.

Sí. Sí. Sí. El aeropuerto.

Es todo lo que necesito saber.

SEGUNDA PARTE

Marta

Capítulo 40

Tres meses antes

Es duro ser camarera de pisos. Los Molinos puede que sea un hotel de cinco estrellas, pero limpiar lo de otros, cambiar sábanas sudadas, recoger toallas empapadas y tirar comida rancia que han saqueado del buffet de desayuno es realmente tedioso.

Al menos cuando llego a la habitación de George Stubbs cada mañana, puedo tomar un respiro. Su habitación está extrañamente ordenada. Es como si durmiera en otro sitio, porque no hay señales de vida dentro de la habitación número 18. No hay indicios de que haya usado la cama, el baño o el inodoro. Me dan ganas de contar cuántas hojas de papel higiénico usa, porque el rollo siempre parece intacto.

Hablé con el señor Stubbs por primera vez hace unos días. Soy la limpiadora habitual de su habitación y siempre espero a que salga para desayunar antes de entrar. A menudo me quedo un rato después de terminar, deseando verlo. El martes pasado, apareció de repente en su habitación y casi me da un infarto. Fue la primera vez que tuvimos una conversación. Bueno, una conversación, por decir algo.

—Hola —dijo, asustándome cuando abrió la puerta y apareció frente a mí mientras yo estaba en el pasillo.

—Hola. ¿Quiere que limpie su habitación ahora?

Sabía que no había mucho que limpiar, pero deja propinas generosas, metiendo suavemente un impecable billete de veinte euros sin estrenar en mi bolsillo una vez al día. Normalmente me lanza un guiño cómplice, pero nunca entabla conversación. Por lo general, me da el billete cuando vuelve del desayuno y después de que termino de limpiar, aunque a veces antes. Una vez, incluso me lo deslizó cuando me pilló fuera de servicio a última hora de la tarde en el vestíbulo del hotel.

Procuro tener el carrito fuera de su habitación antes de que salga a desayunar. No es un movimiento furtivo; Pablo y yo estamos realmente apurados, con Pablo todavía sin trabajo.

—Sí, eso estaría bien, Marta —dice con su amplia sonrisa perfecta y actitud relajada—. Gracias.

El primer día que me habló me pilló completamente desprevenida. Levantó ambas manos cerradas en puños. Mi cara siempre se sonroja cuando me mete el billete de euro en el bolsillo. Al principio pensé que se estaba divirtiendo, jugando conmigo antes de darme la propina. Pero no. Aquella mañana en particular, no había dinero en sus puños. Era una variedad de bolas de chocolate Lindt. Las que tenemos que dejar cada noche en las almohadas de los huéspedes.

—No necesito esto, gracias, Marta. —Entrecerró los ojos mirando mi placa con el nombre—. La idea de que el chocolate se derrita sobre las sábanas es un poco inquietante. ¿No crees?

Sonrió, mostrando todos los dientes, rebosante de humor. De verdad pensé que bromeaba, pero no podía estar más equivocada.

—No hay problema, señor Stubbs. Los retiro.

En un instante, cerró la boca con fuerza y un tic le palpitó en el cuello. Se frotó los dedos de una mano por la barbilla, suave como la de un bebé.

—Es Marston —dijo.

—¿Perdón? —No tenía ni idea de a qué se refería.

—Me llamo Marston, no Stubbs. Isaac Marston. —Sonrió, pero algo en su mirada vidriosa me hizo entender que no debía cuestionarlo.

—Oh, lo siento mucho, señor Marston. Debo haberme confundido con otro huésped. —Bajé la cabeza, miré al suelo y crucé las manos detrás de la espalda.

—No pasa nada, Marta. Bueno, retira los bombones, me voy a desayunar.

Me echó las bolas en los bolsillos, a ambos lados de mi bata blanca de camarera, sin rastro del habitual billete de veinte euros. Un pequeño consuelo que a Pablo le guste el chocolate.

Observé al señor Marston, sus anchos hombros y bíceps musculosos tensándose bajo su reluciente camisa blanca de lino, pasear por la pendiente hacia el restaurante.

Bueno, si quiere que le llame Isaac Marston, está bien. Me preocupa más que sepa que debo haber estado fisgando. Es una de esas cosas que la dirección del hotel nos dice que no debemos hacer. No mirar en las maletas, no hurgar en los bolsillos y no chismorrear sobre los huéspedes con otros miembros del personal.

Pero hay algo raro en este tipo, algo inquietante y extraño. Es demasiado guapo, y a Pablo le cae fatal. Dice que el sinvergüenza está intentando ligar conmigo.

Al entrar en la habitación del señor Marston y cerrar la puerta tras de mí, me tienta mucho hacer un buen registro. Ver qué es lo que realmente le mueve.

Capítulo 41

Desde la conversación sobre los bombones con Isaac Marston, la atmósfera entre nosotros es claramente gélida. Ya no sonríe tanto. Probablemente no tenga nada que ver con las bolas de chocolate, sino más bien con que yo le llamara señor Stubbs.

Isaac es un nombre de hombre fuerte, un personaje bíblico misterioso. Aunque, desde mi punto de vista, George Stubbs le encaja mucho mejor a este tipo. Su obsesión por la limpieza de la habitación es extraña, y desprende una vibra realmente perturbadora. Pero lo más molesto es que ha dejado de darme un billete de veinte euros cada día. Pablo está furioso conmigo por haber sido tan estúpida. Siempre me dice que soy demasiado entrometida y que debería contenerme con los chismes. Le da terror que pierda mi trabajo. Bueno, al menos hasta que él vuelva a trabajar.

Después de terminar mi turno esta mañana, me cambio y, antes de ir a casa, me voy con mi libro al patio que hay junto a la pequeña piscina infantil. Es el único lugar al que el personal puede acudir cuando termina su jornada. Las otras tres piscinas están completamente prohibidas, ya que hay una norma que nos impide relacionarnos con los huéspedes cuando no estamos trabajando.

Por suerte, hoy está bastante tranquilo. No quiero enfrentarme a Pablo todavía, porque estará rondando por la casa, esperando que llegue para empezar a quejarse otra vez de no tener trabajo.

Me tumbo bajo una sombrilla, hace un calor insoportable. Solo los huéspedes ingleses se broncean, pero todos los demás —los alemanes, holandeses, americanos y especialmente los escandinavos pálidos— están embadurnados de crema solar y llevan enormes sombreros de ala ancha.

Entonces veo a Isaac hablando con Logan muy pegado a él, casi tocándole con la nariz. Parece que le está regañando. Quizá Logan haya dejado bombones en otro lugar no deseado. Dios mío, Isaac Marston le está echando una bronca tremenda, y Logan no dice ni una palabra en respuesta.

Me cae bien Logan. Es un tipo decente, que se toma un respiro de un trabajo serio para pasar el tiempo en España como camarero y, a veces, en recepción. Siempre habla conmigo, pero mientras observo a los dos conversando, me doy cuenta de que últimamente Logan me ha estado evitando. Al principio pensé que era porque estaba ocupado, pero al ver a Isaac con él ahora, me asalta una extraña idea de que su evasión podría tener algo que ver con el huésped de la habitación 18.

Cuando Isaac se aleja a paso firme, el único huésped vestido formal con pantalones de traje y camisa, me levanto y me dirijo hacia Logan. Antes se alegraba mucho de verme, pero al acercarme, acelera el paso hasta entrar rápido en el hotel y desaparecer.

Entonces decido, antes de volver a casa en Mijas, dar una última vuelta por el hotel para ver si puedo toparme con Isaac. Será lo primero que me pregunte Pablo. Sobre el billete de veinte euros. Está encantado de que hayamos podido ahorrar un poco por primera vez en meses. Incluso ha conseguido reprimir sus sospechas, y no poca envidia, de Isaac cada vez que dejo caer un billete nuevo sobre la mesa. Rezo para que Isaac se ablande y retome el gesto magnánimo. Como es un habitual en Los Molinos, supongo que no le falta dinero.

No encuentro a Isaac por ninguna parte, así que doy un último paseo por el pasillo donde está su habitación. Hay mucha actividad en la habitación contigua, la 17, y la puerta está abierta de par en par. Me escondo tras una enorme variedad de macetas; el surtidor de agua que hay en medio del pasillo no me gusta nada, a cada giro me salpica en la cara y me da frío.

Una señora de mediana edad, probablemente en sus cuarenta y tantos, va y viene con prisa. Un par de hombres parecen hacer guardia junto a la puerta. Sospecharía que son sus amigos, pero uno de ellos está hablando por un auricular. Ambos son corpulentos, con barba de tipo duro. Parecen guardaespaldas de *El Padrino*.

—Váyanse. Váyanse. Ya estoy bien aquí. —La señora robusta ahuyenta a los tipos con un gesto de la mano. Sonríe, una sonrisa brillante y burbujeante, una sonrisa feliz, y les lanza besos silenciosos—. Llamaré si les necesito.

No tengo idea de quién es la huésped, pero puedo hacer una rápida consulta en recepción, una pregunta curiosa sobre cuándo debo limpiar la habitación. Quizá esta noche, cuando vuelva para mi segundo turno, le deje un par de bombones. Puede quedarse con los de Isaac. A juzgar por su cintura, probablemente sea fan de todo lo dulce.

Capítulo 42

No puedo creerlo, pero la señora de la habitación 17 es en verdad de la realeza noruega. Bueno, un pariente lejano de la familia real noruega, según la mastodóntica sesión de búsqueda en Google que hice antes. Además de una serie de rumores, ya que la red de chismes entre el personal del hotel ha estado trabajando horas extras.

—Vamos. Échale un vistazo. —Giro la pantalla hacia Pablo, que ha estado de mal humor frente al televisor desde que llegué a casa—. Astrid Olsen. Es una pariente lejana, bueno, muy lejana, del rey Harald de Noruega.

Pablo, a regañadientes, silencia la pantalla y lee el artículo. Con un par de dedos, aparta un mechón caído que le cubría los ojos. Me acerco a él, le doy un beso en el mentón con barba de varios días, aún asombrada de cómo su olor acelera mi pulso. Aunque nunca volviera a trabajar, lo seguiría amando. Pablo es mi hombre, leal hasta la muerte. Huele a virutas de madera y aceite de linaza. Cada día un aroma diferente se adhiere a él, según lo que le haya mantenido ocupado. Es hábil con las manos, y no solo en un sentido.

—Tienes razón. Quizá te dé buenas propinas. O puedas hacerle un trabajo extra especial.

Toma mi rostro y recoge mi espeso cabello detrás de las orejas. Luego, bastante rápido, vuelve a encender la tele.

—Adivina en qué habitación está —digo.

—Ni idea. —Realmente no le interesa, pero se nota un pequeño movimiento cuando se lo digo.

—En la habitación junto a ese raro de Marston. El que me está dando billetes de veinte euros. —Quizá terminen juntos. No me sorprendería.

Antes de que pueda preguntar por qué no le sorprendería, los ojos de Pablo vuelven a clavarse en la pantalla. El partido de fútbol está en marcha, con el Real Madrid ya dominando al Sevilla FC. No hay forma de recuperar su atención ahora. Mientras camino hacia nuestro pequeño huerto detrás de nuestra destartalada casa y me desplomo en la silla tambaleante junto a la pared, un sexto sentido se activa tras lo que acaba de decir Pablo. ¿Por qué pienso que Isaac podría intentar algo con su vecina de la habitación diecisiete? No tengo ni idea de por qué se está quedando en el hotel, es un misterio, pero sé que es mejor no preguntar.

Hay un par de chivatos entre el personal del hotel, agentes encubiertos del MI5, que tienen la orden de vigilar cualquier chisme desagradable sobre los huéspedes. Es como una actividad criminal grave, y amenazan con echar a cualquiera que participe. Sin embargo, ahora tengo tanta curiosidad que no sé si podré resistirme a descubrir más sobre los huéspedes de las habitaciones diecisiete y dieciocho.

***

He dejado de correr y espero fuera de la habitación de Isaac. ¿Para qué? Las propinas en euros se han acabado, y Pablo dice que debo dirigir mi atención (y sonrisa sexi) a otro lado. Antes de salir esta mañana, me siguió por toda la casa y me sugirió (al menos media docena de veces) que me concentrara en la reina Astrid.

—No es una reina, y dudo que le guste mi sonrisa seductora —gruñí.

Al principio, las sugerencias de Pablo me hicieron reír, pero, para cuando me metí en mi Fiat 500, ya me estaba poniendo de los nervios. Está desesperado por conseguir dinero extra, pero muy desmoralizado, y duda de que vuelva a encontrar trabajo.

Si tan solo no hubiera dejado inconsciente al hincha del Barcelona por haberse reído del 4-0 que le metieron al Real Madrid, todavía tendría trabajo. Es el mejor encargado de mantenimiento de piscinas del sector. Antes de su condena de tres meses en prisión, también había empezado en la construcción de piscinas. Su segunda obra nueva, por desgracia, se quedó sin terminar cuando fue a la cárcel, y eso desde luego no ha ayudado a su currículum.

Esta mañana, cuando llego al hotel, decido, para variar, empezar en el rellano del segundo piso. Ya no tengo tanta prisa por toparme con Isaac. Normalmente, él sale del hotel después del desayuno y no regresa hasta la hora de la cena. He dejado de preguntarme a dónde va con su maletín de cuero fino que parece sacado de hace veinte años.

Sobre las once y media, bajo al primer piso. No hay señales de nadie. Decido empezar por las habitaciones de Isaac y Astrid y luego seguir por las demás.

Siento la habitual sensación inquietante al entrar en la habitación 18. Como siempre, parece una sala de exposición. Nada se ha movido desde ayer. Incluso el mando a distancia del televisor está alineado en ángulo recto con la pantalla, tal como las camareras tienen instrucciones de dejarlo. Algo que sí noto es que falta un paquete de pistachos con sabor a estragón en la cesta de aperitivos de encima del minibar. Lo comunicaré, ya que el cargo tendrá que añadirse a su factura.

Vaciar las papeleras es fácil. Nunca hay nada dentro. Incluso cuando saco la de debajo de la mesa larga del dormitorio, no hay rastro de un paquete vacío de frutos secos. Como siempre, el baño está impecable. Las toallas no se han usado, salvo una pequeña toalla de manos que está un pelín torcida. Unos pocos milímetros torcida, pero puedo percatarme de cualquier cambio. Así de triste soy.

El edredón está recto, estirado hacia arriba, y las almohadas están esponjosas. Es una cama doble enorme, y me tienta tirarme encima y echar una cabezada de veinte minutos.

De repente, oigo voces al otro lado de la puerta. «Mierda». No puede ser. Isaac ha vuelto. ¿Qué hace aquí tan temprano?

Lo escucho hablar en el pasillo. Se está riendo demasiado fuerte por algo. Debe saber que estoy en su habitación porque mi carrito está aparcado entre las habitaciones 17 y 18. Exactamente a mitad de camino. No debería haber cerrado la puerta, pero normalmente no vuelve hasta mucho más tarde.

Cuando aparezco, con la bolsa de basura vacía en la mano, Isaac se sobresalta. Su sonrisa pintada ha desaparecido. Por supuesto ha estado hablando con Astrid. ¿Con quién más iba a estar hablando? Parece que Pablo podría haber dado en el clavo.

—Lo siento, señor. Puedo volver más tarde. —Me apresuro hacia el carrito.

—Gracias, Marta —dice. Aparece una sonrisa falsa, sin duda para beneficio de Astrid. Busca un aire sexi y despreocupado, con una mano apoyada en la pared y una rodilla flexionada en una pose relajada. Es como el héroe de plástico de una novela de Mills & Boon, recostado contra el marco de la puerta.

Astrid tiene las mejillas sonrosadas. No puedo creerlo, pero realmente está cayendo en la trampa.

Se ríe entre dientes, frunce sus labios carnosos y juega con su cabello rubio y algo lacio.

—¿Te importaría limpiar mi habitación ahora? —me pregunta—. Es decir, si a Isaac no le importa. —Le mira con cara de perrito abandonado.

—Por supuesto que no. ¿Por qué no tomamos algo junto a la piscina mientras Marta se pone a trabajar?

—Oh. Eso suena genial —dice Astrid con voz melosa.

Isaac la coge del brazo y la conduce por la pendiente antes de girar a la izquierda y dirigirse hacia la piscina. Mientras los sigo con la mirada, Isaac echa la vista atrás.

Si las miradas mataran, yo ya estaría muerta.

Capítulo 43

La habitación de Astrid es un desastre, como si la hubieran saqueado los ladrones. Tengo que taparme la nariz por el hedor desagradable.

Si Isaac es un maniático del orden, Astrid, a pesar de sus conexiones, vive como una cerda. No creo haber visto nunca una habitación en peor estado. Desde luego, no en un hotel de cinco estrellas. Hay montones de ropa, de todos los estilos y colores, tirados por todas las superficies posibles. Hay una blusa colgada sobre el televisor y un par de bragas de encaje debajo del mando a distancia.

Las toallas mojadas están sobre la cama, y el baño parece un lodazal. Cuando reviso la cesta de *snacks* de encima del minibar, solo quedan los caramelos rosas masticables. Los cacahuetes, las aceitunas sin hueso, las galletas saladas con queso y las barritas de sésamo han desaparecido. Astrid se ha comido todo. Todos los envoltorios están esparcidos en la papelera junto con pañuelos, toallitas húmedas y envoltorios de chocolatinas varios.

La máquina de Nespresso ya necesita ser rellenada, junto con las bolsitas de té, los minicartones de leche y los sobres de azúcar. Parece la habitación de un estudiante. De un estudiante realmente rebelde, además. También, el olor rancio se está difundiendo por el aire acondicionado, que sigue funcionando. Lo apago y abro de par en par las puertas del patio.

Salgo y respiro hondo varias veces antes de ponerme a trabajar. Si Astrid tiene puesto el objetivo en Isaac, ya puede espabilar pronto.

Cambio la ropa de cama, a pesar de la norma del hotel de hacerlo solo cada dos días si los huéspedes se quedan por un período prolongado. Según recepción, Astrid Olsen está aquí por una semana. Me pregunto dónde estarán sus guardaespaldas, pues me imagino que eso eran aquellos dos hombres.

Cuarenta minutos más tarde, veinte minutos más de lo que se supone que deben tardar las camareras, la habitación parece lista para un nuevo huésped. Aparte del montón de ropa, cada prenda doblada con la destreza de un experto en origami y colocada sobre la ropa de cama inmaculada, todo lo demás está en su lugar. Si Isaac asomara la cabeza, o sugiriera que Astrid le invite a tomar una copa antes de dormir, aún tendría una oportunidad. Tengo la impresión de que Isaac no es especialmente tolerante y se volvería loco si viera el estado de la habitación de Astrid.

Me dirijo a la cocina del hotel a la hora de comer y cojo un sándwich rápido de la bandeja preparada para el personal después de que los huéspedes hayan terminado el desayuno. No me entretengo, ya que aún tengo una montaña de trabajo por delante.

Abordo metódicamente el resto de mis habitaciones, dejando para el final las dos que están a cada lado de la de Astrid e Isaac. Cuando finalmente empiezo con la habitación 19, donde estoy preparando la llegada tardía, me sorprende que puedo oír las voces de Astrid e Isaac desde la habitación contigua. La habitación 18.

Cada una de las habitaciones de la planta baja del hotel tiene puertas de cristal que dan a un patio privado amueblado con dos tumbonas, una mesita y un par de sillas. Un muro, poco más alto que la cabeza, separa el patio de cada huésped. Solo puedes mirar por encima del muro si te subes a una de las sillas. Aunque midieras 1,85 te costaría. Pero se puede oír por encima, eso seguro.

Salgo con sigilo por las puertas del patio ya entreabiertas de la habitación 19 y me quedo en silencio cerca. Las voces de Isaac y Astrid llegan filtradas, y me los imagino largos en las tumbonas. Pero cuando escucho el roce de las patas de una silla, sospecho que Isaac está sentado erguido. Probablemente mirando hacia abajo a Astrid, con su voluminoso bañador amarillo que colgué antes en el baño para que se secara.

La conversación es muy alegre. Hablan en inglés, pues sospecho que Isaac no sabe mucho noruego.

Puede que me equivoque con él, pero pese a su apariencia elegante, es totalmente artificial —al estilo de *Las mujeres perfectas* o, en este caso, los maridos perfectos. Todo en él es más que perfecto. Desde su peinado impecable, a lo Antonio Banderas en sus primeros días, cortado al ras, ni un solo cabello fuera de lugar, hasta su piel afeitada que probablemente huele a jabón carbólico.

Me muevo por el patio con un paso felino, pero me mantengo cerca del muro. Me tienta subirme a una silla y asomarme por encima, pero no podría hacerlo sin que la gente alrededor de la piscina me viera. Los muros dividen los patios privados a cada lado, pero no hay muro en los extremos. Los huéspedes pueden pasear libremente a través del césped artificial para acceder a la piscina.

Por suerte, Isaac habla en voz bastante alta y Astrid prácticamente está gritando. Suena tan emocionada que, cuando escucho saltar el corcho de una botella de algo con gas, sospecho que está celebrando lo que podría suceder. Lo que espera que suceda. Sin duda, tanto su minibar como el de Isaac estarán vacíos para mañana.

Echo un vistazo hacia la piscina y veo a los dos escoltas de Astrid intentando pasar desapercibidos. A pesar de su ropa informal, son pésimos para mezclarse. Ambos sujetan unos *walkie-talkies* muy anticuados, del tipo que usaban los policías estadounidenses en los años ochenta. Parecen completamente fuera de lugar.

—¿Has venido antes a este hotel? —pregunta Isaac a Astrid.

—Noooo. Solo he venido porque estoy de obras en mi villa.

—¿Villa? ¿Vives en Marbella?

Difícil no notar el interés en el tono de Isaac.

—Por supuesto que no. Soy de Oslo. Pero tengo aquí una casa de vacaciones magnífica.

De repente tose, como si el gas le hubiera llegado al fondo de la garganta. Me imagino que está bebiendo rápido, demasiada emoción. Reconozco que cuando vi a Isaac por primera vez, también me emocioné bastante. Aunque nunca sería infiel a Pablo, la sola presencia de Isaac haría girar la cabeza a cualquier chica. Sin duda, Astrid parece estar enamorada.

—Oh, magnífico —dice Isaac. Incluso desde donde estoy escuchando, al otro lado de la pared divisoria bastante maciza, capto las vibraciones.

—Sí, lo es. Tengo dentro a los gremios pintando y decorando, así que pensé en darme un capricho y quedarme aquí. No soy nada fan de los trabajadores sudorosos. La villa es mi pequeño secreto para amigos y familia en Noruega. Nadie, salvo mis dos escoltas privados, sabe dónde estoy. Está genial. Además, compré la villa con mi propio dinero. Todos necesitamos una pequeña vía de escape, ¿no crees?

—Estoy totalmente de acuerdo contigo —dice Isaac riendo.

Apuesto a que él tampoco es fan de los trabajadores sudorosos, ni de nadie sudoroso, para el caso. No parece alguien que sude jamás. El comentario sobre la vía de escape me hace preguntarme de qué podría estar escapando Isaac, ya que parece un soltero empedernido. Quizá si Astrid juega bien sus cartas, podría cambiar todo eso. Qué pareja tan extraña harían.

—¿De verdad necesitas a esos dos? Supongo que no hay ningún señor Olsen que te cuide.

Jesús, María y José. No me lo puedo creer. Menudo cotilla. Desde luego está tratando de sonsacar información.

—No. No hay señor Olsen. Todavía no. —Ella se ríe, una risita femenina tapándose la boca.

—Entiendo…

Ya lo creo que lo entiende. ¿Por qué me parece que está sonriendo?

—Lo único que falta en la villa es una piscina infinita. Tengo una piscina pequeña para refrescarme, pero una enorme piscina infinita es lo siguiente en mi lista. Quizá cuando terminen las obras interiores. Quién sabe.

Astrid está sorbiendo tan fuerte ahora, entre accesos intermitentes de hipo, que me imagino que vacía la botella recién abierta en segundos. Oigo sacarla de un cubo de hielo (supongo que es un cubo de hielo, porque escucho el crujido de los cubitos).

—Gracias, Isaac. Sírvete. ¿Por qué no bebes? —Está demasiado emocionada para estar molesta, pero apuesto a que si se juntan podría haber un problema.

—Con uno o dos vasos me basta. Me gusta mantener la cabeza clara. Pero tú disfruta. —Su tono es tan condescendiente.

Cuando veo a uno de los guardaespaldas, o asistentes, o como se llamen, alejándose de la piscina en dirección a nosotros, me meto de nuevo dentro, cierro las puertas correderas de cristal y aseguro el pestillo.

El tipo, que mide dos metros más o menos, me mira. Es una advertencia para que vuelva al trabajo.

De todas formas, ya he disfrutado bastante por hoy. ¡Qué ganas de contárselo a Pablo!

Capítulo 44

Evito tanto a Isaac como a Astrid durante un par de días, asegurándome de que no hay rastro de ellos por el hotel antes de ocuparme de sus habitaciones. Son polos opuestos en cuanto al desorden. Astrid vive en una pocilga, e Isaac como un monje de clausura.

Sin embargo, hoy es el cumpleaños de Pablo, y tengo el día libre. El primer día libre en dos meses. He estado trabajando sábados, domingos y la mayoría de las noches, sin descanso. El alquiler de nuestra casita se ha duplicado recientemente, y las facturas de suministros se han disparado. Pero hoy es nuestro momento. Mío y de Pablo, y decidimos conducir hasta un restaurante en la playa a poca distancia de Los Molinos y darnos un capricho.

—He estado guardando los billetes de veinte euros. Vamos a disfrutar.

—Gracias. Te quiero, Marta. Te lo compensaré, lo prometo. Pronto me saldrá algo.

Pablo me besa. Es un gran besador incluso después de seis años de matrimonio, y todavía no me canso de él.

Nos dirigimos a un tramo de playa a lo largo de la Milla de Oro de Marbella, donde el Squid Bar se asienta sobre pilotes en la orilla poco profunda. Es lo que Pablo llama «un pequeño pedazo de cielo». El restaurante no es barato, pero sigue sirviendo los mariscos mejor cocinados y con mejor precio en kilómetros a la redonda. Pablo sabe de comida y cocina cada noche para cuando llego a casa. Hoy es mi regalo.

La mesa que reservé está junto a la ventana y tiene vistas directas al Mediterráneo. El camarero se ha acordado de poner mi tarjeta de cumpleaños apoyada contra una de las copas de vino. La cara de Pablo se ilumina, y por primera vez en meses, sonríe de verdad. No solo para agradarme mostrando aprecio, sino también de alegría. Y de alivio, al saber que hay más en la vida que perder el tiempo viendo la tele todo el día.

Es la una en punto del mediodía cuando nos sentamos, y el restaurante ya está llenándose. Nadie hace cola para sentarse fuera ahora que ha comenzado la ola de calor veraniega. Dentro hace tanto fresco que podría quedarme aquí para siempre.

—El menú del mediodía, señora. —El camarero me entrega un menú y luego otro a Pablo.

Pido una jarra de vino blanco, que el camarero trae a nuestra mesa antes de servir generosas cantidades en nuestras copas.

—Por nosotros.

—Por nosotros —repite Pablo.

Al chocar las copas, la mía casi se me escapa de las manos.

—No te des la vuelta. Pero adivina quién acaba de entrar. —La pregunta sale atropellada, entrecortada.

—¿Quién?

A Pablo no le interesa, pero ignora mi advertencia y se gira de todos modos.

—Te he dicho que no mires —susurro y me arrepiento al instante. Es el cumpleaños de Pablo, su día especial.

—Es ese imbécil del hotel, ¿Isaac, no?

—Sí —susurro, asombrada de lo rápido que Pablo reconoce a Isaac.

Solo lo ha visto una vez, y lo odió a primera vista. Estaba convencido de que el tipo intentaba ligar conmigo.

—¿Esa que está con él es Astrid? Parece el doble de su edad, y debería perder unos kilos.

Pablo pone los ojos en blanco y se bebe lo que queda de su vino. Está rellenándonos a ambos cuando me doy cuenta de que los recién llegados se dirigen hacia nosotros.

—Mierda. Nos han visto.

Bajo la mirada, pero es demasiado tarde. El camarero los está trayendo hacia aquí, y parece que su mesa está al lado de la nuestra.

—Hola, Marta. No me di cuenta de que eras tú.

Isaac está ahora justo a nuestro lado, y lleva cogida la mano de Astrid. No le ha costado mucho.

—Hola, señor Marston. Este es Pablo, mi marido.

Pablo no extiende la mano, mantiene ambas palmas alrededor de la copa grande. Simplemente asiente.

—Y esta es Astrid —anuncia Isaac. Es como si se hubiera olvidado de que yo también limpio su habitación—. Astrid Olsen.

Astrid sonríe, una sonrisa muy femenina para alguien que debe rondar los cincuenta. Si hiciera falta, podría pasar por la madre de Isaac.

—Hola. Encantada de conoceros.

Astrid me mira a mí, luego a Pablo y de vuelta a mí.

Es entonces cuando logra ubicarme. Fuera de mi apretada ropa de limpieza del hotel, parezco bastante diferente. Bueno, eso dice Pablo. Odia mi uniforme y dice, cada noche después de quitármelo, que está contento de tener de nuevo a su hermosa mujer.

Llevo un vestido ligero de verano. Blanco y azul, y sandalias abiertas. Mis dedos de los pies tienen una capa fresca de esmalte rojo, y me he pintado las uñas de las manos a juego.

Siento cómo Isaac me mira fijamente mientras hablo con Astrid. No sé si me está desnudando con la mirada o tratando de entenderme. Me siento incómoda, especialmente porque Pablo está observando.

—Trabajas en el hotel —exclama Astrid, girándose hacia Isaac—. Acabo de darme cuenta. Encantada de conocerte en condiciones.

No estoy segura de que esto funcione bien, pero ella no es una *snob*. Parece realmente feliz, contenta de ser parte de una pareja.

Cuando Pablo finalmente abre la boca, le doy una patada bajo la mesa. Pero llego demasiado tarde.

—¿Por qué no os unís a nosotros? —sugiere, haciendo ya un gesto al camarero para que junte las dos mesas.

Esto me parece una idea terrible.

Capítulo 45

Cuando Pablo propone una paella de marisco para cuatro, los ojos de Astrid se iluminan.

—Sí, por favor. Me encanta la paella. —Tras hablar, se pasa la lengua por los labios brillantes. Casi puedo oír cómo se le hace la boca agua.

A Astrid le encanta su bebida, eso seguro, y ya está agitando su vaso vacío hacia Pablo por segunda vez. Desde mi punto de vista, es una mujer muy maja. Incluso Pablo parece disfrutar de su compañía, riéndose de sus ocurrencias.

—Para mí no, gracias. —Isaac mira por encima del menú, lo deja sobre la mesa y señala las opciones de pescado fresco—. Quisiera la dorada a la parrilla. Verduras verdes y patatas nuevas.

—¿Pablo? —pregunto, mirando a mi marido. Al fin y al cabo, es su cumpleaños—. ¿Pedimos paella para tres?

—Buena idea. Es la especialidad de la casa, y me muero de hambre —dice Pablo. Está claro que no se va a doblegar ante Isaac, mucho menos en su cumpleaños.

—Paella, pues —digo.

Astrid sonríe radiante.

Isaac parece ponerse rígido. No sé por qué. Está bebiendo vino tinto, habiendo rechazado el blanco porque es demasiado ácido, pero aún no se relaja. Astrid ronronea de felicidad y de repente hace un gran anuncio.

—Hoy, oficialmente me he deshecho de mis guardaespaldas. Bueno, más bien de mis escoltas —explica—. Isaac dice que cuidará de mí, y que no los necesitaré de ahora en adelante. —Se sonroja hasta que sus mejillas igualan el tono de su brillo labial rosado.

Sigue echándose el pelo hacia atrás de manera coqueta, y siento que Pablo intenta contener la risa. Quiero advertirle que no conoce a Isaac desde hace tanto, y preguntarle si cree que es una buena idea.

Pero es obvio que Astrid está enamorada.

Isaac acerca la silla a la de ella y extiende un brazo posesivo por su respaldo. Sus piernas están en contacto. Tengo miedo de mirar a Pablo, y aún más miedo de que haga algún comentario sarcástico. Le doy una patada en la espinilla con el pie y le lanzo una mirada amenazante para asegurarme de que se controle. Para cuando los tres hemos devorado la paella, Isaac sigue desespinando su pescado. Corta la carne con el cuchillo para pescado y mastica cada bocado al menos cincuenta veces. Verlo me pone la piel de gallina, y tengo visiones de él diseccionando un cuerpo.

Pero Astrid es un torbellino de risas. Es única, divertida, de espíritu libre y muy irreverente con sus chistes. Sería una novia muy divertida.

—¿Tienes una villa cerca de aquí? —pregunta Pablo.

—Sí. A diez minutos de Los Molinos. La tengo desde hace casi cinco años. Necesitaba un lugar al sol. Noruega es tan fría. —Hace un gesto de escalofrío y mira a Isaac buscando atención.

—Tengo muchas ganas de verla —dice Isaac, finalmente dejando el cuchillo y el tenedor bien colocados sobre el plato vacío (salvo por las espinas fileteadas y esqueléticas).

Su sonrisa es amplia, sus dientes perfectos, su mandíbula cincelada y sus ojos de un azul acerado. Sería un gran modelo para Gucci o Chanel, o mejor aún, uno de sus rígidos maniquíes. Es así de tieso.

—Después de comer, te haré una visita guiada —dice Astrid directamente a él.

Isaac adopta otro tipo de sonrisa, con ese tono condescendiente que también he detectado en su voz. Pero Astrid está ajena a ello y además muy borracha.

—Lo único que falta en mi villa es una piscina infinita. Tengo una pequeña piscina para zambullirse, que no sirve para nada. Sin embargo, hay mucho espacio en los terrenos para una enorme, donde las vistas al océano son mágicas. Sueño con flotar en una cama de agua con un libro en una mano y un cóctel helado en la otra.

—Muy cara —dice Pablo—. He trabajado en construcción de piscinas. Las piscinas infinitas cuestan diez veces más que una normal.

Parece haber olvidado que Astrid es multimillonaria, y todo lo demás.

Quiero abrazar a Pablo, rodearlo con mis brazos y decirle que pronto encontrará trabajo. Pero no hace falta, Astrid interviene de inmediato.

—¿De verdad? ¿Sigues en el negocio? —A ella se le iluminan los ojos.

Quizá el sol se ha atenuado, pero los ojos azules de Isaac han perdido algo de brillo. Ahora son más bien de un gris opaco.

—¿Por qué no nos guardamos el número de Pablo y, una vez que yo haya echado un vistazo, te aconsejo sobre lo que podría funcionar? —sugiere Isaac, gruñendo a Pablo.

Isaac no me mira, pero procede a poner su mano de uñas manicuradas sobre el regazo de Astrid. Me estremezco al verle deslizar los dedos por un hueco entre los volantes de su falda y acariciarle la piel.

—Qué buena idea. Es genial tener a Isaac para que me guíe —canta Astrid.

¿A quién intenta convencer?

He de decir que es Pablo quien hace una seña al camarero para que le traiga un bolígrafo y anota su número en una de las tarjetas de visita del restaurante que recogió al entrar.

—Toma. Llámame si te interesa.

—Lo haré.

Astrid extiende la mano para coger la tarjeta, pero Isaac llega primero y la mete en su cartera de aspecto caro.

Fue esta conversación sobre piscinas infinitas la que selló el destino de Pablo y el mío. Por no mencionar el de Astrid.

Capítulo 46

Esta mañana llego tarde al trabajo. Demasiado vino, pero no tanto hacer el amor. Fue como en los viejos tiempos. Odio admitir que quizá tuvo algo que ver con nuestro almuerzo con Astrid e Isaac.

Cuando volvimos del restaurante, Pablo estaba eufórico. Estaba vibrando, no solo por las celebraciones de cumpleaños, sino también con la idea de construir una piscina infinita para Astrid.

—Esperemos a ver —dije, intentando bajarle de la nube. Le recordé que un contratista local en Mijas está desesperado por encontrar peones en obra, y que debería llamarles de todas formas. Luego me sentí cruel, como si estuviera apagando sus sueños infantiles de jugar en el Real Madrid.

Se quedó de mal humor cuando salí de casa, y la resaca de su cumpleaños sin duda no ayudaba.

Me cuelo por la entrada principal de Los Molinos alrededor de las diez en punto y recibo una mirada fría del encargado, que me señala el reloj. Es entonces cuando veo a Isaac y Astrid en la recepción, ambos con maletas llenas. Parecen estar pagando sus cuentas.

Una parte de mí se entristece al verlos marchar, probablemente porque ambos son muy ricos, y en parte por Pablo. Ya no hay posibilidad de que se pongan en contacto con él sobre la piscina. Ojos que no ven, corazón que no siente.

Isaac me ve antes de que tenga oportunidad de subir las escaleras y prepararme para mi turno.

—Marta —me llama, con una voz más fuerte de lo habitual.

Astrid sigue ocupada con su factura; parece estar cuestionando todos los cargos extras. Minibar. *Snacks.* Champán junto a la piscina. Tapas a media mañana y alquiler de bicicletas que nunca usó. Sospecho que hace grandes planes para perder peso cuando está borracha. ¿No lo hacemos todos?

Isaac se acerca tranquilamente y mete la mano en el bolsillo superior de su chaqueta. Debe de ir a trabajar porque, de nuevo, va demasiado abrigado para el calor. Me pregunto a dónde va todo el día y a qué se dedica, aunque tiene el aire de un vendedor de seguros muy astuto.

—Para ti, Marta. Para darte las gracias.

Me entrega un sobre, cuyo contenido se nota abultado.

—¿Por qué? —La pregunta es sincera porque había muy poco que hacer en su habitación. Ahorraba al menos veinte minutos en mi ronda diaria cuando su cuarto estaba en la lista.

—Por cuidarme, claro está.

Tiene su sonrisa plástica puesta, y me pregunto si está haciendo un espectáculo deliberado de darme una buena propina delante de Astrid. Pablo me dice que soy una cínica, probablemente por demasiados huéspedes tacaños, arrogantes y groseros. Dice que necesito volver al mundo de la confianza. Pero yo no confío en Isaac Marston ni un ápice.

Una vez dicho, eso no me impide aceptarlo.

—Un placer. —Meto el sobre en mi bolso justo cuando Astrid se acerca.

—Marta. Qué bien lo pasé ayer. Fue un placer conocerte a ti y a Pedro.

Se coge del brazo de Isaac, como advertencia de que me olvide de intentar nada con él (ni que fuera a hacerlo), y ni me molesto en corregirla por confundir el nombre de Pablo.

—Igual llamamos por lo de la piscina —dice Isaac.

Me pregunto qué pensó de la villa de Astrid y si disfrutó del recorrido guiado. Debió de hacerlo, porque sospecho que podría estar mudándose con su nueva novia. Según el registro del hotel, tenía previsto quedarse otra semana más.

—Pablo estará encantado de pasarse y valorar opciones —digo.

Y es cierto.

—Adiós… —ronronea Astrid, ya haciendo señas al botones para que traiga su equipaje. Tiene cinco maletas de piel de leopardo, apiladas en el carrito chapado en oro, que están sacando por la puerta principal, y un taxista le sostiene la puerta del coche abierta.

Por un instante, olvido que Astrid es de la realeza noruega, aunque a varias generaciones de distancia. Está interpretando un papel en el que no se siente segura. Puede que tenga dinero, pero por dentro es como una niña, insegura, desesperada por agradar, aferrándose a Isaac como si él fuera la solución a todos sus problemas.

Cuando el taxi se aleja, pienso que es la última vez que los veo.

✳✳✳

Termino de trabajar antes de lo habitual y, al llegar a casa, me quito los zapatos cerrados de un tirón y los lanzo al otro lado de la habitación. Puedo oler el guiso de pescado característico de Pablo y me doy cuenta de que estoy hambrienta.

Pablo se gira desde la cocina y me lanza un beso. Antes de decir nada, le lanzo el sobre cargado. Con un movimiento lateral, lo atrapa, pero no antes de chocar contra el borde de la mesa.

—¿Qué? ¡Hostias! ¿Va en serio? —dice, contando los billetes y repitiendo la secuencia un par de veces más—. Quinientos euros. Guau.

No sé qué decir. Es una cantidad enorme, teniendo en cuenta que Astrid no dejó propina. No tengo ni idea de lo rico que es Isaac, pero la propina es definitivamente exagerada para el papel tan escaso que jugué durante su estancia en el hotel. Me sigue molestando que prefiera que le llamen Isaac cuando su nombre es George. Aún no se lo he contado a Pablo, ya que el hotel es muy estricto con los temas de confidencialidad. Incluso en lo que respecta a la familia.

—Lo sé. No sé si debería haberlo aceptado —digo, preguntándome si Isaac siempre deja propinas tan generosas. ¿Qué gana él con eso?

—Debes de haber hecho un buen trabajo —dice Pablo—. O puede que…

—¿Puede que qué?

Sé lo que va a decir. Que le he dado esperanzas a Isaac.

El rostro de Pablo se nubla y tira el sobre en la mesa.

—Le gustas. Te lo dije —dice, y sale pisando fuerte, coge una botella de cerveza por el camino y abre el tapón con los dientes.

—¡No hagas eso! —grito—. Te vas a romper los dientes y no pienso gastarme en un dentista las propinas que tanto esfuerzo me ha costado ganar.

—Lo que tú digas —responde secamente.

Estamos sentados en un silencio sombrío afuera, cada uno sosteniendo un cuenco de guiso, cuando suena el teléfono de Pablo. Él no se levanta, suponiendo que es mi móvil y que será para mí. Nadie le llama nunca.

—¿No vas a cogerlo? —pregunto.

—¿El qué? —Mira a izquierda y derecha, sin saber qué se supone que debe coger.

—Tu teléfono —grito, volviendo a entrar y lanzándole el móvil.

—Diga —contesta la llamada, asumiendo que es un número equivocado. Pero de repente se incorpora un poco, recogiendo sus largas piernas—. Me alegro de escucharte. Sí… Me encantaría ir. ¿Cuándo te viene bien?

Solo oigo un lado de la conversación, pero sé al instante quién llama. Pablo me guiña un ojo, con el teléfono pegado a la oreja.

¿Por qué me siento tan inquieta? Debería compartir la emoción de Pablo. Pero todo va demasiado rápido, demasiado extraño, y algo no encaja. Tiemblo bajo el sol de la tarde, preguntándome qué es lo que me preocupa tanto.

Capítulo 47

Recojo a Pablo después de mi turno, y conducimos los diez minutos hasta la Casa de Astrid. Una placa azul de cerámica elegante está colocada en la entrada de la villa.

—Me pregunto cuándo será Casa de Isaac y Astrid. —Pablo se ríe mientras las puertas metálicas se deslizan para dejarnos entrar.

Estamos bastante sincronizados, Pablo y yo, porque yo estaba pensando exactamente lo mismo.

—Quién sabe.

Quién sabe, en efecto.

Aparco junto al muro perimetral, en una pequeña zona de sombra. Estoy empapada en sudor, y la ansiedad no ayuda. Espero que Pablo se comporte. Es hablador y no se impresiona con el dinero como yo. Es una de las razones por las que le quiero tanto. Sabe que vale tanto como cualquiera, a pesar de estar pasando una mala racha. Él lo llama un bache temporal. Ojalá.

Isaac se acerca paseando, sin señales aún de Astrid, y extiende la mano hacia Pablo.

—Pablo. Me alegro de verte. Ven, te enseño la casa.

Me sonríe, pero pone un brazo familiar sobre los hombros de Pablo y lo lleva en dirección opuesta a la entrada de la villa. Pablo hace una mueca visible, pero me guiña un ojo por encima del hombro.

Me acerco a la puerta principal y veo dentro a Astrid moviéndose de un lado a otro. ¡Por Dios! Si pensaba que su habitación de hotel era un desastre, esto es a otra escala. El interior de la villa parece como si un tornado lo hubiera arrasado o como si un ejército de ladrones lo hubiera destrozado. Una mesita auxiliar está volcada y una lámpara colorida yace de lado en el suelo. Cada superficie está cubierta de papeles, ropa, libros y toda clase de parafernalia.

Lo primero que impacta son todos los colores. Las paredes están cubiertas de cuadros, posiblemente obras originales, formados por manchas chillonas de color espeso. Como si los hubiera pintado un niño en la guardería con su primer set de pintura.

—¿Te gustan? —pregunta elevando la voz desde un rincón lejano.

—Sí —miento. ¿Qué más puedo decir? Obviamente son elección de Astrid.

—Los pinté todos yo misma —anuncia, con un orgullo que irradia desde una sonrisa infantil. De nuevo, busca la confirmación de que lo está haciendo bien.

—Son increíbles —digo, caminando de cuadro en cuadro, de pared en pared. Debe haber al menos diez lienzos emborronados.

—Pintar es lo que más feliz me hace. Tengo un caballete en la terraza de la azotea, y cuando hace fresco, temprano por la mañana o al atardecer, me pongo a crear. —Se ríe con un leve tono infantil. Si esto es crear, me pregunto qué se supone que representan. Me da miedo imaginarlo—. Isaac cree que tengo verdadero talento.

Él qué va a decir. Yo en cambio no estoy tan segura.

El diseño de la villa es impresionante. Los techos son tan altos que necesitarías una escalera muy larga para llegar a las trampas de polvo en las esquinas. Entonces me pregunto quién se ocupa de este lugar. Aunque todo está hecho un desastre, más que nada es el desorden. Muebles descolocados, ropa por todas partes (sí, montones de ropa, incluso en la sala de estar) y platos medio vacíos (o medio llenos, según el hambre que tengas) con aperitivos. Hay una bandeja de fruta recién cortada y a medio comer. Mientras Astrid habla, se lleva a la boca una rodaja de manzana y la cruje.

Pero a pesar del desorden, no hay señales de marcas, moho o pintura desconchada. La estructura es sólida, las paredes pintadas de un blanco reluciente y, si miro con suficiente atención, estoy segura de que puedo ver mi reflejo en las brillantes baldosas de mármol crema.

Astrid parece leer mis pensamientos.

—Perdona, está un poco desordenado. No soy muy buena manteniendo la casa, pero es que vivo sola. —Se sonroja—. Hasta ahora, claro. Isaac ha mencionado que el desorden no es lo suyo y sugiere que contratemos una empleada doméstica.

—Oh. Sí, podría ayudar. Especialmente mientras estás ocupada pintando.

Me salvo de decir más con la llegada de Pablo e Isaac, que entran por las enormes puertas acristaladas del patio. Pablo está sudando de arriba abajo, pero Isaac parece frío como un témpano. Su piel es tersa, ni un cabello fuera de lugar, y decir que está impecable es poco. Por una vez lleva pantalones cortos, pero, al igual que sus pantalones largos, con la raya perfecta. Y su camisa de lino, es increíble lo lisa que la lleva (ni idea de cómo, porque mi vestido de lino se arruga al minuto de ponérmelo). De hecho, todo en él parece extrañamente simétrico. Como un robot perfecto.

Astrid corre hacia ellos.

—¿Y bien?

—Bueno, Astrid. Creo que Pablo podría ser nuestro hombre.

—¿De verdad? Oh, Isaac, qué maravilla —exclama, como si Isaac fuera a construir la piscina él mismo.

Mientras Astrid se deshace en elogios hacia su nuevo novio y lo que parece un futuro emocionante juntos, no puedo evitar preguntarme a qué velocidad Isaac ha asumido el control de la gestión del hogar.

—Y… —Isaac aparta suavemente la mano aferrada de Astrid y dirige su mirada inquietante hacia mí.

Trago saliva con fuerza. Supongo lo que va a decir. Pablo ha cruzado los brazos y me observa como si hubiera ganado la lotería. Se me acelera el corazón y me pongo a sudar, como si estuviera a punto de recibir una mala noticia.

—Además de que Pablo se encargue de la construcción de nuestra nueva piscina, junto con un poco de mantenimiento del jardín, Astrid y yo pensamos que nos gustaría ofrecerte el puesto de empleada del hogar. Te doblaríamos el salario, el doble de lo que cobras en Los Molinos. ¿Qué dices, Marta?

Pablo sonríe de oreja a oreja y ha entrelazado las manos. No sé si en señal de oración —rezando para que acepte— o congratulándose. Pero yo estoy en *shock*, no estaba nada preparada para esto.

Cuando no respondo de inmediato, las manos de Pablo caen a los costados y una expresión suplicante domina su rostro. No sé qué decir. Me gusta mi trabajo en el hotel, aunque el doble de salario nos abriría nuevas oportunidades. El problema es que no me gusta que me impongan las cosas, y siento que Isaac me ha acorralado deliberadamente.

—Además. Astrid, ¿recuerdas que mencionamos el anexo que hay detrás, pasando por el garaje? —Isaac mira fijamente a su novia.

Ella se toma un momento, frunce los labios. Parece que intenta recordar dónde está el anexo.

—¿El anexo? —pregunta.

—Quizá podríamos ofrecer alojamiento como parte del paquete de empleo para Marta y Pablo. Podrían ser empleados internos. Bueno, internos, pero viviendo fuera. —La risa de Isaac resuena contra techos y paredes. El ruido me hiela los huesos.

Astrid vuelve a tomar su mano y susurra cubriéndose la boca. Pero Isaac la aparta de nuevo con un empujón, aparentemente ignorando cualquier sugerencia que pueda estar haciendo, y extiende sus largos y delgados dedos bronceados hacia Pablo otra vez.

—¿Qué dices, Pablo? ¿Te gustaría mudarte?

—Marta. ¿Qué opinas?

Pablo me mira, desesperado por que acepte. Es un sueño hecho realidad para él. No puedo decirle lo que realmente pienso. Además, tengo la sensación, y creo que Astrid también, de estar siendo coaccionada para aceptar algo de lo que no estoy segura.

En cambio, digo:

—Si eso es lo que quieres, Pablo, cuenta conmigo.

—Genial. ¿Cuándo puedes empezar? —pregunta Isaac.

Mientras Pablo está atento a cada movimiento de Isaac, noto que Astrid se ha alejado más de nuestro pequeño grupo.

Sospecho que esto no estaba en sus planes. Al fin y al cabo es su villa, y sin duda esperaba tener a Isaac para ella sola.

Parece que él tiene otros planes.

Capítulo 48

Pablo y yo llevamos ya una semana entera trabajando en la villa. Ha sido ajetreado, pero por fin nos hemos instalado, con todo, en el pequeño anexo que hay detrás. Es una antigua casa rústica que debe de haberse construido años antes que la villa. Sin duda, contrasta mucho con ese enorme monstruo blanco y moderno. Pero para nosotros es más que perfecta.

El pequeño jardín está muy apartado, y Pablo ya está planeando plantar un limonero y un mandarino. Realmente es un pequeño paraíso. Ni que decir tiene que está seguro y apartado porque lo rodean unos muros enormes. Solo los pájaros pueden mirar desde fuera.

Astrid está embobada de emoción. No creo haber visto nunca a nadie tan feliz, y durante los primeros días me prepara café, me ofrece todo tipo de refrescos durante el día, y sangría y vino blanco por las tardes antes de que Isaac llegue a casa. Pero en cuanto oye el motor del coche al pasar por las puertas, busca alguna excusa para decir que tiene cosas que hacer y que debe preparar la cena de Isaac. A pesar de que yo he sido quien ha hecho la mayor parte de los preparativos, sin contar las compras, picar los ingredientes y cocinar lo que Astrid pide.

Esta noche, en cuanto Isaac aparece, me escabullo en dirección contraria y solo vuelvo cuando es hora de empezar a cocinar. Y a servir. Isaac no para de añadir tareas a mi lista de responsabilidades. Está decidido a sacar partido a su dinero, desde luego.

Aunque en apariencia todo parece ir bien entre los tortolitos —muchos besos espontáneos, manos cogidas y miradas—, Isaac siempre parece rígido. Como si ocultara algo. Astrid no lo nota, aunque no cabe duda de que se esfuerza de verdad por no desordenarlo todo a su paso.

—Hoy parece todo mucho más ordenado, Astrid —dice Isaac como primera frase al llegar—. Bien hecho.

Me pregunto si le pondrá una estrella dorada. Es tan condescendiente.

—De verdad que lo intento —dice ella con voz melosa.

—Eso es lo que importa —responde él—. Al menos lo estamos intentando.

Luego le acaricia la cabeza como si fuera un cachorro, pero yo sé que no debo quedarme mirando.

Me escabullo a la cocina y me pongo a preparar la cena. Pescado a la parrilla, espinacas y patatas nuevas. Es la dieta habitual que Isaac pide cada mañana. Esta noche Astrid se ha atrevido a contradecirlo con la elección del entrante, y ahora estoy siendo testigo de la primera pequeña discusión entre ellos. Bueno, una discusión a su manera. Voces calmadas e insinuaciones en lugar de gritos como los que Pablo y yo soltamos, con algún que otro objeto volando.

—¿Qué es esto? —exige Isaac, señalando los macarrones con queso.

—Algo diferente. Te encantará. Marta los ha hecho exactamente como me gusta. Venga, prueba. —Astrid ya ha pinchado con el tenedor un par de tubos de pasta cubiertos de queso.

—No. No voy a comer esto. Lo siento, Astrid, pero ya te dije que me gusta la comida sencilla y buena. Y que no engorde —añade. Se atreve a levantarse la camiseta y se da unas palmaditas en un estómago muy delgado, como de chapa ondulada.

—Ay, perdón —dice, dejando caer el tenedor y la boca al mismo tiempo—. Yo tampoco lo voy a comer.

¿Qué? He pasado un buen rato trabajando con la receta de Astrid para que quedara perfecta. Ella estaba tan feliz en la cocina conmigo, mientras se bebía el vino de cocinar a tragos. No podía esperar a que Isaac lo probara.

—Buena idea —dice—. Bueno, ¿qué has pescado hoy, Marta? —me pregunta, señalándome en mi puesto de centinela junto a la puerta de la cocina.

—Lubina, Isaac. Está muy fresca.

Siento que es culpa mía que los macarrones con queso no hayan sido bien recibidos. Me encantaría volcarle todo el plato encima.

—Bien. Suena delicioso. Y, Marta…

¿Ahora qué?

—Creo que sería mejor que te refirieras a mí como señor Marston, o señor, quizá, mientras trabajes aquí. ¿No crees?

No, claro que no.

—Por supuesto, señor —digo.

Astrid está bastante callada durante el resto de la comida. Es como si estuviera sentada en el rincón de castigo. Isaac come su pescado fresco con gusto, limpiándose de vez en cuando la comisura de los labios llenos con el borde de una servilleta blanca, perfectamente planchada y crujiente. Es extraño, porque recuerdo haberlo visto comer paella, e incluso filete con patatas, en el hotel. Lo del pescado a la parrilla, ahora que se ha mudado a la villa, probablemente sea un esfuerzo por controlar los hábitos poco saludables de Astrid. Aunque está siendo demasiado estricto.

—Estaba delicioso, gracias, Marta. ¿Y si recoges y Astrid y yo nos sentamos en el patio? ¿Podrías rellenar la jarra de vino?

—Por supuesto, señor. Ahora mismo.

Isaac se acerca al lado de Astrid en la mesa, le planta un beso sobre su cabello rubio ceniza y le echa la silla hacia atrás.

—Ven, cariño. Vamos a sentarnos fuera y a poner el mundo en orden.

Astrid asiente y su sonrisa vuelve poco a poco. Se agarra a su brazo y desaparecen.

¿Por qué pienso en un barco hundiéndose? Ella estaría mejor aferrándose a otra cosa que no sea este tipo tan desagradable.

Isaac es demasiado falso y me hiela la sangre.

Capítulo 49

Isaac no está mucho por aquí los siguientes días. Astrid me dice que está trabajando fuera y me confiesa cuánto lo echa de menos.

Qué pena que los propósitos de Astrid de ser más ordenada parecen haber caído en saco roto. Me pego la mayor parte del tiempo recogiendo por donde pasa.

No hay duda de que ella es más feliz con su mono de pintora, que consiste en un duro amasijo de lo que una vez fue un material blanco, ahora pegado con gruesas manchas de pintura. Está desesperada por mostrarme su última obra, pero tengo instrucciones estrictas de no echar un vistazo a la terraza del tejado hasta que ella me dé el visto bueno. Al parecer, es su mejor obra hasta ahora.

Pablo ha empezado a conseguir materiales para la nueva piscina. Azulejos. Hormigón compactado. Y excavadoras mecánicas. Isaac también le ha pedido que se encargue de los jardines, una tarea enorme, ya que todo está manga por hombro. Pablo está ocupado todo el día, todos los días, no come más que un sándwich rápido a mediodía, pero nunca le había visto tan entusiasmado. O tan feliz. Informa de sus avances a Isaac casi todas las noches, y se queda dormido cinco minutos después de apoyar la cabeza en la almohada.

Me quedo paralizada al oír una llave en la puerta principal, pues aún no son las tres de la tarde. Isaac ha llegado temprano, de hecho, un día completo antes de lo esperado, y no creo que Astrid lo sepa. Ella está en el tejado, lanzando con alegría pintura sobre un lienzo, cuando su voz retumba por toda la villa.

Aunque he conseguido ordenar la mayor parte de su desastre, noto pequeñas manchas de pintura en el suelo. Hay un pequeño rastro de gotas brillantes que sube por las escaleras hasta el tejado.

No. No. No.

Me escabullo hacia la cocina, lleno un cubo con agua tibia y jabón y rezo para que la pintura se pueda limpiar antes de que se seque. Astrid debe haber dejado el rastro cuando bajó para usar el baño.

Cuando salgo con el cubo, Isaac mira fijamente al suelo.

—¿Qué demonios? —gruñe, con una voz profunda y amenazante.

Se agacha, pasa un dedo por una mancha amarilla y me mira. Mis piernas parecen gelatina. Percibo su enfado y su repugnancia.

—¿Has hecho esto tú? —me escupe.

¿Qué puedo decir? ¿Que lo dejó Astrid? Seguro que sabrá que fue Astrid, porque ella es la que pinta. Ella también es la dueña de la puñetera villa.

—Astrid está en la terraza del tejado. Está pintando —digo, ignorando la pregunta.

Arroja su maletín sobre el sofá (normalmente lo coloca con cuidado en el armario de abajo) y avanza por el pasillo. Oigo sus pasos subiendo las escaleras y luego una puerta cerrarse de golpe cuando sale para unirse a Astrid.

Me encuentro mal. Me encuentro tan mal, de hecho, que frotar la pintura me hace sentir peor. He tenido que usar un poco de disolvente, y el olor a trementina es insoportable.

El silencio parece durar una eternidad. Parece una eternidad, pero la puerta de la terraza del tejado se abre después de solo unos minutos. Oigo sollozos, sollozos convulsivos y fuertes, y los pasos de Isaac regresando.

Pronto está de pie sobre mí, mientras yo estoy ahora de rodillas y manos, absorbiendo la mezcla de pintura suelta. Gracias a Dios, estoy quitando lo peor de la pintura. Él no dice nada, solo observa. De nuevo, tengo la necesidad imperiosa de lanzarle el cubo de agua. Sus impecables pantalones crema piden a gritos que los estropee. Desgraciado.

Pero sé cuándo debo callar, así que mantengo la mirada fija en el trabajo que tengo entre manos.

Después de unos cinco minutos, que más bien parecen un par de horas, finalmente se aleja. Lo oigo subir la gran escalera de caracol hasta el primer piso. Se estará duchando y, con suerte, lavando algo de su furia.

Cuando Astrid finalmente aparece, sus ojos están hinchados y no hay rastro de su mono de pintora. Tiembla como una hoja.

—¿Estás bien? —susurro.

Ella simplemente asiente, antes de salir y desplomarse sobre una tumbona al sol. Incluso desde dentro, puedo oír sus sollozos suaves pero constantes.

***

Vuelvo al anexo antes de preparar la cena de Isaac y Astrid. Pablo está dentro tomando un vaso grande de agua. Parece agotado pero relajado. Dudo que Isaac lo trate como trata a Astrid, o a mí, para el caso. Sospecho que nuestro jefe es un misógino latente. Simpático con los hombres, pero no tanto con las mujeres.

Le cuento a Pablo lo que pasó, pero, en lugar de ponerse del lado de Astrid, se atreve a decir:

—Bueno, la tía es un poco cochina.

—Es su casa. Puede hacer lo que quiera. —Mi voz sube varios decibelios.

—¿Pero por qué tienes que ir detrás de ella limpiando?

—Porque es mi trabajo. Y me pagan bien.

—No entiendo qué ve Isaac en ella. Él es un tipo genial, y ella es un desastre.

Nunca había sentido un impulso tan fuerte de abofetear a mi marido. A mi Pablo. Y culpo a Isaac. Una cosa es tratar mal a su novia, pero sembrar cizaña entre Pablo y yo, eso ya es pasarse.

Estoy empezando a odiar de verdad a ese hombre.

Capítulo 50

Cuando regreso a la villa principal para preparar la cena, el lugar está mucho más ordenado. Y, aún más sorprendente, Isaac ríe y trabaja junto a Astrid para poner todo en su sitio.

—Hola, Marta. Gracias por limpiar la pintura —dice Isaac.

—No hay problema, señor.

—Astrid se ha disculpado y dice que no volverá a pasar. —Mira a Astrid mientras habla. Sus grandes dientes blancos se muestran.

¿Cómo puede quedarse con este hombre? ¿No es hora de que lo eche? Si Pablo se atreviera a menospreciarme así, especialmente delante de otros, le haría las maletas.

—Gracias, Marta —dice Astrid—. Voy a tener más cuidado.

Sus ojos siguen hinchados, pero parece que la pareja se ha reconciliado. Isaac, justo a tiempo, la abraza por detrás y apoya su mejilla en su cuello. ¿De verdad? Tiene que estar bromeando.

Pablo me ha advertido que no me meta en sus asuntos domésticos. No soy quién para opinar. Su relación es cosa suya. Y él no deja de recordarme que hemos salido bien parados. Pablo está tan feliz, por fin mirando al futuro con esperanza, con un paso ligero. Debería alegrarme por él, pero esto no pinta nada bien.

—Voy a preparar la cena —digo, y me dirijo a la cocina.

Al entrar, me dejo caer contra la pared e intento controlar mi respiración entrecortada. Al menos la cena debería ser más tranquila. Salmón a la parrilla, verduras de temporada y patata al horno están en el menú esta noche. Otra vez. Sé que Astrid querría mantequilla en su patata, pero se va a quedar en la nevera.

Al menos Astrid parece estar perdiendo algo de peso, lo que seguramente es bueno. Pero no puedo evitar pensar, ¿a qué precio?

La noche transcurre según lo planeado. Sin grandes contratiempos. Isaac está superatento, y si no le conociera bien, pensaría que se arrepiente de su comportamiento anterior. Pero apostaría mi vida a que lo hará de nuevo. Y pronto.

Entonces sucede lo más extraño. Acabo de colgar el delantal y estoy a punto de irme cuando vislumbro algo extraño. Al borde de la puerta de la cocina, veo a Isaac hincar la rodilla.

Noooooo.

No será capaz. No puede ser.

—Astrid.

Antes de que diga otra palabra, veo a Astrid llevarse las manos al rostro. Se ilumina como un árbol de Navidad.

—Astrid Olsen —continúa—, ¿me harías el hombre más feliz del mundo casándote conmigo?

Isaac está con la rodilla en el suelo, todo ángulos rectos entre las piernas y el cuerpo, rígido y torpe. Cruzo los dedos y rezo en silencio para que ella diga que no, que es demasiado pronto. Pero no. Ella está cayendo en la trampa.

—Isaac. Por supuesto que sí. Te quiero —grita y se lanza a sus brazos.

Ya podría esperar sentada si creyera que él fuera a decir que la quiere también. Lo único que dice es:

—Me haces muy feliz.

Supongo que tendrá que valer. Pero no puedo creer lo que estoy viendo. Astrid debe de estar muy desesperada.

Capítulo 51

Astrid está en un torbellino de emoción durante los días siguientes. Isaac ha reservado una luna de miel en Francia, nada menos. Sin escatimar en gastos, oí que le decía a ella. Si Astrid esperaba un destino más romántico, las Seychelles, las Maldivas, o incluso las playas doradas de Tailandia, no lo demuestra. Está fuera de sí de la emoción.

Isaac parece tener prisa por sellar la unión, y Astrid está encantada de casarse. «Cuanto antes, mejor», me dijo.

—¿Qué ropa debería llevar? ¿Con qué me caso? Marta, tienes que ayudarme.

—Por supuesto. Veamos qué opciones tienes.

Astrid tiene, en total, veinte armarios repartidos por los distintos dormitorios de la villa, y cada uno está repleto (como sardinas en lata) de conjuntos extraños y maravillosos. Compras raídas del mercado se mezclan con prendas de diseñador de primera gama. Cada vez que dejo una sugerencia sobre la cama, ella chilla, diciéndome que tengo muy buen gusto.

—¿Por qué no os tomáis unos días libres tú y Pablo cuando estemos fuera? —sugiere.

—Quizá —digo, reacia a admitir que apenas ahora estamos logrando saldar una deuda acumulada.

Astrid se acerca, me coge las manos.

—Invito yo. ¿Un par de miles de euros cubrirían los gastos? ¿Qué?

—Oh, no podría —digo.

Y tanto que podría.

—Entonces, queda decidido. Sacaré unos euros de la caja fuerte y no se hablará más del asunto.

Está casi histérica por los acontecimientos, y pienso que, si juego bien mis cartas, podría subir esos dos mil euros a un par de millones. Nunca he visto a nadie tan emocionada.

Mientras vuelve a doblar, ordenar y seleccionar prendas, susurra:

—Solo una cosa. Mejor que no se lo digamos a Isaac. Nos lo guardaremos para nosotras. —Me guiña un ojo teatral y vuelve a lo que estaba haciendo.

Desde luego, no tengo intención de contárselo a Isaac.

Más tarde, cuando me reúno con Pablo y le doy la buena noticia, está encantado. Pero cauteloso.

—No lo gastemos todo de golpe —dice, frotándose el dedo sobre la barba sin afeitar. Ha estado demasiado cansado y ocupado para afeitarse.

—Por supuesto, pero siempre he querido hacer un viaje a Italia. Roma, tal vez, unos días.

—Si eso quieres. ¿Ella ya te ha dado el dinero?

Yo me doy un toque en el bolsillo del vestido.

—Sí. Incluso lo he contado. Pero, Pablo…

Su rostro se frunce.

—¿Qué?

—Ni una palabra a Isaac. No quiere que sepa que nos ha dado el dinero.

—Mis labios están sellados. Aunque, no estoy seguro de que el secreto sea el mejor comienzo para un matrimonio.

—No podría guardarte un secreto aunque lo intentara —digo, con toda sinceridad.

La diferencia entre Isaac y Astrid, y Pablo y yo, es que nosotros somos almas gemelas. No tengo ni idea de qué es Astrid para Isaac, pero tengo muy claro que no son almas gemelas.

Pablo no lo discute.

Capítulo 52

Unos días después, Astrid e Isaac se preparan para partir.

Mientras Astrid espera en el coche a Isaac, que los conduce a Francia para una ceremonia en una capilla en Lourdes, de entre todos los sitios, él vuelve a entrar para advertirme.

—Por favor, asegúrate de que la villa esté impecable cuando regresemos —dice.

Extiende un brazo señalando el caos que ha invadido la planta baja. Astrid estaba demasiado emocionada para ordenar nada y saltaba de una cosa a otra preparando la boda y la luna de miel. Preparándose para el resto de su vida.

Isaac me fulmina con la mirada, como si yo tuviera alguna culpa y está claro que intenta contener su irritación por el desorden. No le digo que he ido frenética limpiando tras Astrid a cada paso.

—Por supuesto, señor. Lo dejaré reluciente para vuestro regreso —digo entre dientes apretados.

Pablo y yo no nos vamos hasta dentro de un par de días, tiempo más que suficiente para llevar a cabo la típica limpieza profunda de primavera. Planeamos volver unos días antes que los recién casados; en ese momento, un rápido repaso al polvo bastará.

—Una cosa más —dice Isaac.

—¿Sí?

¿Y ahora qué?

Se acerca mucho, demasiado cerca para mi comodidad, y me da un golpecito en el hombro.

—Las pinturas de Astrid. Por favor, quítalas todas, y pídele a Pablo que rellene los agujeros de los ganchos en las paredes y los pinte. Son un poco cutres, ¿no crees?

Estoy a punto de darle una bofetada a ese cabrón. En cambio, lo miro fijamente, incapaz de sonreír porque mis labios están en una especie de *rigor mortis* prematuro.

—Está bien, señor.

Cuando se ha ido y oigo el coche salir por las puertas metálicas de seguridad, corro afuera para encontrar a Pablo, que ha empezado con la excavación de la piscina.

¿Qué voy a hacer?

Astrid ha sido tan buena conmigo, e Isaac es un cerdo. ¿Quito las pinturas o no? No tengo ni idea.

—¡Pablo! ¡Pablo! —grito hacia mi marido, que no me oye por el ruido de la excavadora.

Me cubro los ojos del sol y agito frenéticamente la otra mano para llamar su atención.

Cuando me ve, para el ruido, y oigo que silba. Espero no estropearle el día, además del mío. Pero necesito contarle para que decidamos qué hacer.

Pablo siempre intenta evitar la confrontación, y le lleva cinco minutos llegar a un compromiso sobre las pinturas.

—¿Por qué no las quitamos? Yo rellenaré los agujeros y pintaré encima, y si las alineamos bien, ellos podrán decidir qué hacer con ellas.

—Hmm. Podría funcionar —digo, pero no estoy nada convencida.

—Ellos tienen que arreglar estas cosas por sí mismos, y nosotros no debemos involucrarnos —repite por enésima vez, ansioso por volver a excavar.

Espera tener la excavación principal terminada para que cuando volvamos de Roma pueda empezar a poner los cimientos. Ahora mismo come, duerme y sueña con piscinas infinitas.

Por mi parte, ya tengo pesadillas sobre lo que va a pasar cuando los tortolitos regresen de su luna de miel. No puedo reprimir un presentimiento realmente oscuro.

Capítulo 53

Roma fue mágica, tan mágica que no quiero volver. No es que la villa no sea fabulosa, sino el pensamiento de tener que enfrentarme a Isaac y Astrid.

Tomamos un taxi desde el aeropuerto de Málaga y, aunque estoy tensa y Pablo y yo no hablamos mucho, me alegro muchísimo de haber decidido volver un par de días antes que los recién casados. Tengo dos días para volver a entrar en el papel, quitar el polvo de todas las superficies y planear los menús de la semana. Espero que Isaac haya aflojado un poco lo que espera que su nueva esposa coma, pero por ahora me ceñiré a platos probados y comprobados. Pescado a la parrilla, verduras verdes y patatas nuevas rociadas con aceite de oliva, mezcladas con ajo como un capricho especial.

El taxi nos deja justo frente a las puertas, que siempre me hacen pensar en las de una prisión por lo robustas que son, y por primera vez noto una cámara de seguridad colocada bajo el parapeto del primer piso de la villa.

—Podría jurar que eso no estaba antes —digo señalándoselo a Pablo.

—Debe de haber estado ahí, simplemente no lo habías visto.

Pablo parece muy relajado, ni rastro de preocupación por volver. ¿Por qué tengo el estómago hecho un nudo y por qué estoy tan ansiosa? Estoy tan alerta que es como si hubiera tomado diez tazas de café.

Pablo marca el código en el teclado de la puerta y, cuando las puertas se deslizan hacia atrás, grito.

—Oh, no. Han vuelto antes de tiempo. Mira, Isaac está en la terraza.

No. No. No. Gracias a Dios limpiamos a fondo antes de irnos, pero puedo imaginar que el dedo errante de Isaac ya ha pasado por las superficies buscando polvo.

—Mierda —dice Pablo, pero ya está arrastrando su maleta por el camino hacia la entrada.

Yo estoy más inclinada a hacerle señas al taxista para que vuelva y me lleve lejos. A cualquier sitio menos aquí.

Hago bastante ruido al entrar en la villa, sin querer sobresaltar a Astrid con mi aparición repentina. No debería haberme preocupado porque no hay ni rastro de ella. Tampoco hay señales de sus pinturas, que Pablo y yo colocamos en fila en la planta baja contra la pared después de que Pablo rellenara los agujeros de los colgadores y arreglara la pintura.

—¿Astrid? ¿Astrid?

Me lleva un momento darme cuenta de qué es diferente. Es la ausencia de desorden, la falta de vida. Se siente y huele a hospital en el aire. Los sutiles aromas del popurrí han sido sustituidos por lejía pura sin diluir.

Además de la falta de fotos en la pared, los objetos de Astrid han sido movidos. No hay nada sobre ninguna superficie. La gran mesa con tapa de cristal está vacía, al igual que las pequeñas mesas auxiliares. Y la fuente de agua que daba la bienvenida está apagada.

Mi primer pensamiento es que quizá han decidido venderlo todo. Pasar a otros pastos. No estoy segura de que me decepcionaría tanto, porque el lugar realmente me está afectando. El cálido hogar de Astrid ha sido destruido.

Subo con sigilo las escaleras para buscar a Astrid, darle la bienvenida a casa y disculparme por no haber estado aquí.

—¿Astrid? ¿Estás ahí?

Toco un par de veces la puerta del dormitorio principal y luego pruebo la manilla.

—¿Qué haces, Marta?

Mierda. Isaac está detrás de mí, a solo unos pasos. Casi salto del susto y mi corazón empieza a acelerarse. Apoyo una mano en la pared para mantenerme firme.

—Estaba buscando a Astrid, señor.

Isaac parece realmente extraño. Lleva el pelo cubierto de gel, las ondas suaves características pegadas en su sitio, y su piel está inusualmente pálida. Parece como si un vampiro le hubiera chupado la sangre.

—Astrid está acostada. Preferiría que no subieras, salvo para limpiar.

Se adelanta y se coloca entre mí y la puerta del dormitorio.

—¿Vendrá a cenar? Tengo tu dorada favorita en el congelador. No sabía que volverías, si no, la habría comprado fresca en el Mercadona.

Me tiembla mucho la voz y las piernas me flaquean. Siento como si un padrastro malvado me estuviera regañando antes de quitarse el cinturón.

—No, no esta noche. Astrid no bajará. La dorada está bien, aunque sabes que prefiero que sea fresca. Cenaré en el patio y podrás dejarle una pequeña porción fuera de la puerta de su habitación.

¿En serio?

—¿Se encuentra bien? —Entrecierro los ojos.

No debería tener miedo de este tipo. Pablo y yo podemos largarnos de aquí cuando queramos, pero estoy preocupada por Astrid. Está llena de vida y me cae muy bien.

—Por supuesto que se encuentra bien. Ahora, si te pones a trabajar, te lo agradecería. Cenaré como siempre a las siete.

Dicho esto, se planta de espaldas a la puerta y espera a que yo baje las escaleras.

Cojo mi maleta, que dejé al pie de las escaleras, y me apresuro por el largo pasillo, atravieso la pesada puerta cortafuegos hasta el sótano y no paro hasta salir a salvo por el garaje.

Cuando llego a nuestra casa, grito:

—¿Pablo? ¿Pablo? ¿Dónde estás?

Entro corriendo y salgo otra vez hasta que lo encuentro. Ha abierto una botella de cerveza y está relajándose en la parte trasera, a la sombra.

—Aquí estoy. ¿Qué pasa?

¿Por dónde empiezo?

Capítulo 54

Pablo, por supuesto, me dice que estoy exagerando.

—¿Ah, sí? Entonces, ¿por qué me siento tan mal? Algo está pasando.

Me falta el aliento y me cuesta hablar.

—¿Como qué?

—Creo que Isaac es agresivo y que se casó con Astrid por el dinero.

—No me digas.

Pablo no está preocupado. Sé que él también piensa que probablemente el dinero de Astrid fue la principal razón de Isaac para casarse, pero, en lo que a Pablo respecta, eso no nos atañe. Él quiere el trabajo, y punto.

—¿Crees que ella podría estar en peligro?

No sé por qué pienso esto, pero es por la forma en que Isaac le habla. No soy capaz de confesarle a Pablo lo incómoda que me hace sentir Isaac.

—Marta, creo que estás exagerando algo que no es para tanto.

—¿No has visto lo ordenada y vacía que está la villa ahora que han vuelto? Es como si el pasado de Astrid hubiera sido borrado de la memoria. Ya no queda nada de ella a la vista.

—Quizá quieran darle un nuevo aire al sitio. Juntos.

Suspiro. Pablo ha caído en la trampa de Isaac. Al fin y al cabo, es un hombre.

—Bueno, me voy a preparar la cena. Astrid come en su habitación, ¿sabes? Me lo ha dicho Isaac.

Eso capta la atención de Pablo.

—¿Y eso? ¿Está enferma?

—Podría estar muriéndose, yo qué sé. Cuando le suba la bandeja, intentaré hablar con ella.

—Marta. Ya te lo he dicho. No te metas.

—Está bien.

Pero no está bien en absoluto, y desde luego no pienso mantenerme al margen. Me preocupa Astrid y necesito saber que está bien.

Pablo está demasiado relajado, así que no me quedo. Él ya ha terminado por hoy, y yo lo dejo descansando afuera. Me doy una ducha rápida, me pongo el delantal y vuelvo a atravesar el garaje, subir las escaleras y pasar por la puerta cortafuegos hacia la villa. Es como si fueran dos mundos paralelos.

No se oye ningún ruido. No hay rastro de Isaac. Pelo unas patatas nuevas, sazono el pescado que dejé descongelando y preparo las verduras.

A las 6.55, escucho pasos.

—Marta. ¿Está lista mi cena? —Isaac asoma la cabeza por la puerta de la cocina y muestra su sonrisa plástica.

—Estará en la mesa en cinco minutos. ¿Quieres que prepare una ración más pequeña para Astrid?

Ya se está alejando, eligiendo ignorarme.

Preparo su comida, sirvo su vino tinto favorito y llevo todo a la mesa del patio, que ya había puesto antes.

Isaac tiene las piernas estiradas hacia un lado, una servilleta reposando sobre sus impecables pantalones cortos y, si no me equivoco, está tarareando. Por mucho que me tiente volcarle la comida encima, la dejo en la mesa. Recuerdo lo que dijo Pablo. No te metas en asuntos domésticos.

—Pinta bien, Marta. Pablo es un hombre con suerte —dice, con el cuchillo y el tenedor listos para atacar.

—Dejaré una ración fuera del dormitorio para Astrid —digo, subiendo el tono al final como si fuera una pregunta.

—Vale. Pero toca la puerta muy suave por si está dormida. Preferiría que no tuvieras mucho trato con mi esposa.

Ya está zampándose el pescado, quitándole la espina con destreza como un pescadero, y tomando sorbos regulares de vino tinto. Feliz como un cerdo en la mierda es lo que me viene a la mente. Es en este momento cuando sé, con certeza, que Isaac se ha casado con Astrid únicamente por su dinero.

Capítulo 55

Llamo suavemente a la puerta del dormitorio. Cuando Astrid no responde, intento de nuevo.

—¿Astrid? Soy yo, Marta. ¿Estás bien? —Contengo la respiración, apoyo el oído en la puerta—. ¿Astrid? —repito.

Oigo un gemido suave desde dentro. Está intentando comunicarse, pero parece que le cuesta. Miro por encima del hombro, bajando por la larga escalera para asegurarme de que no hay rastro de Isaac, y entonces pruebo la puerta. Está cerrada con llave. Intento otra vez, pero definitivamente está cerrada con llave.

—Astrid, no puedo entrar. ¿Puedes abrir la puerta?

Los gemidos se hacen más fuertes, y apenas distingo la palabra «no». No puede abrir la puerta.

—¿Llamo a Isaac?

Ahora estoy tan preocupada de que pueda estar realmente enferma que parece una pregunta obvia a pesar de mis sospechas.

De algún modo, Astrid logra decir un fuerte «¡no!».

Tengo razón. Isaac la tiene encerrada con llave.

—No te preocupes, Astrid. Te sacaré de aquí. Tendrás que esperar hasta mañana, hasta que Isaac se vaya al trabajo. ¿Vale?

Me muerdo el labio, cierro los ojos y rezo una pequeña oración.

—Vale. —Creo que eso es todo lo que va a decir, hasta que escucho un ahogado—: Gracias, Marta.

Dejo la bandeja junto a la puerta y me deslizo de nuevo escaleras abajo, hacia el patio.

—¿Has dejado la bandeja fuera de la puerta? —Es la primera pregunta que Isaac hace cuando reaparezco.

—Sí, señor. He tocado flojo, pero no ha habido respuesta.

Lo miro fijamente. Se está limpiando los labios como siempre. El plato está tan limpio que podría haber salido del lavavajillas. No queda ni un resto. Ha conseguido mover las espinas del pescado a su plato auxiliar sin dejar ni una mancha. Ojalá la próxima vez se atragante con una espina.

—Estará dormida. Creo que debe haber pillado un virus durante el viaje. Pero es fuerte. Estará de pie y activa en un par de días.

¿Por qué sonríe? ¿Sabe que es poco probable que se recupere tan pronto?

Ya estoy imaginando lo peor.

Recojo los platos, limpio la mesa y ordeno la cocina. Parece que no tengo otra opción que esperar hasta mañana para rescatar a Astrid.

***

Como de costumbre por las mañanas, Isaac se va temprano. Envió un mensaje a Pablo poco antes de las seis, pidiéndole que lo llevara a Marbella y que esperara hasta que terminara sus reuniones.

Pablo está haciendo de chófer cada vez más. Aunque está frustrado por alejarse de la construcción de la piscina, le encanta conducir el Mercedes. Además, sentarse en un coche de lujo con aire acondicionado tiene ventajas frente a trabajar a la intemperie bajo el calor abrasador.

Una vez que Pablo e Isaac se van, alrededor de las siete, corro hacia la villa y estoy a punto de subir las escaleras cuando veo a Astrid desplomada en uno de los sofás crema al fondo del salón.

—Astrid. —Gracias a Dios. Está viva. Al menos mis peores pesadillas no se han hecho realidad—. ¿Estás bien? Estoy muy preocupada.

—Estoy bien.

Tose, y parece todo menos bien. Su rostro está hundido, y ha perdido mucho peso. Han pasado menos de dos semanas desde que se casaron, y ya parece un esqueleto.

—¿Quieres que te traiga algo? ¿Una bebida caliente? ¿Fruta? ¿Cualquier cosa?

—Quiero que me pidas un taxi. En treinta minutos para que me lleve al puerto.

—¿Al puerto? ¿Estás fuerte para eso?

—Por favor, Marta. Haz lo que te digo.

Astrid lucha por levantarse y, cuando lo consigue, cojea tambaleándose hacia las escaleras. Lleva puesto un camisón largo, sucio y antes blanco, que le llega más abajo de las rodillas. Se agarra al pasamanos para levantarse, centímetro a centímetro.

Saco el móvil y busco en Google compañías locales de taxis. La primera que llamo dice que pueden estar aquí en quince minutos. Les digo que está bien, que mejor si llegan antes. Sé que Astrid pagará lo que cueste la carrera.

Diez minutos después, Astrid reaparece con un bolso grande y vestida con ropa de colores muy vivos. La blusa amarilla y el chal púrpura chocan, pero está tan decidida a marcharse que dudo que le importe su aspecto. Su cabello fino parece caerse; veo un pequeño enredo de mechones pegado a un hombro.

Le abro la puerta principal y ella se detiene unos segundos. Parece intentar calmar su respiración. Cierra los ojos.

—Marta. Ven aquí —dice. Abre los brazos y me atrae débilmente hacia ella—. Puede que esta sea la última vez que me veas, pero gracias. Ten cuidado con Isaac. Es un hombre muy peligroso.

—¿No deberíamos ir a la policía? —Mis ojos están abiertos y suplicantes.

—Ya es demasiado tarde para eso. Adiós, Marta, y recuerda: ten cuidado.

Dicho esto, Astrid se marcha.

Capítulo 56

Después de que ella se haya ido, el tiempo se detiene. Siento que espero mi turno en el corredor de la muerte.

No consigo hacer ningún trabajo, estoy tan aterrada por todo lo que está pasando. Me da pavor lo que pueda suceder cuando Isaac se entere de que he sido clave en la partida de Astrid.

Me siento rígida en una silla dura durante las siguientes dos horas. Miro el reloj cada pocos minutos, así como el móvil. He enviado mensajes a Pablo media docena de veces, pero ni siquiera ha leído los mensajes. Contestar llamadas mientras estás de servicio es tabú. Otra cosa que Isaac no tolera.

Salto de la silla cuando escucho más de un par de pasos subiendo desde el garaje. Al menos Pablo debe estar con Isaac, lo que me da un pequeño consuelo, pero estoy muerta de miedo. Es como si hubiera planeado una fuga de Colditz, y estuviera a punto de ser interrogada por un comandante nazi.

Cuando finalmente aparecen los dos, ya estoy de pie, limpiando superficies impecables con un paño nuevo.

—¿Dónde está Astrid? —gruñe Isaac, mirando a su alrededor. Se dirige hacia la terraza, se detiene junto a las puertas de cristal y vuelve su mirada pétrea hacia mí—. ¿Marta? ¿No me has oído? ¿Dónde está Astrid? ¿Sigue en el dormitorio?

Apenas puedo hablar, tengo la boca tan seca. Necesito ser honesta, en la medida de lo posible, sin decirle a dónde se ha ido.

—Se ha ido.

—¿Qué? —grita—. ¿A dónde se ha ido?

Vuelve hacia mí, hasta estar tan cerca que puedo oler su aliento agrio. Su tono es un rugido ominoso.

—No tengo ni idea. Llamó a un taxi.

Estoy temblando tanto que me apoyo en la mesa.

—¿La dejaste salir en el estado en que está? Debes estar bromeando.

—Ella insistió en que estaba bien. No me corresponde a mí decirle dónde puede o no puede ir.

Pablo se queda atrás, pero me lanza dagas con la mirada. Sabe que cuando estoy acorralada, mi temperamento latino puede jugar en mi contra.

—Quizá deberías haber usado un poco de sentido común. ¿Desde dónde llamó?

—Tomó prestado mi teléfono.

De repente caigo en que Isaac podría haber confiscado el móvil de Astrid.

—¿Se lo prestaste? Dámelo —ordena, extendiendo la palma.

Camino muy despacio hacia la cocina. Sé que mi teléfono está allí. Isaac podrá rastrear la compañía de taxis que usó Astrid, quizá también averiguar dónde la dejó. Pero al menos ya se ha ido hace rato. Si está planeando una fuga, espero que esté a kilómetros de distancia.

Le entrego mi teléfono a regañadientes y observo cómo Isaac desplaza frenéticamente las llamadas recientes. Se conecta al último número marcado.

—¿Es Marbella Taxis? Necesito información sobre dónde dejaron a mi esposa. El nombre es Marston. Señora Astrid Marston. Es urgente.

Cinco minutos después, Isaac ordena a Pablo que regrese al Mercedes.

—Y Marta. Contigo hablaré después. —Señala mi frente con un dedo huesudo. Pienso en pistola y gatillo.

Mientras se van por segunda vez, sé que nuestro tiempo, el de Pablo y mío, se ha acabado. Tenemos que salir de esta villa, y alejarnos de Isaac lo más posible.

Si tan solo no hubiera dejado Los Molinos.

***

Las siguientes dos horas son una tortura. Deambulo dentro y fuera, subo y bajo escaleras. Cuando me siento, me muerdo las uñas hasta el hueso. A pesar de las tazas de té de manzanilla, el estómago se me revuelve.

Pablo e Isaac regresan unas dos horas después. Cuando aparecen, ninguno de los dos habla. Ambos tienen las manos metidas en los bolsillos. Parecen hermanos conspiradores que han estado tramando algo malo.

—¿Habéis encontrado a Astrid? —Me tiembla la voz.

—No. No la hemos encontrado —dice Isaac.

Todo su cuerpo parece tenso, rígido, su mandíbula parece haberse trabado y una vena late en su cuello.

—Oh. —Miro a Pablo, y él se encoge de hombros—. Estoy segura de que volverá pronto —digo.

No espero que Isaac se muestre entusiasmado ante esa posibilidad, pero su respuesta es críptica.

—Lo dudo. Creo que se ha ido.

—¿Se ha ido? ¿A dónde?

—Eso querría saber yo. —Isaac suelta una risa sarcástica. Parece trastornado—. Ahora, Marta, en lugar de preocuparte por cosas que no te incumben, preferiría cenar temprano.

—Por supuesto. Puedo tenerlo listo en media hora, señor.

—Perfecto. De nuevo en la terraza, por favor. Y me gustaría vino blanco esta noche. Quizá un Chablis frío.

¿Por qué siento que está celebrando algo? Es como si hubiera descubierto, con certeza, que Astrid ha volado al Círculo Polar Ártico, para no volver jamás.

Cuando finalmente termino mi jornada, corro a casa para buscar a Pablo, pero está profundamente dormido en el sofá. Es una imagen reconfortante, porque si algo hubiera ido realmente mal esta tarde, seguramente me estaría esperando despierto.

Pero nunca podré dormir, no hasta saber qué pasó cuando Pablo e Isaac fueron a buscar a Astrid.

Capítulo 57

—Pablo. Pablo. Despierta. —Tengo que gritarle al oído, está tan profundamente dormido que no reacciona.

Se estremece, pero lo sacudo con violencia para llamar su atención.

—Maldita sea. ¿Qué pasa?

Se estira y bosteza. No parece preocupado en absoluto.

—¿Encontraste a Astrid en el puerto? —Le tiro del brazo—. Pablo. Despierta. Esto es serio.

Se sienta, se frota los ojos y me mira, todavía sin mostrar preocupación alguna.

—No, no la encontramos. Pero ella había estado allí. ¿Por qué? ¿Cuál es el problema?

—¿Cuál es el problema? Debes estar bromeando. —Rodeo el sofá, apretando los puños—. Ayudé a Astrid a escapar. Llamé al taxi. Estaba realmente mal. Ha perdido un montón de peso y parece muy enferma.

Por fin tengo su atención, pero le preocupa más la frase «Ayudé» que «parece muy enferma».

—Te dije que no te involucraras.

Se incorpora y se cubre la cara con las manos, como si el mundo estuviera a punto de acabarse. Quiero decirle que no es él quien decide cuándo debo involucrarme y cuándo no. Ya es bastante malo tener que aguantar a Isaac diciéndome qué hacer.

—Pablo. Astrid tenía miedo por su vida. Estaba en un estado horrible. ¿Cómo sabes que había estado en el puerto?

—Isaac preguntó por ahí, y aparentemente alquiló una pequeña lancha rápida. Ya lo ha hecho antes. Isaac parecía conocer al tipo que la alquila.

—¿Una lancha rápida? ¿Por qué demonios querría salir en una lancha rápida? ¿En el estado en que estaba? Quizá…

Tengo un presentimiento espantoso de lo que podría haber pasado. Entrelazo las manos, miro al cielo y rezo para que me equivoque.

***

Son alrededor de las nueve de la noche cuando suena el timbre de la puerta principal. Me he colado de nuevo en la cocina para hacer una limpieza final antes de la mañana. Asomo la cabeza por la rendija entre el marco y la puerta.

Isaac entra paseando desde la terraza, con una copa de vino en la mano, y mira hacia la cámara de seguridad. Observa la pantalla y luego habla al interfono.

—Sí. ¿En qué puedo ayudarles? —pregunta.

—Somos de la Policía, señor.

Estoy escondida en la cocina, de nuevo en posición de escucha, agazapada detrás del enorme frigorífico americano.

—Sí. ¿Qué puedo hacer por ustedes?

—Nos gustaría entrar. ¿Podría abrir, por favor?

Isaac debe estar introduciendo el código para las puertas principales, porque todo queda en silencio por un momento, hasta que un coche se detiene al lado de la villa.

Siento que voy a vomitar. Tiemblo de pies a cabeza, como si la policía viniera a arrestarme. Mi cabeza da vueltas con posibilidades, y en el fondo supongo que tiene que ver con Astrid.

Me quedo donde estoy, sabiendo que, si aparezco, Isaac me echará, pero necesito oír lo que se dice.

Asomo la cabeza por la rendija de nuevo y veo aparecer a dos policías fornidos con uniforme, con las gorras bajo el brazo. Me tapan a Isaac, pero veo que uno de los oficiales le enseña algo.

—¿Reconoce esto? —El oficial sostiene algo púrpura.

Hay unos segundos de silencio.

—No estoy seguro, pero podría pertenecer a mi esposa.

No. No. No. Astrid llevaba un chal púrpura sobre su blusa amarilla. Parece el que sostiene el policía.

—¿Dónde lo encontraron? —pregunta Isaac.

—Señor. Lo encontramos flotando en el océano, cerca de una lancha rápida abandonada, a unos kilómetros a lo largo de la costa. En la lancha también encontramos un bolso que creemos es propiedad de Astrid Marston. Su esposa.

Mis rodillas flaquean y me escurro hasta el suelo.

—¿Me disculpa un momento, oficial?

Oigo a Isaac dirigirse hacia la cocina, y empuja la puerta con tal violencia que choca contra mi cuerpo, que está desplomado en el suelo.

—Marta. ¿Qué haces? Levántate y ve a tus dependencias. —Me fulmina con la mirada y agita un puño cerrado.

Me cuesta un esfuerzo enorme levantarme, pues la puerta ha impactado contra mi pierna derecha, y el dolor me atraviesa el cuerpo. Arrastrando mi miembro herido, logro avanzar por el pasillo y bajar hasta el sótano.

Cuando llego a casa, tiemblo de pies a cabeza. Pablo está viendo la tele, pero al menos está despierto.

—Pablo. Pablo. —Me lanzo hacia él, sollozando al borde de la histeria, y caigo a su lado.

—¿Qué pasa? ¿Qué ha ocurrido? —Me toma por los hombros, sujetándome con fuerza, y me mira a los ojos. Debo parecer demente porque Pablo frunce el ceño y se muestra muy preocupado.

—¿Qué le ha pasado a tu pierna? Estás sangrando y se te está poniendo morada. —Se lame un dedo y lo pasa por el hilo constante de sangre.

—Oh, no es nada. Isaac me ha dado con la puerta de la cocina.

—¿Qué? —Se levanta de un salto y se dirige hacia la puerta—. ¿Isaac hizo esto a propósito?

Pablo está dispuesto a dejar inconsciente a su jefe. Cuando se enfada, su temperamento es incluso peor que el mío.

—No. No. Olvídalo. Pablo, es Astrid. Creo que se ha caído por la borda. —Tengo que gritar para que me escuche.

Se detiene en seco.

—Espera, para el carro. ¿Qué está pasando?

—La policía está aquí. Encontraron la ropa de Astrid flotando en el océano y su bolso y pertenencias abandonados en el barco que alquiló.

—¿Qué quieres decir? —Pablo ahora se yergue sobre mí, agarrándome por los hombros. Empieza a asimilar las cosas.

—Pablo. Pablo. —No puedo dejar de llorar, con sollozos grandes y ahogados, mientras me cubro la cara con las palmas—. Creo que Astrid podría haberse suicidado.

Capítulo 58

Tras la visita de la policía, no puedo concentrarme en nada. Estoy en un estado constante de ansiedad, preocupada por lo que le ha pasado a Astrid. Han pasado exactamente dos semanas desde que desapareció.

Aparte de una imprecisa investigación española al estilo «para después», nada se hace con rapidez y a nadie parece importarle. No hay nadie que defienda a Astrid, y sin un cuerpo que aparezca en la orilla, es posible que nunca sepamos qué ocurrió. Pablo dice que podría llevar años que la declaren muerta.

Aunque todo sigue como siempre, por dentro estoy hecha un desastre. Es peor porque a nadie más parece importarle.

Y sin embargo, sorpresa, sorpresa, Isaac está sobrellevándolo realmente bien. Me enfurece verlo sonreír por primera vez en semanas, mientras se relaja por la villa vigilando la construcción de la piscina. Al igual que Astrid, Isaac parece ser un solitario absoluto. Sin familia. Sin amigos. Nadie que le consuele por la pérdida de su esposa. Me asusta el nivel de odio que siento hacia él. No estoy segura de cuál es mayor: mi tristeza por perder a Astrid o mi furia hacia Isaac. Con el ánimo que tengo hoy, lo segundo está tomando clara ventaja.

Cuando intento desahogarme, usando a Pablo como saco de boxeo verbal, él intenta calmarme, pero sus respuestas solo empeoran las cosas.

—También es triste para Isaac —dice—. No tiene a nadie con quien desahogarse.

—Quieres decir, que no tiene a nadie con quien celebrar —susurro con acritud.

No es culpa de Pablo, pero está más centrado en su trabajo que en preocuparse por lo que le ha pasado a Astrid. Además, todavía está impresionado con Isaac, tratándolo como a una celebridad. Lo que no puedo perdonar es que Isaac se haya interpuesto entre Pablo y yo.

Esta mañana hago una pausa y salgo a buscar a Pablo. Como siempre, está esclavizado con la construcción de la nueva piscina.

Es incansable en su intento de agradar a su jefe. Al parecer, si termina a tiempo, habrá un bonus. Le dije que no contara con ello, que probablemente sea una zanahoria colgada para mantenerlo alerta.

—¿Qué son esos azulejos de colores? —pregunto.

—¿Los azules claros y amarillos? Estoy diseñando un delfín para el fondo de la piscina. Al parecer, Astrid nadó una vez con delfines e Isaac quiere mantener viva su memoria. Los azules claros son para el cuerpo y los amarillos para las aletas.

—¿No hablarás en serio? Qué desgraciado —respondo con brusquedad.

Isaac se regodea con el suicidio de Astrid, pero ¿por qué Pablo no lo ve?

Pero Pablo está demasiado ocupado para discutir y, en lugar de caer en la trampa, sigue organizando los azulejos de colores en un patrón.

Regreso al interior y deambulo arriba y abajo, quitando el polvo y limpiando superficies impolutas. Cada vez hay menos que hacer. Con Astrid desaparecida, la villa está impecable y el tiempo se arrastra hasta la hora de dormir.

Cambio la ropa de cama de Isaac cada dos días, y esta mañana le pregunté qué quiere que haga con la ropa de Astrid.

—Le daremos un mes. Si mi esposa no vuelve a casa, puedes guardarlo todo. —Está a punto de irse, pero añade—: Para ser honesto, Marta, estoy preparado para lo peor. No creo que regrese.

—Oh, espero que estés equivocado. ¿De verdad crees que se suicidó?

No puedo evitarlo. Le miro con el rostro pétreo, incapaz de ocultar mis sentimientos.

—No es asunto tuyo, Marta, pero sí, lo creo. Ella sufría graves problemas de depresión, de los que probablemente no estabas al tanto.

Sin esperar respuesta, él se aleja con paso firme. Sin duda ha perfeccionado el arte de ignorar a una persona cuando no quiere conectar. El tema de su esposa desaparecida está en lo más alto de los asuntos tabú que no se deben mencionar.

Tengo que defender a Astrid y encontrar una manera de castigar a Isaac. Él es quien debería estar en el fondo del océano.

Capítulo 59

Además de lidiar con mi odio hacia Isaac, Pablo y yo estamos ahora picados por lo que haremos una vez que terminen las obras de la piscina.

Pablo cree que estoy exagerando, y que mis temores no tienen fundamento. Para empeorar las cosas, Isaac sigue encargándole futuros proyectos. Ya le ha ordenado a Pablo que diseñe el paisaje a ambos lados de la piscina cuando el agua esté puesta. A Isaac le gusta interponerse entre Pablo y yo, y más de una vez he pillado su expresión arrogante cuando cree que estamos discutiendo.

Pero ya he tomado una decisión. En cuanto termine la piscina, nos iremos. Me duele por Pablo, pero va a tener que aceptarlo. Pablo teme que Isaac no le pague si piensa que nos vamos, y está decidido a conseguir lo que le corresponde.

También estoy paranoica pensando que cuando finalmente hagamos las maletas Isaac no nos lo pondrá fácil para irnos. Empiezo a temer lo que pueda hacer, ya que está acostumbrado a salirse con la suya. Lo único que sé es que si nos quedamos aquí mucho más tiempo, me volveré loca. Pablo está agotado al final de cada día, y aunque no tengo a nadie más con quien hablar, no puedo seguir insistiéndole. Está trabajando muy duro. Y todo es por nosotros.

Alrededor del mediodía, le digo a Pablo que voy al supermercado a por provisiones y más pescado fresco. Al menos con las comidas de Isaac no puedo equivocarme, ya que come lo mismo todos los días. He sugerido recetas más atrevidas, pero la respuesta siempre es la misma.

—No, gracias, Marta. Sabes lo que me gusta. Si quiero algo más, te lo haré saber.

Me daría tentación de envenenarlo si pudiera salir impune.

Acabo de subirme a mi coche en el garaje y he arrancado el motor cuando Isaac aparece y golpea la ventana. Mierda. Casi me da un infarto, porque nunca lo veo en el garaje.

—Abre —dice con los labios, moviendo la mano, hasta que bajo la ventanilla.

—Señor. Me ha dado un buen susto.

—¿A dónde vas, Marta? ¿No tienes trabajo que hacer en la villa?

Debe haberme seguido hasta aquí. ¿Por qué? Voy al supermercado a menudo. Pero él no suele estar tanto en casa.

—Al supermercado. Voy a comprar tu pescado fresco y a por algunas provisiones.

Tengo la boca tan seca que me cuesta pronunciar las palabras. Él se planta justo al lado del coche, con la mano sobre el techo. Aprieto el volante y siento la amenaza en su proximidad.

Puede que sea mi imaginación, pero desde que Astrid se fue, no para de vigilarme, y de formas sutiles me advierte que me porte bien. Pensaba que sus problemas de control eran porque él pagaba mi sueldo, pero ahora no estoy tan segura. Hay algo más. Algo más oscuro.

—Bueno, no te entretengas mucho. ¿Volverás para las dos? —Levanta la mano del techo del coche y señala su reloj.

—Seré lo más rápida que pueda, pero tenía pensado dar un paseo por la playa.

—Quizá eso pueda esperar a tu día libre. —Sonríe con los labios fruncidos y los ojos abiertos y fijos. Parece un loco.

Le he dicho a Pablo más de una vez, si él no hubiera estado con Isaac cuando Astrid desapareció, estaría segura de que Isaac mató a su mujer.

—No digas tonterías —dice Pablo—. Isaac es un buen tipo. Un poco raro, pero ¿asesino? Marta, no puedes estar hablando en serio.

Pablo no intenta provocarme, es que confía demasiado. Me vuelve loca que no pueda ver cómo es Isaac en realidad. Si Pablo hubiera visto a Isaac empujar a Astrid por la borda, seguiría pensando que solo estaban jugando.

Pero yo sé que Isaac es malvado. Mi misión es descubrir cómo se deshizo de Astrid. Si no lo hizo él mismo, debió mandar a alguien más para matarla. El dinero puede comprar casi cualquier cosa, incluso un mafioso a sueldo.

—¿Cuándo es mi día libre esta semana? —le pregunto a Isaac.

—¿Qué tal mañana? Pero me gustaría saber a dónde vas por si necesito localizarte. En caso de emergencia —añade.

¿Qué clase de emergencia? No tiene que meter las narices en lo que haga en mi día libre. ¿Y por qué de repente le preocupa tanto saber a dónde voy y a qué hora vuelvo?

—Claro. No me alejaré mucho. —Sonrío—. ¿Eso es todo, señor?

Se aleja del coche, dando palmaditas en el techo con la mano, y me despide con un gesto.

Desagraciado. No le voy a decir a dónde voy cuando no trabajo. No es asunto suyo.

Al incorporarme a la autopista, empiezo a preguntarme si Isaac habrá puesto un dispositivo de rastreo en mi coche.

¿Podría ser esa la razón por la que estaba merodeando en el garaje?

Capítulo 60

Vuelvo dos horas y media después. El corazón me late en la boca, temo tener que enfrentarme a Isaac de nuevo. Sin duda me interrogará sobre qué hice en la media hora extra.

Subo caminando desde el garaje, lucho como siempre para abrir la puerta cortafuegos y arrastro las pesadas bolsas de la compra por el pasillo hasta la villa principal. Pero me detengo al oír voces y risas. No son Pablo ni Isaac. Isaac está hablando con otra persona. Es una mujer. Astrid debe estar en casa.

Una enorme oleada de alivio me invade. Me he equivocado por completo. Pablo tenía razón todo el tiempo.

Hago un mayor esfuerzo por acelerar el paso, con el corazón agitado, pero las mejillas sonrojadas de alegría. Astrid está bien. Me doy cuenta, al doblar la esquina, de que realmente la he echado de menos. Es despistada, desordenada, pero normalmente muy divertida. En otra vida, en otro momento, podríamos haber sido buenas amigas.

De repente, un par de bolsas se me escapan de las manos cuando veo con quién está hablando Isaac.

No es Astrid.

—Hola, Marta. Me ha parecido oírte. —Isaac da un paso hacia mí.

—Perdona que llegue un poco tarde. El supermercado estaba lleno de gente —miento.

Desde luego, no le voy a contar que he tardado solo media hora, y luego me he ido a la playa para tomar un café tranquilo mirando al mar durante más de una hora.

—No hay problema. ¿Quieres que te ayude?

Será una broma. Recojo las bolsas deprisa.

—No, señor. Puedo con ellas, gracias.

—¿Has olvidado que puedes llamarme Isaac? —Sonríe sin ganas y extiende la mano, arrebatándome una de las bolsas—. Cómo pesa. ¿Qué has comprado? Espero que todo lo que me gusta.

Se dirige hacia la cocina, y yo lo sigo cabizbaja, temerosa de mirar con quién estaba hablando. Con quién se reía. No es Astrid. Es una doble. Podría ser su gemela. Alta, pelo rubio y delgado, con una cintura generosa, aunque sus tobillos son aún más anchos que los de Astrid. Pero es más joven. Diría que tiene poco más de cuarenta años, pero sigue siendo mucho mayor que el tipo de mujer que imagino que le gusta a Isaac. Quizá sea una fijación materna. ¿Quién sabe?

Cuando me ayuda a dejar las bolsas, sostiene la puerta para mí, lo que es una novedad, y me impulsa hacia la invitada.

—Marta. Quiero presentarte a Emmeline —dice.

Sonríe a Emmeline y de nuevo a mí. Es una sonrisa amplia, pero con una gran advertencia cuando me mira.

—Hola, Emmeline.

¿Qué le digo? ¿Que tiene que salir de aquí rápido y no volver jamás?

—Hola, Marta.

Emmeline me mira, y yo la miro a ella. ¿Por qué me resulta tan familiar? Entonces lo recuerdo. La he conocido antes.

—Creo que te alojaste en Los Molinos el año pasado. Yo trabajaba allí —digo.

Isaac chasquea la lengua, una señal para que me ponga en marcha. El cloqueo se acelera y se hace más fuerte.

—Encantada de conocerte —digo enseguida—. Tengo que volver al trabajo.

Dicho esto, doy media vuelta y me apresuro de nuevo a la cocina. Pero antes de que la puerta se cierre tras de mí, Isaac aparece en el umbral.

—Marta. Quisiera hablar contigo. Quiero dejar claro que no debes hacerte amiga de Emmeline. Ella es mi invitada. Cuidarás de ella mientras esté aquí, pero recuerda, yo soy tu jefe. ¿Lo entiendes?

—Sí, Isaac.

—Y no debes entablar conversación con ella cuando yo no esté. ¿Me comprendes?

Claro y alto. Simplemente asiento, demasiado asustada de lo que podría decir. Estoy furiosa, pero esto es la gota que colma el vaso.

—Ah, y solo bromeaba cuando dije que me llamaras Isaac. —Se ríe, una carcajada sarcástica llena de veneno.

—Sí, señor. —De alguna manera consigo morderme la lengua.

—Bien. Espero haber sido claro.

Asiento, sabiendo que es mejor no responder.

Dicho esto, me deja sola para descargar la compra. Tengo un impulso violento de tirar todo al suelo y gritarle que vuelva. Cuando resbale con ese pescado apestoso, le destrozaré el cráneo con una de las cacerolas de cobre.

No tengo idea de cómo voy a contener esta furia. Solo sé que necesito idear un plan para vengarme por lo que le hizo a Astrid. Está claro que es el responsable de su muerte, de una forma u otra.

No puedo compartir nada más con Pablo. Esta será la primera vez en nuestro matrimonio que tendré que guardar un secreto. Isaac también debe pagar por eso.

Por ahora, necesito vigilar a Emmeline mientras preparo mi venganza.

Tengo que advertirle que se vaya. Antes de que sea demasiado tarde para ella también.

Capítulo 61

Pablo pronto adopta una actitud algo arrogante, como diciendo «te lo dije», porque Isaac está siendo encantador con Emmeline, mimándola, llevándola a cenar y a tomar copas, y no ha pronunciado ni una sola palabra mala.

—Aún —le respondo entre dientes a Pablo.

Desde que Emmeline llegó, he estado conteniendo la respiración. Sé que es solo cuestión de tiempo hasta que Isaac cometa un error, y estoy desesperada porque Pablo vea su verdadera cara. Es una tortura esperar, pues estoy aterrorizada por lo que pueda suceder a continuación.

Han pasado unos días desde que Emmeline llegó a la villa, y ya se ha mudado oficialmente. Comparte el dormitorio principal con Isaac, y esta mañana me ordenaron vaciar los armarios de las pertenencias de Astrid y guardarlas en el trastero.

No me atreví a preguntar qué quería decir Isaac con «trastero», así que decidí colgar toda la ropa de Astrid en varios armarios de los dormitorios de arriba, apilando las cajas de zapatos debajo.

Es poco probable que Isaac los encuentre, ya que nunca se aventura lejos del dormitorio principal. Le gusta que todas las habitaciones de arriba tengan las puertas cerradas, presumiblemente por miedo a que los ácaros del polvo se cuelen.

Pero cada vez que toco las cosas de Astrid, empiezo a emocionarme. Huelo su perfume Dior en cada objeto. Lo único que no puedo encontrar son sus pinturas. No están por ninguna parte. He buscado por todos lados, y la idea de que Isaac las haya tirado me hierve la sangre… aún más, si eso es posible.

Hay un gran punto a favor, sin embargo. Isaac ha vuelto al trabajo, donde sea que esté. Ni siquiera Pablo sabe dónde.

Lo deja en varios lugares y lo recoge unas horas después, pero nunca le dice a dónde va entre medias. Bromeamos diciendo que quizá pasa el día bebiendo café o vino.

Emmeline se pasa el día holgazaneando por la villa. Esperando. Como solía hacer Astrid cuando terminaba con su pintura. A diferencia de Astrid, a Emmeline le gusta hacer ejercicio; camina por los jardines con zapatos resistentes no menos de cuatro veces al día, y en su tiempo libre no se limita a picar algo y beber. Lee mucho y siempre está con su iPad. La piscina aún no está llena, pero Emmeline le ha dicho a Pablo que tiene muchas ganas de poder nadar pronto.

Sigue intentando entablar una conversación amable conmigo. El tiempo. Las vistas. Las playas. Me dice que es de Alemania, de un pequeño pueblo llamado Cochem, en Renania, preguntándome si alguna vez he estado. Niego con la cabeza, sin atreverme a hablar, esperando que piense que no hablo inglés.

Me puso a prueba con algunas palabras en alemán, pero desistió, asumiendo que tampoco hablo su idioma natal. Me encantaría decirle que Isaac me ha ordenado no hablar con ella, pero se pondría hecho una furia si pensara que se lo he contado.

Me siento aún más sola con ella aquí, sin poder conectar. Parece agradable y, de nuevo, está embelesada con el encanto de Isaac. Y su buena apariencia. Sin mencionar su dinero.

Esta noche es la primera vez que hace algo mal. Y sí. De nuevo tiene que ver con el desorden. Cuando digo que hace algo mal, me refiero a algo mal a ojos de Isaac.

Apenas han empezado la cena cuando Emmeline comete el pecado.

—Emmeline. Por favor, ten cuidado con tu comida. Incluso las migas más pequeñas pueden atraer alimañas —dice.

Ella está partiendo uno de los panes crujientes que he puesto, y los trozos salen volando por todas partes. Isaac está sentado con rigidez, inclinado sobre la mesa mientras le habla.

Ya empezamos.

—Uy. Lo siento. —Mira al suelo, a las migas esparcidas.

Me dirijo a la despensa, saco el cepillo y el recogedor (¡otra vez!) y me pongo a limpiar.

—Gracias, Marta. Espero que no te necesitemos más esta noche.

—Está bien, señor.

Me tiembla la mano, y Emmeline me mira con preocupación. No tiene ni idea.

Capítulo 62

La pareja entra en una especie de rutina, y Emmeline oscila entre el ánimo alegre y cantarín y el mal humor silencioso y apagado. Es evidente que Isaac la está minando poco a poco, con sus palabras afiladas y sus comentarios hirientes.

Entonces escucho algo que sé que no debería oír. Esta vez, estoy detrás de la barbacoa, en la cocina de la terraza, barriendo, cuando pasan de la mano. Isaac parece estar de nuevo en modo encantador. Mi primer pensamiento es que Emmeline podría querer marcharse, que ya no le aguanta, y que él intenta recuperarla.

Soy tan ingenua. Por supuesto que no quiere dejarlo. ¿Cómo se me ocurre?

Temo que Isaac se dé cuenta de que estoy a su alcance, así que apoyo la espalda contra la barbacoa y trato de mantenerme fuera de la vista. Tiemblo como una hoja, con las rodillas chocando, pero mis oídos están en máxima alerta.

—Como sabes, mi esposa, Astrid, se ha ido.

Estoy segura de que escucho a Isaac suspirar con un dramatismo enorme.

—Lo sé. Lo siento mucho.

Me imagino a Emmeline mirándolo con sus ojos de cierva. Toda embobada y melancólica.

—Aunque estoy preparado para lo peor, que se haya quitado la vida, todavía no puedo darle un cierre. La ley en España funciona muy muy despacio.

¿Qué intenta decir? ¿No querrá casarse con ella, verdad? Ni siquiera está divorciado de Astrid.

—Debe ser horrible para ti —dice Emmeline.

Están sentados en un par de sillas tomadas del montón de muebles de jardín. Pablo y yo a veces hacemos lo mismo cuando Isaac no está. Tengo que gritarle a Pablo para recordarle que devuelva las sillas cuando terminemos.

¿Cómo voy a escabullirme sin que me oigan? Tengo tanto miedo que mi cuerpo se ha quedado rígido.

—El problema es que tengo algunas facturas que pagar. Bueno, facturas que Astrid solía pagar desde su cuenta personal, y no podré disponer de más fondos hasta finales del próximo mes.

Mi mano vuela a mi boca. También va tras su dinero.

No. No. No.

Emmeline, por favor, no le prestes dinero.

—¿Cuánto te falta?

—Casi 150 000 euros. Tenemos mucho dinero. Perdona, quiero decir, Astrid y yo teníamos mucho dinero. Todavía lo tengo, pero usábamos firmas conjuntas en la mayoría de las cosas, y sin saber qué ha pasado con Astrid... En fin, va a llevar tiempo arreglarlo.

Me imagino que Isaac ahora probablemente está mirando al suelo, exprimiendo la humedad de sus ojos, apretando fuertemente los párpados. No puedo seguir escuchando. Quiero saltar y gritar, decirle a Emmeline que corra por su vida.

Cuando Emmeline no responde de inmediato, Isaac continúa.

—Lo siento. No debería haberlo mencionado. No ha estado bien. Vamos a dar una vuelta por el jardín. Y creo que aún no has estado en la terraza de la azotea, ¿verdad? ¿Quieres que le pida a Marta que nos traiga una jarra de sangría antes de la cena?

«Vamos, Emmeline. Dile que no. Por favor».

Pero Emmeline no dice nada. Oigo arrastrar las sillas de metal, pasos alejándose y el sonido de la pareja abriéndose camino entre los olivos, de vuelta a la villa. Tengo que adelantarles de alguna manera y entrar antes que ellos. Isaac no debe saber que he escuchado.

O me matará.

Capítulo 63

Hoy, hay una ruptura repentina en la rutina de la pareja. Isaac, puntual como un reloj, normalmente llega a casa poco antes de las siete.

Sin embargo, hoy, mientras regreso al anexo, bajando por el pasillo hacia el sótano, escucho voces. Isaac debe haber llegado temprano, porque apenas son las tres de la tarde.

En lugar de pasar por la puerta cortafuegos y bajar hacia el garaje, me apoyo con la espalda en la pared y escucho. Cuando oigo la voz airada de Isaac, me quedo paralizada. Aunque Emmeline está en el punto de mira, siento un pánico terrible.

—Emmeline. Te dije que no me gusta el desorden. Has dejado cosas tiradas por todas partes. ¡Yo no vivo así! —enfatiza sus palabras como si ella fuera sorda.

—¿De qué hablas?

—Tu ropa está esparcida por todo el dormitorio. Has dejado un vaso vacío en el patio. Las toallas mojadas gotean en el baño. ¿Sigo?

Me imagino a Isaac siseándole en la cara. Está superenfadado, lo noto en su tono lento y cortante. Escuché ese mismo tono con Astrid cuando hablaba en niveles peligrosamente bajos.

—Ahora lo recojo. Lo siento, no me di cuenta.

—Emmeline.

Oh no. Ya sé lo que va a decir.

Espero a que ella responda, pero no dice nada. Isaac continúa.

—Escucha, Emmeline. Me temo que esto no está funcionando.

—¿Qué quieres decir?

—Me gustaría que te fueras. Lo siento.

Al menos ha pedido perdón, pero puedo sentir, incluso desde donde estoy escondida, que Emmeline está en estado de *shock*. Yo también lo estoy.

—¿Qué? Pensaba que me querías. —La voz de Emmeline suena quejumbrosa, y de repente todo queda en silencio.

¿Qué está pasando? Tengo miedo de moverme por si me oyen.

—Te tengo mucho cariño, Emmeline. Lo sabes, pero…

—¿Pero qué?

Vamos, Emmeline. Lucha. Dile que es un arrogante imbécil, y que estarás encantada de irte, más que feliz de verlo desaparecer.

—Hasta que no sepa qué pasó con Astrid —dice Isaac—, no estoy listo para comprometerme. Pensaba que sí.

No, no lo estabas. Maldito desgraciado.

—Lo entiendo. Puedo esperar. Seré más ordenada, lo prometo. Isaac, te quiero.

Él se aleja de ella. Noooo. Oigo sus pasos ligeros siguiéndole detrás.

—Emmeline. No hagas esto. Ten un poco de orgullo, por favor. —Isaac habla despacio, enfatizando las sílabas como si se dirigiera a un niño.

¿Qué está haciendo?

Entonces escucho sollozos enormes y desconsolados, antes de que ella le grite.

—¿Y mi dinero? ¿El dinero que te presté?

—No te preocupes. Te lo devolveré. Dame otra semana.

Oigo cómo se cierra la puerta del patio. Ha salido y la ha dejado encerrada.

No soporto los gritos, pues Emmeline está ahora aullando como un alma en pena. Empujo la puerta cortafuegos, bajo corriendo las escaleras para encontrar a Pablo.

Espera a que se lo cuente. Tenía razón desde el principio. Al menos la piscina está casi terminada y se llenará de agua en unos días. Tenemos que escapar de aquí, y de este hombre loco.

***

Pablo parece horrorizado, casi tan atónito como supongo que se siente Emmeline.

—Estás de broma —dice.

Está bebiendo a grandes tragos un vaso largo de agua con hielo y se echa los restos por la cabeza para refrescarse.

—Ella le pide que le devuelva su dinero. —No consigo articular las palabras con suficiente rapidez—. Al final, debió prestarle los 150 000 euros.

—¿En serio? —Pablo se pasa el dorso de la mano por la frente. Puedo notar que está impactado porque parece que le cuesta asimilarlo todo.

—Creo que solo estaba con Emmeline por su dinero —añado.

Pablo pasea despacio por la habitación. Tiene los pies cubiertos de tierra y va dejando polvo por todas partes. Isaac le haría fusilar si fuera mujer. Pero no digo nada. Es mi Pablo, y puede dejar el desorden donde quiera.

—¿De verdad crees eso? —Ahora se rasca la cabeza.

—Sí. Y estoy segura de que por eso se casó con Astrid. Por su dinero. Escucha, Pablo, tenemos que salir de aquí. Isaac es peligroso. Creo que amenazó a Astrid, y por eso se suicidó.

—Dentro de un par de semanas, el trabajo de la piscina debería estar terminado. Mañana se llenará de agua y el paisajismo no debería tardar mucho. Ya veremos entonces, ¿vale?

Me desplomo en el sofá, bajo la cabeza. Tengo una migraña terrible por todo el estrés.

—Mañana tengo que llevar a Isaac al aeropuerto. ¿Recuerdas que te lo dije? —dice Pablo.

—Se me había olvidado. ¿A dónde va? ¿Te lo ha dicho?

—Vuela a Londres, al aeropuerto de Luton, creo que dijo, y vuelve pasado mañana.

—Ah. Bueno, al menos tendremos un poco de paz y tranquilidad.

La sola idea de que se vaya, aunque sea por veinticuatro horas, es como un bálsamo reconfortante. A lo mejor puedo ayudar a Emmeline a hacer las maletas y decirle, cuando Isaac esté lejos, lo cabrón que es en realidad. Y que está mucho más segura lejos de aquí.

Capítulo 64

Esta mañana, hay un silencio inquietante en la villa.

Pablo e Isaac se fueron temprano. Pablo debía dejar a Isaac en el puerto, recogerlo después, y desde allí llevarlo directamente al aeropuerto.

Ya empiezo a relajarme, pues sabe que no tendré que enfrentarme a Isaac hasta mañana por la noche, como mínimo.

Me dirijo a la cocina y veo las maletas de Emmeline junto a la puerta principal antes de verla a ella. Está en la terraza, mirando al horizonte. No se gira cuando aparezco y no intenta entablar conversación. Sospecho que ha dejado de intentarlo, ya que yo nunca he respondido.

—Emmeline. Lo siento. He oído que te vas —digo.

Ella se gira y asiente. Sus ojos están inyectados en sangre, rodeados por una hinchazón roja y abultada. Parece que ha estado llorando toda la noche.

—Sé que debes estar enfadada —digo. Y me quedo muy corta—. Pero estarás más segura lejos de Isaac.

Estoy poniendo mi propia vida en riesgo, pero no soporto verla tan afectada. Creo que si sabe que Isaac es realmente un tipo desagradable, no se sentirá tan mal.

—No puedo creer que cometiera un error así. Me amenazó, diciendo que si no me iba hoy, llamaría a la policía.

—No. Estás de broma. —No sé qué decir para consolarla. ¿Cómo se atreve a amenazarla así?

—Anoche me di cuenta de que está realmente loco. Pensaba que era «mi príncipe azul» —dice haciendo comillas con los dedos—. Estaré bien. No me preocupa estar sola. Pero…

—¿Sí?

—Es el dinero. Le presté 150 000 euros y necesito recuperarlos. Dice que me pagará la semana que viene, pero ya no confío en nada de lo que dice. Eran los ahorros de toda mi vida.

—Oh, lo siento mucho. ¿Dónde vas a ir?

—Tengo una amiga con un pequeño piso en Calahonda. Me quedaré allí antes de volver a Alemania. Pero primero necesito recuperar mi dinero.

No me gusta decirle que probablemente no verá ni un euro. Entregó el dinero voluntariamente. Isaac no ha cometido ningún delito. Aprovecharse de mujeres adineradas, o con ahorros, parece ser su *modus operandi*. No puedes ir a prisión por estafar a alguien si esa persona entrega el dinero voluntariamente. Pablo y yo hemos estado buscando en Google, y mentir no es un delito.

Quisiera decirle que olvide el dinero, que lo tome como experiencia y que se aleje de Isaac lo más lejos posible.

En cambio, le doy la sonrisa más alentadora que puedo reunir.

—Marta, ¿me pedirías un taxi, por favor? Te lo agradecería mucho. Estoy lista para irme.

—Por supuesto. Ahora mismo.

—No sabía que hablabas tan bien inglés. En realidad, pensé que no lo hablabas en absoluto.

Me mira con una expresión inquisitiva.

—No me está permitido relacionarme con los huéspedes. Es una norma de la villa. —Pongo los ojos en blanco.

Emmeline lo entiende. No hace falta decir nada más.

Cuando la despido con la mano, siento una extraña sensación de alivio. Mientras estuvo en la villa, tuve una constante sensación de fatalidad. Quizá fuera por lo que le pasó a Astrid, pero realmente sentía que la vida de Emmeline podía estar en peligro.

Espero que haya aprendido la lección y se mantenga bien alejada de Isaac. Ahora necesito empezar a planear nuestra propia huida.

Capítulo 65

No he visto a Isaac desde que volvió de su viaje a Inglaterra. Aunque sé que regresó tarde anoche porque, cuando llego a la villa esta mañana, hay vasos vacíos en la barra del desayuno. De hecho, hay dos copas de champán vacías, junto a una botella vacía de Moët & Chandon.

Mi primer pensamiento es que se ha reconciliado con Emmeline, aunque no hay rastro de él por ninguna parte. Cuando me dispongo a recoger, Pablo asoma la cabeza por las puertas del patio y me llama.

—Marta. Marta.

—Ahora voy. ¿Qué pasa?

¿Por qué siento que hay algo raro? Está en la voz de Pablo, como si estuviera a punto de contarme algo que realmente no quiere.

—Se me olvidó decirte. Bueno, tú estabas dormida cuando volví del aeropuerto y no quise despertarte. Pero Isaac trajo anoche a una chica joven aquí. —Él aprieta los dientes y me observa.

—¿Qué? —Se me cae la mandíbula y mis ojos se abren horrorizados.

—Al parecer, se desmayó al bajar del avión. Isaac la ayudó y la trajo aquí para que se recuperara durmiendo.

—¿Recuperarse de qué? ¿Dónde está ahora?

—Estaba inconsciente en el coche, pero Isaac no parecía preocupado. Probablemente esté durmiendo arriba. Escucha, tengo que volver al trabajo. Isaac me pidió que te dijera si le preparabas café y desayuno cuando se despertara.

Con eso, Pablo se va. No va a quedar atrapado por la nueva montaña de preguntas que quiero hacerle. Retiro los vasos sucios y la botella vacía, y los llevo a la cocina. Emmeline acaba de irse, e Isaac ya está al acecho de su próxima víctima. No importa lo que piense Pablo, sus amigas son definitivamente víctimas. Sea quien sea esta mujer, yo no voy a involucrarme. En absoluto. He aprendido la lección y no diré ni una palabra.

De todos modos, Pablo y yo ya hemos empezado la cuenta atrás para salir de aquí. La piscina ya está llena, y el resto del trabajo debería estar terminado en no más de dos semanas. Pablo finalmente ha aceptado que nos iremos una vez que ambos hayamos cobrado.

Saco un par de cruasanes que no están muy frescos y los pongo en un plato, antes de meter los vasos sucios en el lavavajillas. Estoy vagando por la cocina cuando escucho pasos bajando las escaleras. Pongo el café, espero un par de minutos y llevo los cruasanes y la bebida caliente para dejarlos en la barra del desayuno.

Cuando la mujer intenta entablar una conversación, mantengo la mirada apartada, asiento y desaparezco tan rápido como puedo de vuelta a la cocina. No voy a hacer ni el más mínimo contacto visual con quien sea que resulte ser la última invitada. La reina de Tombuctú, me da igual.

La mujer parece mucho más joven que Astrid o Emmeline, y mucho más guapa. Es delgada, elegante, con la piel clara y el cabello luminoso. Quizá su aparición repentina sea fruto de un raro acto de compasión por parte de Isaac, pero ¿por qué no me convence?

Algo más me está molestando ahora. Pablo acaba de asomar la cabeza por la puerta y me hace señas para que salga. Puede que sea porque tiene los pies sucios, pero también es probable que no quiera que la invitada escuche.

Me dice que tiene instrucciones de llevar a la última invitada a Los Molinos más tarde. Al parecer, se llama Jade.

Ahora parece más que una coincidencia que Isaac conociera a Astrid y Emmeline en el hotel donde yo trabajaba. Y ahora, Jade parece estar alojada allí también. Se me eriza el vello de la nuca, cruzándome el pensamiento de que hay algo más en juego que una serie de encuentros fortuitos.

—Y Marta —dice Pablo, juntando las manos en señal de súplica—. Por favor, no te involucres con esta Jade.

—¿Crees que estoy loca? Isaac me ha prohibido hablar con los huéspedes.

No puedo evitar el tono cortante en mi voz. No es culpa de Pablo, pero no necesita advertirme. No esta vez.

Pablo sonríe, baja las manos y me da un beso en la mejilla.

—Tengo que ponerme a trabajar. Te quiero.

Cuando desaparece por el jardín, siento que me invade un pánico creciente. Al menos Pablo está empezando a ver las cosas a mi manera y, aunque no le guste admitirlo, ahora desconfía de Isaac. Finalmente ha aceptado que dejaremos la villa en cuanto terminen el paisajismo y nos hayan pagado por completo.

Pero incluso unos días más me parecen una eternidad, y tengo una sensación de mal agüero. No tengo idea de qué podría pasar, pero no puedo imaginar que sea nada bueno.

Jade debe haber subido a la habitación de invitados a recoger sus cosas. Cuando casi termino de ordenar, la escucho bajar y salir. Probablemente para encontrar a Pablo y organizar su traslado al hotel. Me mantengo en silencio hasta que oigo a Pablo ir al garaje a buscar el Mercedes.

Cojo el manojo de llaves y, cuando sé que Jade está esperando junto a la puerta principal, aparezco y abro lo más rápido posible. Ni siquiera la miro. Debo parecer tan grosera, pero ya no me importa. Respiro aliviada cuando se va, esperando que sea la última vez que la vea.

Aunque nunca vuelva a la villa, eso no me detendrá para seguir tramando un plan de venganza. Isaac no sabrá ni por dónde le vienen. Me siento mal por ocultárselo a Pablo (me mataría si supiera lo que estoy planeando), pero solo puedo contarle todo cuando llegue el momento adecuado. No puedo arriesgarme a que suelte algún secreto.

Al menos para mí, es un alivio no estar trabajando sola.

Capítulo 66

Tan pronto como Pablo y Jade se van, salgo en mi Fiat 500. Me siento mal por no decirle a Pablo exactamente a dónde voy, pero no puedo arriesgarme a que se lo cuente a Isaac.

Conduzco hacia Marbella, aparco en un hueco estrecho en una calle lateral sombría y me dirijo a lo que se ha convertido en un café habitual. Los cafés cortados son perfectos, tomo al menos cuatro cada vez que vengo. El interior del café es oscuro, pero fresco, y me siento más segura sentada en un rincón oscuro que a la vista de todos.

El calor afuera va en aumento y pronto habrá alertas rojas. La recomendación será quedarse en casa, al menos entre las once y las cinco. Pobre Pablo. Isaac no le permite parar hasta el final del día. No hay siestas permitidas. Pablo se rio por primera vez en mucho tiempo ayer cuando sugerí que ahogáramos a Isaac en la nueva piscina. Pronto dejó de reír cuando dije que no bromeaba.

Pablo no podría imaginar que vendría a este tipo de cafés escondidos, y es mejor que nunca lo descubra. He venido un par de veces esta semana, además de otro similar en Málaga dos veces la semana pasada. Pablo sabe que me gusta salir, hacer unas compras y observar a la gente, pero no tiene ni idea de por qué realmente vengo aquí. Si viera estos cafés lúgubres, pensaría que me he vuelto loca o que quizá me he metido en el tráfico de drogas.

Amo a Pablo hasta el infinito y más allá, pero no siempre sabe cuándo debe callarse.

Isaac me encerraría si supiera lo que estoy tramando. Sin duda se volvería bastante loco. Me estremezco. Si aún no ha asesinado a alguien, creo que mis secretos lo harían perder la cabeza.

Tras los cuatro cortados, y no sin algo de maquinación, salgo del café y me dispongo a pasear por las tiendas. Más animada de lo que he estado en mucho tiempo, me doy el gusto de comprarme un par de sandalias bonitas. Gastar dinero me hace sentir mejor. No recuerdo la última vez que me regalé algo a mí o a Pablo, o que compramos ropa nueva, o cualquier cosa nueva, en realidad. Desde luego, fue mucho antes de mudarnos a la villa.

Cojo un par de camisetas coloridas para Pablo, una de ellas con un delfín en el frente. Se reirá con eso. Nos recordará el proyecto de la piscina mucho tiempo después de habernos ido.

Una hora después, vuelvo a la villa. Cuando llego, Pablo está trabajando duro bajo el sol abrasador, con un sombrero de paja de ala ancha para protegerse la cabeza. La imagen me duele en el corazón. Le saludo con la mano antes de ponerme a preparar la comida habitual de Isaac. Pasan cinco minutos cuando Pablo aparece de repente en la cocina. Casi me da un infarto.

—No te acerques en silencio, Pablo. Por favor.

—Lo siento. Intenté hacer ruido. —Es un pésimo mentiroso y sonríe de oreja a oreja.

—¿Qué pasa?

—Se me olvidó decirte. No te preocupes por la cena de Isaac. Tiene otros planes, y dijo que podíamos comernos el pescado.

—Ah. ¿A dónde va?

—Odio decírtelo, pero creo que va a invitar a cenar a la joven que se quedó aquí. —Pablo aprieta la mandíbula, preocupado por que la información me altere otra vez.

—¿Quién? ¿Jade?

—Sí. Tengo que llevarla luego a Los Molinos.

—No me lo puedo creer.

Cuando Pablo vuelve al trabajo, empiezo a darle vueltas al plan. Puede que tenga que actuar mucho antes de lo previsto, porque mi instinto me dice que Jade podría ser la próxima mujer a la que Isaac invite a la villa. Si la invita a quedarse, pienso asegurarme de que no dure mucho.

Necesito que Isaac la eche. Ahora que sé qué es lo que no soporta, y qué le hará perder el control, no debería ser tan difícil. Mi objetivo es que haya tenido suficiente de su nueva invitada antes de que pueda estafarla, robarle todo el dinero o hacer algo mucho peor. El miedo a lo que es capaz de hacer me estremece, pero también me hace estar el doble de decidida.

Poner en marcha esta primera parte de mi plan no será fácil. Pero será mucho más sencillo que la segunda parte. Sé que no debo adelantarme tanto para no perder los nervios.

Mientras saco el pescado y las verduras frescas de la nevera para la cena de Pablo y mía, me pasa por la cabeza que alguien en Los Molinos podría estar dando pistas a Isaac. Alguien le está informando de cuándo mujeres solteras y adineradas llegan solas al hotel. Definitivamente hay un patrón en lo que está ocurriendo. En apariencia, Jade parecía un encuentro fortuito, pero no estoy tan segura. ¿Acaso alguien en el hotel sabía que ella cogería ese vuelo concreto a Málaga? Puede que sea demasiado desconfiada, pero creo que he descubierto cuál es la táctica de Isaac.

Es probable que lo haya hecho antes, a saber en cuántos otros lugares alrededor del mundo. Y desde mi punto de vista, domina el arte a la perfección. Además, saber que no usa su verdadero nombre, George Stubbs, como aparece en su pasaporte, me deja claro que podría ser un estafador internacional, con el dinero como único objetivo.

Puede que haya salido impune hasta ahora, pero pronto se acabará el juego.

Capítulo 67

A medida que pasan los días, empiezo a tener momentos serios de duda.

Quizá estoy equivocada y este sea un nuevo capítulo más tranquilo en la villa. Intento engañarme a mí misma, pero la paranoia me carcome.

La villa es como una morgue. Deambulo como un robot, limpiando y desempolvando superficies que ya brillan. Tengo una sensación de fatalidad, como si esperara que apareciera un monstruo.

Ha pasado exactamente una semana desde que Jade se desplomó en la villa, y tenía la esperanza de que tal vez mis peores temores no se hicieran realidad. Que quizá nunca la volviera a ver.

¿Puedo estar más equivocada?

Pablo anunció anoche que Isaac ha pedido a Jade que venga a quedarse. En cuanto me lo dijo, tuve que sentarme. Supe que esto pasaría, pero he estado rezando para estar equivocada. Al parecer, su tiempo en el hotel ha terminado.

Tan pronto como Pablo se pone en camino hacia Los Molinos para recoger a la invitada, Isaac me llama y me ordena preparar la habitación de huéspedes. Cuando no le respondo, pregunta si puedo oírle. Mi estómago se revuelve al oír su voz, y me siento tan mareada que no sé cómo voy a hacer nada. Me mantengo bien alejada cuando Jade y Pablo regresan. Isaac me llama entonces por segunda vez (desde donde sea que esté trabajando) para contarme los arreglos para la cena. Debo preparar la mesa afuera, en la terraza. Cuando creo que ha terminado, añade:

—Y Marta. En ningún momento debes entablar conversación con mi invitada. ¿Te queda claro?

—Sí, señor. Muy claro.

Esta vez no tiene que preocuparse en absoluto. Mantendré una distancia glacial con Jade, sin dejarme arrastrar ni siquiera por las mínimas cortesías o charlas triviales. Nunca más. Tengo un solo objetivo: sacar a Jade de aquí y llevarla a un lugar seguro antes de que sea demasiado tarde. No puedo creer lo que voy a hacer, y la cuenta atrás está a punto de comenzar.

Mantengo distancia de Jade durante el día, y estoy firme junto a la puerta de la cocina cuando Isaac finalmente llega a casa. No me presenta a Jade, y en menos de cinco minutos, recurre a chasquear los dedos para llamar mi atención en lugar de comunicarse como una persona normal.

Esto me viene bien. Ojalá incluso deje de hablarme.

Mientras preparo la comida, no escucho a Isaac entrar en la cocina. Cuando la puerta se cierra de golpe, me giro de repente y me quedo paralizada al verlo observándome.

Antes de que diga algo, se acerca a mí y con un dedo huesudo me señala el pecho.

—No te olvides, Marta. Bajo ninguna circunstancia debes conversar con mi nueva invitada. ¿Vale? —Me regala una de sus amplias sonrisas falsas.

Simplemente asiento y lo veo marcharse, cerrando la puerta de un portazo por segunda vez. Solo logro calmarme cuando empiezo a servir la comida.

Es la primera vez que observo bien a Jade. Es totalmente diferente a Emmeline y Astrid. Mucho más joven, para empezar. No debe tener más de treinta años. Además, se muestra decidida, con carácter. Se nota en la forma arrogante en que coquetea con Isaac.

Me encantaría hablar con ella, conocerla como hice con Astrid. Parece alegre, muy divertida.

Pablo está aterrorizado de que no pueda controlarme y que acabe metida en un buen lío con Isaac. Anoche también me dio un serio toque de atención. No pude resistirme a provocarlo, diciéndole que quizá le haría unas cuantas preguntas a ella. Se puso como una fiera, gritando y vociferando que debía estar loca, hasta que al final me rendí y le dije que era broma.

—Por favor. Ni siquiera la mires, y nada de hablar. —Pablo me sujetó los hombros con sus fuertes dedos y me miró fijamente a los ojos. No me había dado cuenta hasta ese momento de lo preocupado que está en realidad. Ya no se trata solo del dinero. Por fin está captando las señales de peligro.

—Me comportaré. No te preocupes. —Lo besé y abracé con fuerza.

Pobre Pablo. No tiene ni idea de lo que viene a continuación.

Capítulo 68

Pablo está tan nervioso que ha vuelto a fumar por las noches, detrás de nuestro terreno. Y de vez en cuando se toma una cerveza a media tarde. Cree que no sé que fuma, tirando las colillas antes de que piense que las he visto. Hasta ahora he recogido al menos veinte por todo el terreno. No sé por qué Isaac no se ha dado cuenta del desorden, ya que nota todo, pero sospecho que es porque es un misógino.

Bajo todo el encanto y la labia, Isaac odia a las mujeres. Creo que es excesivamente respetuoso con Pablo para crear una brecha entre él y yo. Este ha sido uno de los mayores errores de Isaac. Nadie se interpone entre mi hombre y yo.

Pablo se relajó visiblemente cuando le prometí no involucrarme con Jade. Cuando se calmó, aproveché el momento para hablar de lo que estoy a punto de hacer. Pablo necesita estar preparado.

—Pablo. Tienes que mantener los ojos y oídos abiertos. Escucha sus conversaciones.

—¿Por qué, por el amor de Dios?

—Tengo un plan.

—¿Un plan? Marta, por favor dime que no vas a hacer nada estúpido. —Pablo me miró fijamente. Al instante se tensó de nuevo—. Dijiste que no te involucrarías —dijo enfatizando cada sílaba.

—No lo haré. Lo prometo, pero escúchame.

Se dejó caer sobre el pequeño muro al frente de nuestra finca, se atrevió a sacar un cigarrillo delante de mí (la primera vez en diez años) y encendió un mechero.

—Te escucho. —Aspiró el humo y convulsionó tosiendo.

—¿Sabes que a Isaac no le gusta el desorden?

—Sí…

A Pablo no le apetecía oír lo que tenía que decir, pero me lee como un libro. Creo que quizá ya haya adivinado cuál podría ser mi plan. Bueno, mi curso inmediato de acción. Sé que ni siquiera Pablo adivinará el desenlace, y no puedo decírselo. No hasta que todo haya terminado. Guardarle un secreto será una de las cosas más difíciles que he hecho en mi vida.

—Voy a dejar desorden por la villa y el patio para que Isaac lo encuentre. Él asumirá que es el desorden de Jade porque sabe que yo no me atrevería. Incluso después de que la regañe, seguiré haciéndolo.

—¿Y? ¿Y luego qué? —La voz de Pablo subió varios decibelios.

—¿No lo entiendes? A Isaac le disgusta tanto el desorden que la echará. Como hizo con Emmeline. No estoy convencida de que ni siquiera el dinero de Jade pueda calmarlo si de verdad me lo propongo. Tiene una verdadera fobia. ¿Qué opinas?

Pablo aspiró tan fuerte el cigarrillo que se atragantó. Se dio un golpe en el pecho con la mano.

—¿Por qué quieres que la eche?

Me bajé del muro y lo miré fijamente. Pablo tiene que estar de mi lado.

—Pablo. Isaac es peligroso. Tienes que verlo. Usa a las mujeres, las engaña para quitarles su dinero y luego las echa a la calle. O peor aún… —Cojo una buena bocanada de aire.

—¿Qué quieres decir con «o peor aún»?

—Que Astrid, o se suicidó, o alguien fue contratado para asesinarla. —Me mordí el interior de la mejilla y mantuve la mirada—. De cualquier manera, Isaac fue el responsable.

—¿De verdad crees que si Jade se queda aquí su vida estará en peligro?

Pablo siempre se equivoca al confiar. Es normal en él. Le gusta ver lo mejor en las personas, incluso cuando huelen a podrido. Pero esta vez, lo veo en sus ojos, las dudas están ahí. Aunque no lo admitirá, creo que está fumando otra vez porque está más que preocupado.

—Sí, creo que ella estará en peligro. Así que voy a empezar mañana. O Isaac se enfadará tanto que la echará, o ella se enfadará tanto con él que se marchará.

Pablo soltó un enorme suspiro de rendición.

—Antes de que entregue todos sus ahorros —añadí.

—Desde luego, no querría ponerme en tu lista negra. —Pablo esbozó una sonrisa irónica, apagó su cigarrillo que chisporroteaba y me atrajo hacia su regazo.

—Pablo, te quiero. Cuando termines el trabajo y tengamos nuestro dinero, empezaremos de nuevo. No es seguro quedarnos aquí. Todo saldrá bien, lo prometo.

No tengo ni idea de por qué dije que todo saldría bien. Por lo que sé, podría ser yo la que termine muerta.

Capítulo 69

No tarda mucho en enfriarse la relación entre la pareja. Más rápido de lo que esperaba.

Isaac ya ha gritado a Jade por un rastro de barro que apareció en las escaleras y por un baño terriblemente sucio. Estoy dividida entre la culpa de ser quien le haya quitado las vendas de los ojos a Jade y el alivio de que mi plan pueda estar funcionando.

Isaac está picando el anzuelo más rápido de lo que esperaba y, aunque su ira se dirige a Jade, estoy aterrorizada de que, de algún modo, relacione los rastros conmigo. No me atrevo a pensar dónde podría acabar todo esto.

Unas cuantas muestras más de dejadez y creo que Isaac explotará y, con suerte, echará a Jade a la calle antes de convencerla para que entregue cantidades importantes de dinero. Pablo se ha enterado por el boca a boca, gracias a un amigo que trabaja en mantenimiento en Los Molinos, que esta mujer es muy rica. Rica a nivel multimillonario, como Astrid.

Como siempre, cuando vuelvo a nuestro chalé después de cenar, estoy desesperada por ponerme al día con Pablo. Se ha vuelto cada vez más hábil para escuchar a escondidas. Pero cuando me suelta la bomba, el corazón se me acelera: Isaac ya ha empezado a extorsionar a su invitada.

Me dice que Jade ha aceptado pagar las tarifas del alquiler del barco de Isaac, ya que Mario se niega a llevar a Isaac de nuevo hasta que le paguen. Sospecho que no haber podido poner aún la mano sobre la herencia de Astrid ha dejado a Isaac corto de dinero. Ella solía pagar todo. Me horroriza pensar qué habrá hecho con el dinero de Emmeline.

Mi primer pensamiento es que está tanteando el terreno con Jade. A ver cómo está de dispuesta a entregar incluso pequeñas cantidades para mantener a su nuevo y atractivo novio millonario y soltero.

—¿Cuánto? —le gruño a Pablo, como si fuera culpa suya.

—¿Cuánto qué?

Pablo está en bañador y chanclas y se está empapando con la manguera del jardín. Ya son pasadas las nueve, pero el calor sigue siendo insoportable. Me tienta unirme a él, porque necesito desesperadamente refrescarme. Física y mentalmente.

—¿Cuánto eran las facturas? —Siento un nudo inquietante en el estómago al hacer la pregunta.

—Cinco mil euros, creo.

—¿Así que las ha pagado?

—Creo que sí. —Pablo suspira, incapaz de ocultar lo harto que está de todo el drama doméstico. Sacude su pelo mojado y enmarañado de lado a lado como un perro de agua empapado y se dirige hacia dentro.

—Al menos no ha llegado a más. Me pregunto si le devolverá rápido el dinero —le grito para intentar captar su atención.

Lo sigo, pero se ha quedado en silencio y se ha encerrado en el baño. Espera que lo deje estar, porque está demasiado agotado para seguir escuchando.

Voy a la nevera, saco una botella de Viña Sol medio bebida y me sirvo un vaso largo. Salgo al exterior y me desplomo en una silla de jardín. Diez minutos después, el ronquido de Pablo retumba en nuestra pequeña casa. Le envidio poder dormir, porque yo daré vueltas toda la noche.

Mi mente gira y mis entrañas están revueltas, con pensamientos sobre lo que planeo hacer. Baños desordenados, café derramado y rastros de cruasanes desmigajados son solo el principio. No descansaré hasta que todo termine.

Saco el móvil y me tomo un momento para redactar un mensaje.

Mañana, hora y lugar de siempre. Málaga, 11.00. Nuevos avances que informar…

Cuando un pulgar hacia arriba me responde al instante, apago el móvil.

El bar oscuro y sórdido de Málaga es aún más deprimente que el de Marbella, pero es necesario. Tiene que ser un lugar donde nadie venga a buscarme. Ni siquiera Pablo frecuentaría ese tipo de sitios. Me prohibiría ir, especialmente si pensara que voy sola, y probablemente incluso si supiera que voy acompañada.

A medida que se acerca la última fase del plan, necesito toda la ayuda y consejo que pueda conseguir. Estoy aterrada ante la idea de lo que he aceptado hacer, pero he llegado al punto sin retorno. La pregunta es cuándo será el momento adecuado para llevarlo a cabo.

Solo el tiempo lo dirá, porque ¿quién sabe qué traerán los próximos días?

Capítulo 70

Joder. La cosa se está poniendo patas arriba.

Desde luego, no podría haber predicho lo que pasó mientras estaba en Málaga, en el oscuro y sórdido rincón del bar de un callejón trasero. Jade e Isaac estaban visitando un ático muy caro en Puerto Banús.

He vuelto a la finca para refrescarme antes de preparar la cena de Isaac. Estoy agotada y deseando desplomarme en la cama. El calor y la ansiedad me tienen tan exhausta que podría caer en un sueño profundo. Pero cuando Pablo llega a casa para darse un baño refrescante que tanto necesita, me cuenta lo que ha pasado hoy. Pronto estoy completamente despierta de nuevo.

—¿Qué quieres decir con que Isaac le prestó dinero a Jade? Debes haberte equivocado.

Ahora mismo estoy sudando de verdad. La conversación no ayuda a bajar la temperatura. Todo mi cuerpo está empapado en sudor, mi pelo encrespado pegado en mechones a mi frente húmeda, y mi visión está borrosa por toda la humedad.

—No. Escuché en el coche de camino de vuelta. Definitivamente fueron a ver un piso, y a Jade le encantó.

—¿Por qué Isaac tuvo que prestarle dinero? —Me retuerzo las manos, las palmas chorreando.

—Si no pagaban hoy un depósito completo del veinticinco por ciento, ella perdía el piso. Ya había otra persona que había hecho una oferta.

Pablo bosteza mientras se quita la camiseta granate con motas rosas. Incluso la densa alfombra de vello en su pecho está empapada. El calor se cuela por cada rendija de nuestra casa de piedra, y parece que estamos en la caldera de un volcán activo a punto de estallar.

—¿Por qué no pagó Jade? Seguro que tiene dinero. No cuadra que él la esté agasajando. —Mis ojos se abren como platos. Por un instante, vuelvo a dudar de todo. Quizá Isaac no solo quiere su dinero. ¿Y si me equivoco? ¿Si me he equivocado con Isaac?

—No puede sacar una cantidad tan grande de golpe. Creo que necesita dos días. Va a devolverle el dinero, así que no debería haber problema —dice Pablo con un tono monocorde.

Se dirige al baño y cierra la puerta tras de sí. Está harto de las mismas conversaciones de siempre. Al menos está listo para dejar este lugar y para que volvamos a vivir como una pareja normal. Una pareja enamorada. Ha empezado a hablar de unas vacaciones para nosotros en Portugal. Lisboa. Barcelona. En cuanto terminen las obras del jardín de la piscina, hemos quedado en que nos iremos. También ha aceptado que, si eso es lo que me hace feliz, nunca volveremos.

Me siento fuera del baño y trato de contener la pregunta número cincuenta millones: ¿por qué Isaac le prestó el dinero a Jade tan fácilmente? ¿Podría importarle realmente? Ella es diferente, más joven que Astrid y Emmeline. ¿Quizá le gustaría tener hijos?

No puedo creer que esté teniendo estos pensamientos. Estoy desesperada por creer que son verdad, pero ¿a quién quiero engañar? Probablemente haya usado el dinero de Emmeline para financiar el depósito.

—Oh, casi lo olvido —grita Pablo por encima del sonido del agua llenando la bañera—. Jade le va a comprar a Isaac el yate de Mario, para darle las gracias.

Se me erizan los pelos de la nuca. Por supuesto. No me equivocaba. Tenía que haber un truco.

Empujo la puerta del baño.

—Por eso le prestó el dinero —digo—. El yate debe valer al menos cincuenta mil euros. Una vez que ella le devuelva la señal, él habrá obtenido unos buenos intereses por su inversión.

Aplaudo con las manos, pero Pablo no me mira. En cambio, se sumerge bajo el agua fresca de la bañera y sopla burbujas hacia la superficie, saludándome con una mano y tapándose la nariz con la otra.

Ahora tendré que volver a Marbella mañana, a un café nuevo. Me he vuelto paranoica pensando que Isaac podría tenerme vigilada, pero no tengo otra opción. Necesito informar de lo que acabo de oír. Tengo un presentimiento inquietante de que Jade podría estar intentando engañar a Isaac. Es cosa de intuición femenina. Pablo dice que soy como una bruja, pero normalmente capto bien lo que pasa antes de que me lo digan.

Si Jade tiene el dinero de Isaac y no se lo devuelve, me da miedo pensar en lo que podría pasar. Si presionan a Isaac lo suficiente, Dios sabe qué hará.

Si ella ha calado a Isaac, y no está tan enamorada como Astrid y Emmeline, podría estar en serio peligro. Quizá no se dé cuenta de lo que Isaac es capaz. Escuché a Jade por teléfono, diciéndole a su madre que volaba el fin de semana. Pero, a menos que Isaac haya recuperado su dinero, es poco probable que la deje ir. Y ni siquiera estoy segura de que lo haga entonces.

Saco el móvil y envío otro mensaje de texto nervioso.

¡Tenemos un problema! Mañana. Marbella. Bar Quattro. 11.00.

Al instante, un pulgar arriba, seguido de una carita sonriente. ¿En serio?

Capítulo 71

Si pensaba que las cosas iban mal, empeoran minuto a minuto. Isaac ha encerrado a Jade en la villa. Conmigo.

Me llamó tarde anoche y exigió, sin lugar a dudas, que no dejara salir a Jade, y que yo tampoco saliera de allí.

—¿Y si me pide que la deje salir?

Isaac me fulminó con la mirada desde lo alto, hasta que temblé de pies a cabeza.

—No tienes que hablar con ella. No te metas en asuntos que no te incumben. ¿Cuántas veces tengo que decírtelo?

—Pero…

—Nada de peros. Estás advertida. —Entrecerró los ojos y pareció crecer otro palmo.

En lugar de ir a Marbella como planeado, estoy atrapada en la villa.

Tengo que comunicarlo todo por mensaje, enviando actualizaciones regulares.

> ¡Ayuda! ¿Qué debo hacer?

Es poco consuelo cuando recibo instrucciones, porque, por mucho que lo mire, estoy aquí sola. Todo depende de mí, y probablemente sea ahora o nunca. Las respuestas con emoticonos de risa no ayudan en absoluto. Estoy tan alerta que una guerra podría ser inminente.

Evito a Jade todo el día. Ha estado peinando la villa tratando de encontrarme, y yo sigo escondiéndome tras las puertas cuando oigo sus pasos.

Anoche, mientras Isaac y Jade cenaban, yo estaba ocupada dejando un rastro de suciedad por las escaleras hacia el dormitorio de Jade. Fue un último intento inútil de empujarlo al límite, de conseguir que la echara de un portazo. En el fondo sé que no lo hará, a menos que ella le haya pagado con la misma moneda.

Le gritó a Jade durante más de media hora. Luego se oyó un portazo, y quedó un silencio mortal.

Hoy es viernes, y ya sé que Jade tiene el vuelo de regreso reservado para mañana. Pablo escuchó a Isaac y Jade hablar, y ella ya tiene el billete para la noche. Esta no fue la primera vez que Pablo se quedó escuchando, porque ya sabíamos que Jade planeaba volver a finales de semana. Al menos ahora sé exactamente cuándo.

El tiempo se ha acabado. Ahora tengo que ejecutar el plan, antes de lo previsto, pero estoy desesperada por hacerlo antes de que los gusanos devoren completamente mis entrañas.

Estoy destrozada teniendo que mentirle a Pablo otra vez, pero esta tarde, cuando le digo que Isaac me ha dado instrucciones sobre un trabajo que hay que hacer, deja lo que está haciendo y me sigue hasta la terraza de la azotea.

—¿Qué quiere? ¿Que saquemos los muebles? ¿Por qué?

Me muevo nerviosa por la terraza de la azotea. Los muros gigantes han atrapado el calor, y es como estar encerrada en una sauna. Pablo ha colocado el tope redondo de hormigón contra la puerta para mantenerla abierta mientras trabajamos. No se da cuenta de que el pomo de la puerta del lado de la azotea ha sido retirado, así que sin el tope, quedaríamos encerrados hasta que alguien viniera a sacarnos. Aunque, a menos que alguien viniera a buscarnos, habría un problema, porque la terraza de la azotea es el único lugar de toda la villa sin wifi ni cobertura de móvil.

—Astrid, antes de desaparecer, había encargado muebles nuevos para la terraza de la azotea —le digo a Pablo. Me siento fatal fingiendo, pero queda tan poco tiempo que no puedo arriesgarme a una confrontación—. Una barbacoa, mesa y sillas nuevas, un par de tumbonas con toldo. Isaac quiere deshacerse de lo viejo antes de que llegue lo nuevo.

—¿Podemos quedarnos con todo esto? A mí me parece bastante bien. —Toca las tumbonas impecables y la mesa de comedor exterior con tapa de cristal. Se acerca al montón de parasoles en la esquina—. Podríamos usar todo esto en nuestro propio jardín.

Sus ojos brillan con ilusión de cachorro.

—No me atrevería a pedirlo —digo—. Isaac no ha estado de muy buen humor. Por ahora lo guardaremos en el garaje y quizá preguntaremos cuando llegue lo nuevo. Pero…

—¿Pero qué?

—No estaremos aquí mucho más tiempo. ¿Recuerdas? —Le lanzo una mirada fría como una piedra.

Él no muerde el anzuelo; más bien, parece confundido. No está del todo seguro de lo que está pasando, pero eso es suficiente. No necesita saberlo. No es de naturaleza demasiado inquisitiva, prefiere una vida sencilla. Y yo puedo lidiar con la confusión.

Pero de repente lanza una pregunta de la nada.

—¿Qué está pasando realmente? —pregunta mientras levanta un par de sillas.

—Nada. ¿De qué hablas? —Levanto las palmas delante de mí—. Solo tenemos que deshacernos de todo aquí arriba. Vamos. Empecemos.

Él resopla y suspira antes de empezar a salvar la estrecha escalera.

Las sillas y las sombrillas son relativamente fáciles de bajar, y la mesa, por suerte, no pesa tanto como parece. Logramos maniobrar a salvo, trabajando bien en equipo.

Solo cuando le digo a Pablo que la nevera —cargada de champán, aguas embotelladas, refrescos y batidos— también tiene que bajar, él pone las manos en las caderas.

—¿En serio? Me estás tomando el pelo. ¿Por qué querría que bajáramos la nevera?

—Ha pedido una nueva. Un monstruo americano de última gama. —Me río y pongo los ojos en blanco—. Típico de Isaac.

—Vale. Pero pesa un montón.

Juntos descargamos la nevera y ponemos todo su contenido a un lado.

—Me tomaré una de esas cervezas cuando terminemos —dice Pablo, tocando la tapa de una de las botellas.

—Primero vamos a bajar esta cosa.

Pablo va delante, llevando la mayor parte del peso, pero cuando tropieza en el último escalón, grito. Hay un estruendo tremendo, y la nevera cae estrepitosamente, golpeando la pierna de Pablo en el camino.

—Mierda. Mierda. Mierda —grita Pablo de dolor, frotándose el tobillo—. Espero que no hayamos roto el maldito cacharro.

Me importa un bledo si lo hemos roto. Pablo es lo único que me importa.

—¿Estás bien? No te preocupes por la maldita nevera. ¿Puedes apoyar peso en la pierna? ¿Podrás cargarla hasta el garaje?

—Lo intentaré.

Se levanta con dificultad, y noto que el borde de la nevera le ha rozado el lado de la cara.

—Oh, Pablo. Vas a tener un buen moratón en la cara mañana. Ya veo un pequeño bulto en tu cabeza. ¿Estás bien? —Le miro horrorizada.

Pablo se pasa un dedo por la mejilla y se lame unas gotas de sangre.

—Sobreviviré. Ahora vamos a meter esta maldita cosa en el garaje.

Entonces me quedo paralizada. Percibo sonidos de Jade moviéndose. Probablemente habrá oído el ruido.

—Shhh. —Me llevo un dedo a los labios y lanzo a Pablo una mirada de advertencia.

—¿Qué?—Solo mueve los labios. Puedo notar que le duele porque hace una mueca y respira con dificultad.

—Jade. No debe saber lo que estamos haciendo.

—¿Por qué? Virgen santa. —Me lanza una mirada que podría convertirme en piedra—. Marta. ¿Qué estás tramando?

—Por favor, Pablo. Por una vez, deja de hacer preguntas. Tienes que confiar en mí y ayudar a sacar esto de aquí. Pronto lo entenderás.

Pablo no está en condiciones de discutir. Trabajamos en silencio y, finalmente, logramos meter todo en el garaje. Luego le ordeno a Pablo que regrese a la casa para descansar y ponerse hielo en el tobillo, que se ha hinchado como un melón. Al menos no se ha roto nada. Lo miro y, no sé cómo, contengo las lágrimas.

—Tengo que limpiarte la cara. Parece que te has peleado —digo, tocando su mejilla hinchada.

Lo abrazo y me aferro con fuerza. Intento exprimir la culpa que siento por haberle causado dolor. Me hago una promesa a mí misma: cuando todo esto termine, se lo compensaré. Y nunca más le guardaré secretos a mi hombre.

Pablo tiene que estar bien, porque, por cómo pintan las cosas, mañana probablemente sea el apocalipsis.

Y no habrá vuelta atrás.

Capítulo 72

Dormir es imposible, doy vueltas toda la noche.

Al amanecer, me deslizo fuera de la cama y dejo a Pablo roncando mientras me dirijo a la villa.

Nunca he estado tan asustada en toda mi vida, pero necesito parecer tranquila, aunque por dentro esté hecha un torbellino. Por fin ha llegado el sábado. Es ahora o nunca.

Consigo evitar a Jade con las habilidades encubiertas de un *ninja,* dejándole un cruasán ridículamente seco y un café con leche para el desayuno antes de escabullirme de la vista.

Isaac no debería volver hasta media tarde, pero cuando oigo la puerta principal abrirse poco después de las once, me quedo paralizada. Ha vuelto demasiado pronto. Mi corazón empieza a acelerarse y siento un calor y mareo intensos.

Jade debe haber salido. Dejé las puertas del patio entreabiertas por un extremo, aunque Isaac me había ordenado mantenerlas cerradas. Él preferiría que ella estuviera dentro antes que en los jardines.

No es que pudiera escapar, pero está decidido a mantenerla encerrada. Voy a tener serios problemas por desobedecer sus órdenes. Pero por ahora Jade será la que esté en la línea de fuego.

Me tapo las orejas cuando oigo a Isaac gritar. Está junto a la barra del desayuno.

—¿Jade? ¿Jade?

Me escondo en la cocina, con miedo de respirar. Me agarro al borde del fregadero.

Escucho a Isaac pisar con fuerza abajo antes de salir. Cuando grita el nombre de Jade varias veces más, ella finalmente responde.

Ahora ambos están de nuevo dentro.

—¿Qué demonios es esto?

Isaac no podría gritar más fuerte. Me imagino su rostro, rojo de ira, con su característico latido pulsando en su cuello.

—¿Qué? Eso no tiene nada que ver conmigo. —La voz de Jade tiembla, pero está en modo batalla.

Por suerte, no es ninguna gatita. Es combativa, a diferencia de sus predecesoras. Dependo de que juegue limpio cuando se lo diga.

Me siento fatal por haber hecho tal desastre cuando ella terminó el desayuno. Desmenucé los copos sobrantes en el suelo y derramé un poco de leche sobre las baldosas de mármol. El sitio está hecho un desastre.

—¿Qué demonios quieres decir con que no tiene nada que ver contigo? Está claro que es tu maldito desorden. Escucha, Jade —sisea Isaac—, tienes que hacer las maletas y largarte de aquí. Pero, primero, vas a devolverme mi dinero. Cada céntimo, antes de irte.

Entonces oigo una bofetada. Me tapo la boca con las manos. Parece que él la ha golpeado. Mis piernas casi flaquean, pero entonces me doy cuenta de que es al revés. ¿Qué? Jade es la que ha dado la bofetada. Él la matará antes de que yo tenga oportunidad de pararlo.

La cocina parece girar. De repente, un golpe seco, como si alguien se hubiera dado un cabezazo contra una superficie dura, y luego todo queda en silencio.

No. No. No. Por favor, que no sea Jade.

Los segundos parecen horas, pero dejo salir todo el aire contenido cuando oigo a Jade hablar. Su voz tiembla, pero está bien. Gracias a Dios.

Pero el alivio dura poco. Ahora le dice a Isaac que la batería de su móvil está agotada y que no pudo cargarlo porque él le quitó el adaptador del enchufe. Aunque su voz es inestable, está luchando. Está decidida a no dejar que ese cabrón la venza. Dice que no pudo llamar al banco, ni a nadie, en realidad. Necesita hablar con ellos, ya que no tiene sus datos de acceso a mano. No sé si miente sobre esto, pero también insiste en que, al ser sábado, no será fácil hablar con alguien en el banco.

Lo siguiente que oigo es a Jade alejándose, hacia las escaleras.

Isaac le grita:

—Tienes treinta minutos, como mucho, para darme el dinero. ¿Me oyes?

Sigue otro silencio inquietante. Me agarro a la encimera de la cocina y rezo.

Casi vomito cuando Isaac golpea con el puño la puerta de la cocina.

—¿Marta? ¿Estás ahí? ¿Puedes salir y limpiar este desastre?

Puede que solo suponga que estoy en la cocina, pero no tengo elección. Tengo que enfrentar la situación.

De alguna manera logro llegar hasta la puerta y deslizarme fuera. Tengo las mejillas sonrojadas y no encuentro la voz. Isaac sabe que he oído todo, pero está en un estado tal, furiosa con Jade, que no me reprocha nada. Ni siquiera me mira, pero puedo ver, incluso desde unos pocos metros, que sus ojos están vidriosos y su mente está a kilómetros de distancia.

Si alguna vez hubo un momento para echarse atrás en mi plan, es ahora. Debería ordenar y escabullirme. Dejar que Jade se enfrente sola a las consecuencias. Pero no puedo. Hay demasiado en juego y, a juzgar por la actitud de Isaac, piensa matarla. Creo que puedo ser la única persona capaz de salvarle la vida a Jade.

Mientras empiezo a ordenar, Isaac sale al patio y enciende un cigarrillo. Nunca lo había visto fumar y deambula de un lado a otro como un león enjaulado.

Jade ha cerrado de un portazo la puerta de su habitación. Me aterra imaginar cómo debe estar sintiéndose.

Capítulo 73

Observo cómo Isaac se aleja de la villa en dirección a la piscina.

Esta podría ser mi única oportunidad. Necesito actuar rápido. Me deslizo de nuevo hacia la cocina y saco el pequeño recipiente de plástico escondido bajo el fregadero. Aguzo el oído, me quedo un par de segundos en silencio y vuelvo a salir sigilosamente cuando estoy segura de que no hay nadie.

Paso deprisa junto a la escalera principal y sigo por el pasillo hasta llegar a la base de las escaleras que suben a la terraza en la azotea. Mi mano tiembla tanto que me cuesta abrir la tapa del bote. Por fin se levanta y empiezo a esparcir arena mojada, embarrada y sucia por toda la escalera y hacia la terraza.

No tardo más de un minuto en vaciar el contenido y pronto estoy de vuelta bajando. Casi me rompo el cuello intentando esquivar el desastre resbaladizo, pero una vez abajo, me dirijo directamente al aseo de abajo y me encierro. Está a solo veinte pasos de aquí hasta la base de las escaleras que suben a la azotea. Intento calmar mi respiración, cierro los ojos y empiezo a contar hacia atrás desde cien. Esto es todo, no hay vuelta atrás.

Con los sentidos en alerta máxima, escucho los pasos de Isaac. Se oyen cada vez más fuertes y me pregunto si Jade también los oye. Si no está ya aterrorizada, lo estará en unos segundos. Tiene que quedarse en su habitación o todo estará perdido.

Entonces Isaac debe verlo. El rastro de barro.

—¿Qué coño? —Su voz es amenazadoramente baja, pero incluso desde detrás de la puerta del aseo, escucho el gruñido venenoso.

Ahora, el tiempo es clave. Si fallo, todo habrá terminado. Para Jade, y para mí.

Una respiración profunda, tres Ave Marías, y deslizo el cerrojo hacia atrás. Isaac se gira cuando aparezco.

—¿Qué pasa, señor?

Agita la mano para que lo siga.

—Oh, Dios mío —digo, llevándome una mano a la boca cuando señala el rastro de tierra. Finjo que veo el desastre por primera vez.

—Marta. ¿Dónde está Jade? ¡Que baje! ¡¡Ya!!

No sé cómo logro formar las palabras, pero de alguna manera salen atropelladas.

—Está en la terraza de la azotea, señor. La vi subir hace un minuto —susurro.

Lo último que necesito es que Jade me oiga y baje. Me esfuerzo por mantener la voz firme, y la garganta me arde tanto que las palabras apenas salen. Hago una súplica silenciosa. «Por favor, Dios. Que siga el rastro».

Parece que mis plegarias son escuchadas, porque sube furioso las escaleras hacia la azotea. Le cuesta una eternidad llegar arriba. El pesado tope mantiene la puerta abierta, pero he practicado. Con un rápido movimiento de la mano izquierda, lo aparto, lo bajo un peldaño y, con la mano derecha, cierro la puerta de un portazo.

Isaac pisa el último escalón y sale a la terraza. Voy un par de pasos detrás, pero no me mira. Escudriña la terraza buscando a Jade, con la muerte en la mirada.

Cuando por fin doy un portazo, me desplomo en las escaleras y trago las náuseas.

Está hecho. Isaac no podrá salir. No hasta que llegue la ayuda. Cuando mande la señal de que está hecho, estarán aquí en menos de una hora. Con la temperatura rozando los cuarenta grados, sin sombra ni agua, Isaac estará aterrorizado. Es lo menos que merece.

Para cuando salga, Pablo y yo ya habremos desaparecido.

Bajo deslizándome por las escaleras desde la azotea y me dirijo al pie de la gran escalera. Ahora me toca a mí gritar.

—Jade. Jade. Soy Marta. Baja ya. Estás a salvo.

Aunque no oigo ningún ruido desde la azotea, sigo mirando por encima del hombro. En mis pesadillas, veo a Isaac aparecer detrás de mí.

Pasan unos minutos. Aunque la gruesa puerta cortafuegos que da a la terraza bloquea la mayoría de sonidos, puedo oír un golpeteo muy leve desde el otro lado. Es persistente. Me pregunto cuánto tiempo lo mantendrá.

—Jade. Jade.

Corro al pie de la escalera principal y grito aún más fuerte. No hay rastro de ella por ningún lado. ¿Por qué no sale? Quizá ha salido afuera.

Mi corazón late tan rápido que temo desmayarme. Tengo que mantener la compostura. Saco el móvil del bolsillo y llamo a Pablo. Estoy sudando tanto que me cuesta agarrar bien el teléfono.

—Pablo. Tienes que llevar a Jade al aeropuerto. —Estoy tan sofocada que las palabras se me atropellan—. Por favor, Pablo. Prepara el Mercedes en el garaje.

Tengo que alejar el teléfono de mi oído mientras Pablo despotrica al otro lado de la línea. Quiere saber si Isaac ha dado la orden.

—Pablo. Pablo. Pablo. Deja de hacer preguntas. Por favor, haz lo que te digo por una vez. Te lo explicaré todo cuando vuelvas.

Puedo oír cómo trabaja la mente de Pablo en el silencio. No dice nada, pero tampoco cuelga, hasta que grito a través del auricular.

—Pablo. ¡Ahora! Ve. Ve. Ve. Es urgente. La vida de Jade está en peligro.

Más bien la vida de Jade estará en peligro si Isaac logra salir, así que Pablo tiene que actuar rápido.

Sé que está lejos de estar contento. Está confundido, ansioso, pero finalmente acepta dejar lo que está haciendo y preparar el coche. Si se pregunta dónde está Isaac, no lo dice. Mi Pablo sabe cuándo una discusión es inútil, y este es sin duda uno de esos momentos.

Hago un rápido reconocimiento afuera, alrededor del patio y junto a la piscina, pero no hay rastro de Jade por ninguna parte. Cuando regreso a la villa, veo su maleta debajo de las escaleras. Debe estar cerca.

Reviso frenéticamente todo el piso de abajo y luego me dirijo al guardarropa.

—Jade. ¿Estás ahí? —grito.

Aunque soy yo quien la busca, estoy tan en alerta máxima que daré un respingo si aparece o siquiera me responde.

Giro la manilla, abro la puerta de par en par, pero ella tampoco está ahí. No pierdo tiempo, necesito encontrarla. Y rápido. Todos tenemos que estar fuera de aquí dentro de la próxima hora.

Me deslizo por el pasillo que lleva al garaje, pero aún no hay señales. Entonces oigo pasos en las escaleras. Ha subido a su habitación. Quizá se olvidó de bajar algo.

Mientras subo la escalera, de repente aparece sobre mí.

—Jade. Ven conmigo.

Extiendo el brazo, soltando un enorme suspiro de alivio, y la animo a cogerme la mano.

Dudo solo un segundo, echo un vistazo por encima del hombro, cuando creo oír un ruido detrás de mí. Isaac. No puede ser. ¿No podría haber salido, verdad?

Entonces, de repente, Jade pasa de largo, derribándome y golpeándome con su bolso al hombro. Grito y caigo escaleras abajo. Lo último que recuerdo es a Jade palpándome el cuello para buscar el pulso, luego empujándome y corriendo por el pasillo. Por alguna razón se dirige al garaje. No le dije que Pablo estaría esperando, ¿por qué va hacia allí?

Me rindo al dolor, cierro los ojos, y lo último que recuerdo antes de perder el conocimiento es rezar para salvarnos.

TERCERA PARTE

JADE

Capítulo 74

Cuando finalmente vuelvo en mí, lo primero que hago es mirar el reloj. He estado inconsciente al menos media hora. Gracias a Dios no ha sido más tiempo.

Consigo incorporarme a duras penas y, sentada en el primer peldaño, saco el móvil. Por suerte sigue intacto después de la caída.

Antes de llamar a Pablo, necesito enviar un mensaje urgente. Isaac lleva ya unos cuarenta y cinco minutos en la terraza de la azotea. El tiempo corre.

> Ya está hecho. Pablo y yo nos iremos en una hora.

Pulso «enviar» y me quedo mirando la pantalla. Por favor, Dios, que respondan. A Isaac no le queda mucho tiempo.

No tenía por qué preocuparme. Menos de un minuto después, aparece en la pantalla un emoticono de pulgar hacia arriba, junto con serpentinas de cumpleaños y una botella de champán.

A continuación, con los dedos húmedos y temblorosos, llamo a Pablo. Contesta al instante.

—Pablo. Pablo. Pablo —apenas puedo pronunciar las palabras—. ¿Estás de camino?

Me dice que acaba de dejar a Jade y que estará en la villa en media hora, como mucho.

—Gracias. Gracias. Te quiero. Y, Pablo…

Contengo la respiración. Se va a volver loco cuando escuche lo que voy a decirle, pero no puedo retrasarlo más. Hay un silencio ominoso mientras hablo.

Le digo que estoy recogiendo todas nuestras pertenencias esenciales y que, en cuanto él regrese, nos iremos en el Fiat.

Dejaremos la villa para siempre. El plan es cruzar España y entrar en Portugal, y le contaré todo durante el camino.

Intento tranquilizarlo diciéndole que no se preocupe. Pero es inútil. Repite mi nombre, una y otra vez. Marta. Marta. Marta, preguntando qué he hecho.

—Pablo. Lo único importante que debes saber es que te quiero. Ahora date prisa.

Dicho esto, corto la llamada y me dirijo lo más rápido que mi cuerpo tembloroso y dolorido me permite. Al pasar por las escaleras que llevan a la terraza de la azotea, sé que es mejor no mirar hacia arriba.

No hay tiempo que perder. Tengo que volver a la finca y empezar a hacer las maletas.

Y largarme de aquí cuanto antes.

Capítulo 75

No sé qué es peor: el miedo a que Isaac, o Marta, o ambos vengan a por mí, o el miedo a morir en la carretera hacia el aeropuerto de Málaga.

Pablo conduce como un maniático furioso. Parece haberse vuelto loco. En cuanto al miedo a volar, ahora mismo está en un segundo plano. En este momento, me preocupa más no llegar al aeropuerto entero, y también creo que podría sobrellevar mejor una colisión en pleno vuelo que tener que enfrentarme a Isaac y Marta de nuevo.

Como siempre, Pablo se muestra reacio a hablar, y el tráfico parece absorber toda su concentración mientras zigzaguea entre los coches. Podríamos formar parte de una persecución policial a alta velocidad. Cuando el velocímetro marca ciento cincuenta kilómetros por hora, aprieto la agarradera del techo con los nudillos blancos.

Pablo frena en seco en el aeropuerto y, antes de que tenga tiempo de sacarle una buena propina, ya ha arrancado rugiendo. Si no choca, necesitará mucho dinero en efectivo para las multas por exceso de velocidad.

Son casi las dos, y aunque mi vuelo no despega hasta poco después de las cinco, me dirijo directamente a Salidas. Cuanto antes pase al otro lado, más segura me sentiré. No sé por qué, ya que sospecho que Isaac podría sobornar al personal del aeropuerto para que me hicieran salir. No he olvidado lo familiar que le resultaban los agentes de pasaportes a la entrada.

Me pregunto cuánto tardará en darse cuenta de que me he ido. Por lo que sé, Marta podría haberlo terminado ya con un cuchillo de carnicero. De repente parecía haber desaparecido. Pero, en cuanto esté en el aire, tendré que dejar todo este horror atrás.

Una vez pasada Salidas, me dirijo directamente al bar. Elijo un asiento en un rincón, pero que me permita ver bien las puertas de seguridad. Conforme pasan los minutos y no aparece Isaac, vuelve con fuerza mi miedo a despegar. Me bebo con facilidad media botella de vino blanco para intentar calmar los nervios.

Como solo he tomado unas pocas migas de cruasán antes, mi estómago ruge. Regreso al mostrador, cojo un panini de jamón y queso, y otra media botella de vino que, si no termino antes del despegue, verteré en mi botella vacía de agua Evian.

Poco a poco empiezo a relajarme, aunque eso no me impide mirar las puertas de seguridad cada pocos minutos buscando a Isaac. No puedo imaginar que Marta tenga la misma influencia con los oficiales, así que no espero verla. Pero ¿quién sabe? Parece que se me da fatal calar a la gente.

Saco el móvil y empiezo a enviar mensajes. Le digo a mamá que pasaré mañana para contarle todo sobre mis vacaciones. Por supuesto, no le diré nada más que España estuvo calurosa y soleada, el mar era azul y la paella para morirse.

Cuando finalmente aparece el vuelo a Luton en el panel de salidas, me bebo lo último del vino (sorpresa, sorpresa, nada que verter) y me dirijo a las puertas. Empiezo a tararear, dándome cuenta de que mis peores temores no se han cumplido y pronto estaré de vuelta en Inglaterra.

Cuando me quede en paz con Isaac, le devolveré el dinero. No tiene sentido ser hipócrita. Puedo ser atrevida, pero desde luego no tanto como para estafarle, como él hizo con Emmeline. Me encantaría vengarme de su comportamiento obsceno, pero ¿a quién quiero engañar? La tranquilidad vale mucho más que el dinero en el banco. Dudo que alguna vez olvide el odio y la rabia en sus ojos. Realmente pensé que iba a matarme.

Mientras camino por la pista, pienso en Marta. La mirada salvaje y vidriosa en sus ojos, y me siento doblemente afortunada de estar viva.

Pronto, estoy subiendo los escalones tambaleantes hacia el avión. La cola detrás de mí probablemente serpentea hasta el infinito, pero no miro bien hacia atrás, porque cuando veo a tanta gente, el pánico se dispara. Al menos esta vez no llevo ningún diazepam para dejarme inconsciente. Los metí en la maleta, que todavía está en la villa. Desde luego no tenía intención de volver a cometer el mismo error de mezclar tranquilizantes con alcohol.

De todos modos, con toda una botella de vino ya bebida, me siento relajada, casi soporífera. Después de todo el drama, podría incluso echar una cabezadita cuando estemos en el aire. Es mucho pedir, pero quizá.

Cuando llego a la cima de los escalones, cierro los ojos, cuento hasta diez y entro en la cabina.

Antes de entrar en la fila 2 para ocupar mi asiento junto a la ventana, me atrevo a echar un vistazo a mi espalda. El avión ya está a reventar más atrás, gente apretujada peleando por el espacio para equipaje de mano. Mi corazón da un vuelco, y me recuerdo a mí misma que mantenga la mirada hacia adelante. A veces imagino el lujo de estar en un avión privado, con una capacidad máxima de doce pasajeros. Todo es una ilusión porque sé que un avión privado tiene la misma probabilidad de estrellarse que un jumbo.

Me acomodo en mi asiento junto a la ventana: el 2A. El asiento es tan familiar que podría tener mi nombre. Dejo mis cosas en el asiento 2B y me abrocho el cinturón. Todavía me fastidia que alguien haya cogido el 2C antes que yo, pero es un pequeño precio a pagar por saber que pronto estaré de vuelta en Inglaterra, a un mundo de distancia de Isaac.

Mientras el avión empieza a llenarse, me emociono con la idea de que la persona del 2C quizá no venga después de todo. Quizá haya perdido el vuelo.

Cuando uno de los auxiliares está a punto de cerrar la puerta delantera del avión, hay un anuncio del capitán.

—Damas y caballeros. Disculpen el retraso. Estamos esperando a un pasajero más, y creemos que está en camino. Gracias por su paciencia.

Me enderezo, y el estómago se me revuelve de pánico.

¿Podría Isaac haber retrasado el avión? No soy partidaria de las coincidencias, pero ¿por qué estoy tan convencida de que el retraso está de alguna manera conectado conmigo?

Se me ocurre que, si Isaac es el que llega tarde, quizá debería inventarme una historia para poder bajarme del avión antes del despegue. Quizá fingir un ataque al corazón.

Capítulo 76

Presiono la cara contra la ventanilla y observo al pasajero que llega tarde cruzando la pista. Suelto un enorme suspiro de alivio cuando veo que es una mujer, y no Isaac. Además, no tiene nada que ver con Marta.

Pero pronto entro en pánico, no porque la reconozca, sino porque es muy obesa. Anda tambaleándose como un pato hacia el avión.

Connor me dice que soy una persona desagradable, que soy muy prejuiciosa. Me acusa de gordofobia. Pero está equivocado. No tengo nada en contra de quienes luchan con su peso, no debe de ser fácil, pero me da mucha claustrofobia tener que sentarme al lado de una persona grande en un avión. Me cuesta mucho.

Al menos tengo libre el asiento del medio, pero una persona grande en el pasillo me hará sentir atrapada. Es como el miedo a quedarse atrapada en un ascensor.

Mierda. Mierda. Mierda.

Un guardia de seguridad acompaña a la señora hacia la parte delantera del avión y lleva su pequeña bolsa de vuelo. Me pregunto si le habrá pagado por sus servicios. Ahora lleva una bolsa negra brillante que parece cara, de cuero si no me equivoco, por las escaleras. La señora resopla con fuerza, y me doy cuenta de que podría estar discapacitada. O bien es tan obscenamente rica que puede manipular aerolíneas de bajo coste.

Sí. Claro. Mi maldita suerte. Es la persona que ha reservado el asiento 2C.

Voy a necesitar unas cuantas minibotellas de champán para aguantar y ayudarme a olvidar que está ahí.

Pronto intenta subir su bolsa al compartimento superior, bloqueando completamente mi vista al otro lado del pasillo. Por supuesto, no hay espacio en el compartimento, y un miembro de la tripulación se pone en alerta, diciéndole que no se preocupe, que encontrarán espacio para ella.

Cuando se cierra la puerta delantera del avión, la señora finalmente se acomoda en su asiento. Respiro aliviada cuando sus caderas anchas logran encajar en el espacio reducido. No va a compartir mi asiento extra por el que he pagado.

Cuando el avión comienza a rodar, me pongo mis EarPods y empiezo un canto ritual. Es una especie de oración, y el zumbido constante, junto con un ritmo musical intenso, ayuda a bloquear el rugido de los motores. Giro la vista a la derecha, y la señora del final sonríe. Finge mirar más allá de mí por la ventanilla, pero noto que me está mirando a mí. Dios la ayude si se está riendo de mí.

En fin, pronto estamos ascendiendo, sobre el océano, alejándonos de Málaga, de Marbella y de España. La costa desaparece lentamente, y respiro con más facilidad.

Cuando ya estamos completamente en el aire, saco mis EarPods, los guardo en mi bolso y tomo una decisión muy apresurada. Reclinar mi asiento y arriesgarme a parecer relajada.

—¿No te gusta volar?

¿Qué? Me cuesta un segundo darme cuenta de que la señora me está hablando a mí.

—No. No me gusta.

No quiero entablar conversación. Hablar me pone más ansiosa y me da miedo olvidarme de estar alerta.

—Es la primera vez que voy a Inglaterra —dice la señora, sonriendo ampliamente.

Me da envidia, está tan a gusto.

—¿Ah, sí?

—Estoy muy emocionada. Hay tantos lugares que quiero ver.

No logro ubicar su acento, pero pronto me lo aclara.

—Soy de Noruega. ¿Y tú?

—Soy de Londres. De un sitio llamado Crouch End.

—¿Quieres una copa? Invito yo. —Ya está haciendo un gesto con los dedos para llamar a la tripulación. ¿Por qué pienso en Isaac? Su seguridad me recuerda a él.

—Sí. ¿Por qué no?

—Pareces una mujer de *prosecco*. ¿Me equivoco?

—¿Cómo lo has adivinado?

—Pues marchando un *prosecco*.

Mira por dónde, esta mujer me está cayendo bien. Cuando pide cuatro botellitas pequeñas de espumoso, dos para cada una, pienso que quizá conectaremos. Quizá por un rato olvide mi miedo a volar.

Pronto me relajo y entablamos una charla trivial, abarcando todo tipo de temas, hasta que, aproximadamente media hora después de despegar, me pregunta cómo me llamo.

—Jade. ¿Y tú?

—Astrid.

Me sonríe como si debiera saber quién es. Con la misma intención que si hubiera dicho Beyoncé. O Rihanna. O Cher. Quizá sea una famosa que nunca he oído nombrar. El nombre me suena, pero la bebida no ayuda. Me está dejando la mente cada vez más embotada.

—Hola, Astrid —digo—. ¿Debería conocerte?

Me veo tímida, como una fan que acaba de encontrarse cara a cara con Adele.

—Sí, Jade. Deberías. ¿Te pongo al día?

No hace falta que lo haga. De repente, caigo en la cuenta.

Capítulo 77

No puede ser. Es Astrid, la esposa de Isaac. Claro. Escuchar su nombre me ha devuelto al estado de pánico. Me incorporo, alerta máxima, con los pies firmemente apoyados en el suelo.

—Creo que conoces a mi marido —dice.

Sus labios carnosos, naturales más que rellenos de bótox, se aferran al borde de su vaso de plástico.

De repente lo entiendo. Casa de Astrid. El nombre de la villa. Astrid fue la esposa de Isaac que murió. Ella murió, ¿verdad?

—Ah. ¿Quién es tu marido?

De pronto se ríe, una explosión de alegría que hace que chorros de *prosecco* salpiquen el asiento de delante.

—Vamos, dilo tú.

—¿Isaac? —Mi voz sale como un chillido.

Vacío lo que queda de mi primera botellita de espumoso en mi vaso de plástico y doy un trago.

—Lo has acertado. He oído que ha estado cuidando de ti.

—¿Qué? ¿Cuidarme? Está loco.

A través de la neblina del alcohol, algo me dice que tenga cuidado con lo que digo, aunque Astrid no parezca una amenaza. Podría estar equivocada, pero ¿quién sabe? Mi criterio no ha sido el más acertado últimamente.

—Y que lo digas. Salud.

Me acerca su vaso tambaleante y lo choca contra el mío, derramando más *prosecco* por los bordes. Qué desperdicio. Si Astrid no necesita su bebida, yo desde luego sí.

—Lo siento, Astrid. Pero pensé que habías muerto.

Suena a la cosa más ridícula que podría decir, pero de algún modo se me escapa.

—Lo sé. Todos piensan que estoy muerta. Bueno, casi todos. Lo más importante es que Isaac creyó que lo estaba.

—Ah. —Mis ojos se abren por sí solos. Ahora sí que ha captado toda mi atención.

La tripulación de cabina hace su segundo recorrido. Astrid chasquea los dedos de nuevo y pide dos cajas pequeñas de Pringles.

—Sé que no debería —dice—, pero estoy de celebración.

No me atrevo a preguntar qué celebra, y la observo hipnotizada mientras levanta las tapas de los envases de Pringles. Pronto, me ofrece las de sabor a queso.

—¿Quién puede beber sin picar algo? —Se ríe esta vez y aparta un flequillo rebelde de los ojos.

Por un momento olvido que Astrid me está bloqueando el paso, porque estoy ansiosa por escuchar el resto de su historia.

—¿Qué pasó? ¿Por qué quieres que Isaac crea que estás muerta?

—Intentó matarme, y casi lo consigue. No me dejaba comer y me encerró en la villa. ¿Te imaginas?

Astrid entrecierra los ojos y se gira para mirarme directamente. Quiere que le crea. Todavía no comparto que Isaac me hizo lo mismo, porque estoy desesperada por que siga hablando.

—No llevabais mucho tiempo casados —digo—. Él dijo que te ahogaste poco después de la luna de miel. Insinuó que quizá te quitaste la vida.

—Hasta la luna de miel no me di cuenta de lo cabrón que es. —Ahora empieza a reírse a carcajadas, tan fuerte que los pasajeros del otro lado del pasillo nos lanzan miradas de reproche—. Debería decir, era.

—¿Perdona?

—Era. Lo cabrón que era.

—Sigue siéndolo. Créeme. Me encerró en la villa y pensé que también iba a matarme. —No quiero que piense que ha cambiado. Sigue siendo un cabrón malvado.

—No deberías haber aceptado su dinero. Fue una pelea, pero si no se lo devolvías, con intereses, nunca te dejaría en paz. Probablemente te habría hecho desaparecer. O te habría ahogado en mi preciosa piscina infinita nueva.

Otra risa que suena a locura de Astrid me hace estremecer.

Joder. ¿Cómo sabe que cogí su dinero? ¿Ha estado en contacto con Isaac? ¿No estarán trabajando juntos, verdad? ¿Para estafarme mis millones ficticios?

De repente se enciende la señal de abrocharse el cinturón y el avión se sacude hacia arriba y hacia abajo.

—Señoras y señores. El capitán ha activado las señales de cinturón de seguridad. Por favor, vuelvan a sus asientos. Los baños están temporalmente fuera de servicio.

Se me revuelven las entrañas y siento una necesidad urgente de ir al baño. Tengo ganas de vomitar. No sé qué es lo que me hace sentir peor, si la ligera turbulencia (aunque para mí es un mesociclón) o la conversación con Astrid. Sin duda, es lo segundo lo que va ganando terreno, porque la historia de Astrid es realmente escalofriante. ¿Y por qué siento que aún está lejos del remate?

Pero hasta que el avión se estabilice, necesito cerrar los ojos y enderezar el asiento. Tengo que concentrarme en sobrevivir.

Tire del cinturón varias veces para asegurarme de que está bien abrochado. Mientras tanto, el cinturón de Astrid está desabrochado, descansando flojo sobre su regazo. Está relajada, como un gato bajo el sol del mediodía.

Casi puedo oírla ronronear.

Capítulo 78

Pasan unos diez minutos desde que el avión se estabiliza y las señales de cinturón se apagan para que pueda recomponerme. Lo suficiente para continuar la conversación.

—¿Quieres que te hable de Isaac? —pregunta Astrid, manteniendo la mirada fija en el asiento de delante.

Las migas de Pringles están esparcidas por su blusa, y se lame algunas más de los labios. Cuando un miembro de la tripulación pasa junto a nosotras, Astrid agita el envase vacío de Pringles y pide otro.

—¿Jade? ¿Uno para ti también?

—No, gracias.

Paso completamente de las Pringles, pero estoy ansiosa por escuchar lo que va a contarme sobre Isaac.

—Bueno, conocí a Isaac en Los Molinos. Creo que tú estuviste allí, ¿no?

—Sí, estuve —no me extiendo, deseando que siga con la historia.

—En fin. Me conquistó. Estaba tan enamorada. Fue un amor a primera vista. O eso creía. —Mastica las nuevas Pringles y le da un sorbo al *prosecco* para tragarlas—. Cuando me pidió que me casara con él, pensé que había muerto y llegado al paraíso.

Cierra los ojos un instante.

—¿Y qué pasó después?

—Cambió de la noche a la mañana. En cuanto partimos de luna de miel, se convirtió en un monstruo.

—Oh. —Pongo cara de sorpresa, pero es solo una actuación. Estoy lejos de estar impactada.

—Me encerró en el coche cuando paramos en la primera estación de servicio que encontramos, me dijo que no tardaría.

El cabrón entró, me saludó desde una ventana y se sentó a comer un enorme plato de pescado con patatas.

Se me eriza el vello de la nuca. Sé que Isaac es un cabrón, pero temo lo que viene a continuación.

—Finalmente volvió al coche, trayéndome un bol de ensalada empapada y una taza de café negro. Luego arrancó sin decir una palabra más.

Astrid sigue hablando. No la interrumpo, como un terapeuta que anima a su paciente a desahogarse por completo.

—Cuando llegamos al hotel en Francia donde íbamos a casarnos, empecé a cuestionarlo todo.

—¿Por qué seguiste adelante?

—Oh, Jade. ¿Nunca has estado enamorada? —Astrid me mira, horrorizada ante la posibilidad de que no lo entienda—. No podía renunciar a él. Nunca antes había estado enamorada.

—Así que ¿te casaste?

—Sí. Pero en nuestra noche de bodas, desapareció y me dejó sola en el hotel durante dos días enteros. Estaba destrozada. Verás, pensé que algo malo le había pasado.

—¿A dónde había ido?

—No tengo ni idea. Nunca me lo dijo, solo me advirtió que me ocupara de mis asuntos. Y así comenzó nuestro matrimonio.

Luego Astrid me cuenta cómo Isaac no la dejaba comer nada. Controlaba su dieta, lo que llevaba puesto, y si hacía el más mínimo desorden en cualquier lugar, se volvía loco. Después acortó la luna de miel, diciendo que ya había tenido suficiente, y regresaron a la villa.

—Sabes, perdí quince kilos en las dos semanas después de casarnos. Parecía una supermodelo. —Astrid se ríe, una reacción automática, pero parece más bien una tapadera para el dolor—. Supongo que, ¿cómo se dice? No hay mal que por bien no venga. Siempre soñé con estar así de delgada.

La observo ahora y sospecho que el exceso y el aumento de peso volvieron tan pronto como se libró de Isaac. ¿Quién podría culparla?

—Pero estaba tan débil. Si me hubiera quedado, creo que Isaac podría haberme dejado morir de hambre. —Una sola lágrima asoma en la esquina de su ojo.

—¿De verdad? —Me inclino sobre el asiento central y le doy una palmadita suave en el hombro—. Lo siento. Suena terrible.

—Lo fue. De verdad que lo fue.

—Pero lo entiendo. Creo que tuve suerte de escapar. Si no hubiera logrado salir de la villa, probablemente estaría muerta también.

—Brindemos por Marta. —Astrid se incorpora, enderezando su postura encorvada y ofrece su vaso de plástico para chocar con el mío otra vez.

—¿Marta? —Mi estómago da un doble vuelco.

—Marta. Ella me salvó la vida. Y sospecho que también te salvó a ti. Salud —dice, y se bebe el contenido de su vaso—. Por Marta.

Me giro completamente para mirarla.

—¿Qué quieres decir con que Marta me salvó la vida? Ella intentó matarme.

—Ja. Ja. Ja. Marta nunca intentó matarte, Jade. Pero sí mató a Isaac. Es una lista, como decís en inglés…, una galleta lista.

Capítulo 79

¿Marta mató a Isaac? ¿Qué demonios?

No consigo entender lo que Astrid está diciendo. El hecho de que su voz haya bajado a un susurro me hace pensar que podría estar diciendo la verdad. ¿Pero asesinato? ¿De verdad?

—¿Cómo mató Marta a Isaac?

Esta vez mis ojos están como platos. No escucho ningún otro ruido alrededor de la cabina, ya que toda mi atención está puesta en Astrid. Pero ella no tiene prisa y disfruta de la atención.

—¿No lo has adivinado?

Astrid echa una mirada furtiva al otro lado del pasillo y finge mirar detrás de ella, aunque no puede ver por encima del reposacabezas.

—No.

Estoy tratando de resolverlo. Ahora que lo pienso, cuando intenté escapar de Marta no había señales de Isaac. Se había quedado ominosamente en silencio y supuse que debía estar fuera.

—Bueno, Marta dejó un último rastro de desastre, con tu nombre, que conducía a la terraza de la azotea. Y, oh, sorpresa, él lo siguió. Venía a buscarte y probablemente a encerrarte a ti ahí arriba —dice con énfasis en «a ti».

De nuevo, Astrid piensa que esto es muy divertido. No entiendo por qué está tan alegre.

—Entonces, ¿Marta lo encerró allí? ¿Cómo?

—Cuando él siguió el rastro para encontrarte, Marta la siguió. Entonces, ¡zas! Cerró la puerta de golpe detrás de él y lo dejó encerrado ahí fuera.

—¿Sigue allí? —Miro mi reloj. Han pasado al menos cinco horas desde que huí de la villa.

—Sí. De hecho, sigue allí. No hay sombra alguna durante el día. Marta y Pablo movieron todos los muebles al garaje, junto con las bebidas. Isaac estará muerto en uno o dos días.

Esta mujer está loca. Y lo que es peor, podría estar diciendo la verdad. Los ruidos que escuché ayer venían de la terraza de la azotea. Debieron ser Pablo y Marta moviendo los muebles. Santo cielo. Marta realmente ha matado a Isaac.

—¿Por qué mató Marta a Isaac? Seguramente podría haberse ido en cualquier momento.

—Vamos, piensa, Jade. ¿Por qué hace alguien algo? Deberías saberlo. —Se frota el pulgar adelante y atrás contra los dedos—. Dinero, ¿qué si no?

Estoy tentada de decirle que no tengo dinero, y que no es lo único que mueve a las personas. Pero ¿a quién quiero engañar? He estado presumiendo por toda Marbella, agitando mis millones ficticios en el aire.

—Si fue por dinero, ¿quién le pagó?

Dios mío. Eso es. Astrid pagó a Marta para atrapar a Isaac en la terraza de la azotea. Empiezo a sudar y manipulo furiosamente el botón del aire acondicionado encima de mi cabeza. Me inclino sobre el asiento 2B y abro también esa rejilla.

Muevo la carta del menú arriba y abajo frente a mi cara, que debe estar roja como un tomate por la bebida, el calor y el *shock*. Estoy sentada junto a una asesina premeditada.

—No pongas esa cara de sorpresa. Por favor. —Ella pone los ojos en blanco—. Tú tampoco eres ninguna santa, ¿verdad?

—¿Qué?

—Bueno, le estafaste a Isaac casi 150 000 libras.

—Pero yo no lo asesiné.

—¿Nunca tuviste la tentación? ¿Ni siquiera un poco? —Junta el pulgar y el índice para mostrar lo que es un poco. Como si no lo supiera.

Me lleva un minuto asimilarlo, aunque dudo que lo asimile del todo en mucho tiempo. Quizá nunca.

—¿Cómo sabes que Isaac me prestó dinero? —Evito usar la palabra «estafa», ya que siempre he tenido la intención de devolvérselo.

—Marta me mantenía informada. Contacté con ella después de que todos pensaran que estaba muerta, y nos veíamos para hacer planes. Todo encaja bastante bien, ¿no crees?

—¿Marta te contó que Isaac me prestó dinero?

Es como una historia de terror.

—Sí, la buena de Marta. No tiene ni idea de que Isaac está muerto. Ahora está camino a Barcelona.

—¿No quiso matarlo? —Aunque antes de irme me cagaba de miedo con Marta, ¿de verdad pensaba que era capaz de matar?

—No. Es un poco ingenua... ¿Cómo se dice? Está verde, creo.

Astrid se desabrocha la blusa ligera, dejando al descubierto un escote generoso y blanco. La historia parece estar dándole calor.

—Pero antes de contarte cómo engañé a Marta, ¿no quieres saber cómo fingí mi suicidio? Sería una gran película. Un espectáculo de Netflix.

No quiero oír más, pero Astrid apenas está calentando.

—Y, Jade, tienes que contarme cómo conseguiste que Isaac te entregara todo ese dinero. Eres toda una estafadora, ¿no?

Se inclina y me da una palmada en el muslo.

Necesito bajarme de este avión, pero quedan otros cuarenta minutos de infierno.

Capítulo 80

Le cuento a Astrid cómo trabajé con Carlos para que Isaac me pagara el depósito del piso.

Astrid es toda oídos.

—Qué lista —dice, lamiéndose los labios húmedos—. No eres solo una cara bonita.

Admito que las dudas de Isaac se disiparon pronto cuando le dije que le compraría el yate de Mario, como pago de intereses.

Contar la historia me hace estremecer. Suena como si fuera una gánster de primera.

Astrid se inclina sobre el asiento del medio, se cubre la boca con la mano.

—Deberías estar contenta de que Isaac esté muerto. O que lo esté pronto. Ahora podrás quedarte con todo ese dinero que te prestó. Sin rastro que te señale.

Mi interior da vueltas. Me está haciendo parecer cómplice. No tuve nada que ver con lo que ha pasado, o podría haber pasado, con Isaac.

—No quiero esa maldita pasta. Tengo toda la intención de devolvérsela.

Ella se recuesta en su asiento y habla en un tono teatralmente alto.

—Oh, no seamos más santos que el santo. Disfruta el dinero. Es tuyo. —Hace una pausa para tomar aire—. Pero no estoy segura de que lo necesites. Creo que es una gota en el océano comparado con tu golpe de suerte. Aunque aun así será agradable ver un poco más en el banco. ¿No crees?

—¿Cómo sabes que tuve un golpe de suerte? —Esta vez soy yo quien susurra desde el asiento 2B.

—Oh, eso fue Logan. El tipo de Los Molinos. Ha sido un espía para Isaac. A cambio de pagos generosos, Logan mantenía a Isaac informado sobre mujeres adineradas que se alojaban en el hotel. No estoy segura de qué hará Logan ahora. Gana una miseria en el hotel. Pero ¿a quién le importa? Todo eso ya es agua pasada.

Fuera del ojo de buey, no hay más que cielo azul extendiéndose hacia el cielo hasta donde alcanza la vista. Abajo, a través de un claro en las nubes, comienzan a verse los campos verdes de Inglaterra. En media hora estaremos aterrizando. No creo haber estado nunca tan ansiosa por volver a casa.

—Última pregunta. ¿Cómo convenciste a Marta para que lo hiciera? ¿Para atrapar a Isaac en la terraza de la azotea, sabiendo que moriría rápido por el calor? ¿Lo hizo solo por dinero?

¿Podría Marta haber sido realmente malvada desde el principio? ¿Estaba Pablo involucrado? Me llevó al aeropuerto, así que quizá no sabía nada. O quizá lo sabía todo y pensó que era mejor que me alejara lo más posible.

—Oh, para que la gente haga lo que quieres, se necesita más que un poco de astucia. Y mucho dinero, claro.

El pecho de Astrid se infla, hasta que sus senos reposan sobre la pequeña mesa desplegable.

—Así que ¿le pagaste?

—Sí. Ella está camino a Barcelona con Pablo. No volverán. Le di suficiente dinero para que se establecieran con estilo. Marta tiene muchos pisos que ver con Pablo.

—Todo por el dinero. —Hago un sonido de burla, horrorizada de que mi vida se haya convertido en algo puramente económico de la noche a la mañana.

—Está bien. Voy a ser sincera. Le dije a Marta… —Astrid retoma el susurro y vuelve a cubrirse la boca con una mano regordeta— que mis guardaespaldas, dos tipos enormes y musculosos, llegarían una hora después de que ella me enviara un mensaje diciendo que Isaac estaba atrapado. Lo dejarían salir, lo molerían a golpes y le dirían que se largara de mi villa. Y de mi vida. Se asegurarían de que nunca más me molestara.

Una enorme ola de alivio me invade. No ha habido ningún asesinato. Isaac debería estar libre. Pero ¿por qué Astrid me dijo antes que ya estaba muerto?

—¿Entonces tus chicos fueron a liberar a Isaac?

—Jade. No seas tan ingenua. Por supuesto que no.

Echa la cabeza hacia atrás y se ríe, el sonido rebotando por toda la cabina.

Capítulo 81

Necesito desconectarme de esta loca demente. La palabra *shock* no describe cómo me siento. Es como si estuviera en una pesadilla de la que nunca voy a despertar.

A pesar de que Astrid acaba de confesar que logró salirse con la suya planeando el asesinato de su marido, parece histéricamente feliz. Incluso ha empezado a silbar.

Necesito bajarme de este avión y alejarme de ella lo más posible. No me importa cómo urdió su aparente suicidio, pero sin duda implicó pagar sumas locas de dinero para sobornar a la mafia local.

De todas formas, me lo va a contar. Es la última revelación que tiene para compartir conmigo, y no tengo más opción que escuchar. Cuando reserve mi próximo vuelo, a cualquier parte del mundo, reservaré toda la fila de seis asientos. Del 2A al 2F. Cueste lo que cueste.

—¿Conoces a Mario, el apuesto patrón del yate? Por un precio, me ayudó a montar el suicidio. Contraté una lancha rápida, y Mario me siguió bordeando la costa. Un par de horas después, llamó a la guardia costera para alertarlos de la embarcación abandonada.

—¿Cómo volviste a la orilla?

—Con Mario, por supuesto. Me quedé en su barco hasta que oscureció, y luego un taxi me llevó tierra adentro.

Aplaude mientras cuenta la historia. Es la única espectadora de su propia genialidad.

Yo simplemente asiento.

Terminada su historia, Astrid gira la atención hacia el otro lado del pasillo y está a punto de entablar una conversación con un joven que ocupa el asiento 2D.

De repente se encienden las señales de cinturón. Mis manos tiemblan tanto que apenas logro volver a ponerme los EarPods. Tiro de mi cinturón y comienzo la cuenta atrás para el aterrizaje. Mientras el avión inicia su descenso turbulento, Astrid concentra su atención en el joven. Debe tener unos treinta años, y ella es lo suficientemente mayor como para ser su madre.

Me pregunto cuánto tardará en decirle que es de la realeza noruega. Quizá eso también sea mentira.

Mientras el avión gira hacia la pista, por una vez mis pensamientos no están en la posibilidad de estrellarnos sobre el asfalto, sino en todo lo que Astrid acaba de contarme.

Antes de tocar pista, miro a mi alrededor y me pregunto si es casualidad que Astrid esté sentada a mi lado en el 2C. Lo dudo seriamente, pero ¿a quién le importa? Solo quiero llegar a casa.

Astrid y yo no volvemos a hablar hasta que estamos dentro del aeropuerto. La sigo lentamente mientras nos dirigimos al edificio de la terminal. Ella intenta seguir el ritmo del chico que estaba sentado al otro lado del pasillo, pero probablemente él intenta despistarla mientras avanza con paso firme. Parece una decisión acertada. Quizá nunca tuvo la oportunidad de decirle que es de ascendencia real, o tal vez a él no le importa. No todos se mueven por dinero.

Aunque no llevo maleta en la bodega, tengo que pasar junto a la cinta transportadora de recogida de equipajes para salir.

Astrid está sentada en un banco esperando que aparezcan las maletas. Tiene la cara roja como un tomate y se da golpecitos en el pecho con una mano regordeta mientras intenta recuperar el aliento.

Me acerco vagando.

—Astrid. Hay algo que me preocupa —digo.

—Dispara —resopla ella.

—Conocí a Isaac en el avión de camino a Málaga. ¿Fue una casualidad?

Se ríe entre jadeos.

—Sabes que no existe tal cosa como la casualidad.

Elevo una ceja interrogante.

—Logan le dijo que tú ibas a estar en ese vuelo —musita.

Intento no mostrarme sorprendida, pero me cuesta tragar la conmoción. Astrid me observa, extasiada de emoción por haberme dado otro dato espeluznante.

—En fin, debo irme. Encantada de conocerte, Astrid —miento. Lo que realmente quiero decir es «encantada de perderte de vista», pero ¿para qué?

—Ah, ¿no tienes equipaje en la bodega? ¿Una o dos maletas? —pregunta.

—No. Salí de la villa tan rápido que…

Dios mío. Mi maleta está en la escena del crimen. Joder.

—¿Tu maleta sigue en la villa? Cielo santo. Eso sí que es un giro inesperado. —Vuelve la sonrisa loca de Astrid.

Miro a esta villana asesina con pánico. Si Marta y Pablo se han ido, mi maleta estará donde la dejé. Será la prueba de que estuve allí en el momento de la muerte de Isaac.

—No te quedes ahí embobada, Jade. Ha sido un placer conocerte, de verdad.

Con un gesto desdeñoso de la mano, Astrid se levanta y camina hacia la cinta donde el joven del asiento 2D se ofrece a ayudarla a bajar las maletas.

—Stephen —dice tocándole el brazo—. Son las cuatro maletas Gucci. Las que tienen el relieve dorado y los detalles de cuero.

Stephen se sonroja, dispuesto a ayudar. Me pregunto cuánto tardará en contarle que es millonaria y tiene una villa en Marbella. Me imagino que antes de que lleguen a la parada de taxis, si no se lo ha dicho ya.

Capítulo 82

Un mes después

Mi mayor miedo ahora es que, si Isaac ha sido asesinado, mi maleta estuvo en la escena del crimen. Eso prueba que fui una de las últimas personas en verlo con vida. Si Pablo y Marta huyeron, podría ser yo el único vínculo con su muerte. Si Astrid necesita señalar con el dedo, no me sorprendería que lo hiciera en mi dirección. En cualquier dirección, menos hacia ella.

He estado buscando sin cesar información sobre Isaac Marston, pero hasta ahora no he encontrado nada. Todo lo que puedo hallar en las redes sociales es información sobre un Isaac Marston, jurista y político, del siglo XIX. He revisado imágenes, pero no aparece ninguna foto parecida.

Esta mañana, extendí *The Telegraph* sobre la mesa de café y repasé las noticias principales del día. Por variar, ni siquiera buscaba noticias sobre Isaac, hasta que algo llamó mi atención.

Hay un artículo pequeño, varias páginas después, en la esquina inferior derecha, con una foto borrosa de un primer plano de una persona que se parece a Isaac. Me acerco la imagen al rostro y, efectivamente, es él.

Maldita sea. Parece que Isaac no era su verdadero nombre.

Estafador británico hallado muerto en la terraza de un ático en Marbella

Un británico, George Stubbs, de treinta y ocho años y originario de Peckham, al sur de Londres, ha sido encontrado muerto en una terraza de un ático en Marbella.

Recientemente casado con una millonaria noruega, Astrid Olsen, Stubbs quedó atrapado en la terraza del ático de su villa bajo un calor de cuarenta grados y no pudo salir. Según la policía, habría muerto por deshidratación en menos de veinticuatro horas de quedar encerrado.

La señora Olsen y el señor Stubbs se habían separado varios meses antes y, aunque se creyó en su momento que la señora Olsen podría haberse suicidado, se ha revelado que en el momento de la muerte de su esposo separado ella estaba viajando por Inglaterra. La señora Olsen afirma que abandonó al señor Stubbs alegando que era un marido violento y abusivo.

La señora Olsen hizo el sombrío descubrimiento al regresar a España, unas tres semanas después de la muerte de su esposo. Su cuerpo estaba tan quemado que no se realizó autopsia.

Parece haber sido un trágico accidente, sin circunstancias sospechosas. La señora Olsen confirmó que la manilla de la puerta de incendios que conecta la terraza con la villa necesitaba ser reemplazada desde hacía tiempo. Fuentes creen que la pesada puerta de incendios se cerró de golpe, dejando al señor Stubbs fuera. Desafortunadamente, no había señal de teléfono móvil en la terraza.

Desde que se informó de su muerte, varias mujeres han salido a la luz con denuncias de que el señor Stubbs las estafó con sus ahorros. Sin embargo, como las mujeres parecen haber entregado el dinero voluntariamente, no se puede emprender acción legal y es poco probable que el dinero sea devuelto a las víctimas. Hasta ahora, la señora Olsen se ha negado a hacer más comentarios al respecto.

Joder. Isaac, George, o como sea que se llame, realmente está muerto. Me pregunto si Marta sabe que lo mató por accidente. Lo más seguro es que no vaya a entregarse.

Al menos tengo el dinero en mi cuenta bancaria. «Si el dinero se entrega voluntariamente, no se puede emprender ninguna acción legal». Eso es lo que dice.

Me levanto y doy vueltas bailando por el estudio. Soy 145 000 euros más rica. Incluso si el dinero se rastrea hasta Isaac, no tendré que devolverlo.

Pero entonces me golpea. Mi maleta. Casi lo había olvidado, Astrid todavía la tiene como prueba de que estuve en la villa alrededor del momento de la muerte de Isaac. Si no se la ha mostrado a la policía, quizá la esté guardando para usarla en mi contra más adelante. No. No. No.

Astrid ha orquestado todo el asunto. Hizo que Marta atrapara a Isaac en el tejado, y así recuperó su villa y su vida.

Astrid es una asesina a sangre fría.

Capítulo 83

No tengo ni idea de cómo seguir con mi vida.

Han pasado dos días desde que leí el artículo sobre la muerte de Isaac, y todavía no puedo levantarme de la cama. Dudo que alguna vez vuelva a funcionar como un ser humano normal.

Cuando llaman a la puerta, me dan ganas de ignorarlo. Pero ante los golpes persistentes, me arrastro para levantarme.

—Jade. ¿Estás ahí? —Es Maggie, la vecina—. Hay un paquete para ti. Lo dejo aquí.

—Ya voy.

Miro por la mirilla y espero a que se vaya.

Y ahí está. Mi maleta rosa con un sobre pegado por fuera. La maleta está bastante destrozada, pero aunque Brad Pitt estuviera en la puerta, no podría estar más emocionada. Hay todo tipo de etiquetas adhesivas pegadas sobre la estructura resistente. Parece que ha venido desde Portugal.

Miro arriba y abajo por la calle, levanto la maleta al piso y la arrastro por el suelo. Arranco el sobre, con las manos temblando tanto que me lleva unos segundos rasgarlo. Tengo miedo de ilusionarme pensando que Astrid podría estar dejándome libre.

Pero la nota dentro no es de Astrid. Es de Marta.

Hola, Jade:

Creo que esto es tuyo. Cuando nos fuimos de la villa, me llevé la maleta con nosotros. Quería haberla mandado antes, pero he estado muy ocupada estableciendo un hogar en Barcelona.

Perdona, tuve que abrir tu maleta para ver si encontraba una dirección. Cuando levanté tu libro, *Cómo vivir como un millonario*, se cayó un recibo de Los Molinos que tenía tu nombre y dirección.

Espero que estés bien, y, sin decir demasiado, lo siento por haber ido dejando todo ese desastre por la villa. Supongo que has llegado a la conclusión de por qué lo hice.

Perdóname.

Un abrazo,

Marta

***

Durante los días siguientes, empiezo a hacer planes. Puede que no haya ganado millones en la lotería, pero los 145 000 euros extra en mi cuenta bancaria son un sueño hecho realidad. Realmente son míos.

Por primera vez en días, enciendo mi portátil y empiezo a enviar correos electrónicos que había guardado en borrador. Por si acaso.

Uno de ellos es una respuesta a Carlos.

Hola, Carlos:

He oído las terribles noticias sobre Isaac. Muy triste.

La buena noticia es que me encantaría unirme a ti para vender propiedades en Marbella. Soy bastante buena vendedora, como sabes, y estaría encantada si pudieras conseguirme un pequeño apartamento para alquilar en el puerto. Una habitación está bien.

A su debido tiempo, encontraré mi villa perfecta, con piscina, mucho espacio y dormitorios…, pero no necesito una terraza en la azotea. Lo podemos hablar cuando llegue. Espero noticias tuyas.

Un saludo,

Jade.

He decidido no contarle a nadie (nunca) que no gané a lo grande en la lotería. Me gusta el prestigio que da el dinero. Me gusta «vivir como una millonaria», y ya estoy releyendo mi manual salvavidas. Si trabajo lo suficiente en Marbella, definitivamente pondré la entrada para un pequeño apartamento. Si Carlos se pregunta por qué no me gasto una fortuna en una villa obscenamente cara, le diré que he decidido tener una cartera internacional de pequeñas propiedades.

Estoy aprendiendo el discurso. ¿Y por qué iba a dudar de mí? Soy una gran actriz.

Vacilo antes de cerrar sesión. ¿Debería o no debería?

Respiro hondo y empiezo a escribir.

Hola, Astrid:

Me gustó saber de ti después de habernos conocido en el avión. No sé cómo conseguiste mi correo electrónico, pero qué sorpresa tan agradable.

Gracias por la oferta de quedarme unos días, pero creo que pasaré. Ya me entiendes.

Sin embargo, vuelvo a Marbella. Carlos me ha ofrecido un trabajo en el puerto, vendiendo propiedades, y estoy muy ilusionada.

Me encantaría quedar para tomar algo, especialmente porque me dices que estás vendiendo Casa de Astrid.

Quizá me dejes actuar en tu nombre. Le he dicho a Carlos que estamos en contacto, y estaría encantada si tu villa fuera mi primera venta.

Ah, ¿y qué tal va lo de Stephen?

Un saludo,

Jade.

Me tomo al menos diez intentos para que el correo quede bien. Mantengo mi profesionalidad intacta. Si puedo encargarme de vender Casa de Astrid, conseguiré un dos por ciento de comisión. Un dos por ciento de cinco millones de euros estará muy bien. Si logro la venta, entonces sacaré completamente a Astrid de mi vida. Aunque a caballo regalado no le mires el diente.

Además, dicen que hay que mantener a los amigos cerca y a los enemigos aún más cerca. Así es como me siento respecto a Astrid. ¿Habría respondido si no me hubiera dicho que se estaba yendo? Improbable.

Una vez que se haya mudado, entonces podré avanzar de verdad con mi nueva vida.

Quizá pronto, algún día, seré una millonaria real y viva. Mientras tanto, seguiré viviendo el sueño.

Agradecimientos

Como siempre, gracias a los lectores de todo el mundo que adquieren cada nuevo libro con la esperanza de perderse en la intriga de la historia de otro. Lectores, sois el mayor premio para una autora.

Normalmente, tengo una larga lista de personas a las que agradecer cuando un libro finalmente se publica: lectores especiales en versión preliminar; amigos y familiares que me animan durante el proceso. Como siempre, os estoy agradecida a todos, y confío en que ya sabéis quiénes sois. Gracias.

Pero con *La chica del asiento 2A,* tengo a una persona destacada a quien agradecer. Emily Yau, mi editora más increíble. Cuando leyó el primer borrador final, señaló con un detalle asombroso cómo se podía mejorar el libro. Sus sugerencias siempre tienen sentido, pero esta vez siento que han enriquecido el contenido y lo han hecho mucho más atmosférico. Tiene un don extraordinario para detectar lo que hay que hacer. Gracias, Emily.

Boldwood Books es una editorial excepcional. Me siento tremendamente afortunada de formar parte de su familia. Quiero agradecer a todos y cada uno de los miembros del equipo por su esfuerzo incansable y su profesional a la hora de llevar los libros de los autores al mundo.

Por último, el mayor agradecimiento, como siempre, es para Neil, mi esposo paciente que me anima en todo momento. Y para James: sigue siendo el hijo más maravilloso del mundo.

Principal de los Libros le agradece la atención
dedicada a *La chica del asiento 2A,* de Diana Wilkinson.
Esperamos que haya disfrutado de la lectura
y le invitamos a visitarnos
en www.principaldeloslibros.com,
donde encontrará más información
sobre nuestras publicaciones.

Si lo desea, también puede seguirnos
a través de Facebook, Twitter o Instagram
utilizando su teléfono móvil
para leer los siguientes códigos QR: